O verão em que tudo mudou

O verão em que tudo mudou

Gabriela Freitas · Thaís Wandrofski · Vinicius Grossos

A vida sempre guarda inúmeras surpresas.
E sem avisar, ela muda de direção.

FARO EDITORIAL

COPYRIGHT © FARO EDITORIAL, 2017

Todos os direitos reservados.
Nenhuma parte deste livro pode ser reproduzida sob quaisquer meios existentes sem autorização por escrito do editor.

Diretor editorial **PEDRO ALMEIDA**
Preparação **TUCA FARIA**
Revisão **GABRIELA DE AVILA**
Capa e diagramação **OSMANE GARCIA FILHO**
Imagens de capa © **BALABOLKA | SHUTTERSTOCK E OSMANE GARCIA FILHO**
Imagens internas © **BALABOLKA, IRISKANA, KITE-KIT, MAJIVECKA, DOREMI, SUDOWOODO, SVETLANA PRIKHNENKO, COSMAA, FONA, HAPPY_FOX_ART, ZENFRUITGRAPHICS, OLHA KOZACHENKO, ICONIC BESTIARY, IMAGETICO, TOLTEMARA, EVGENY BORNYAKOV, JULYMILKS, VERA HARE, ALEXANDRIAANDCO, MISTLETOE, ALEXANDRA PETRUK PRIMIAOU | SHUTTERSTOCK**

Dados Internacionais de Catalogação na Publicação (CIP)
(Câmara Brasileira do Livro, SP, Brasil)

Freitas, Gabriela
 O verão em que tudo mudou / Gabriela Freitas, Thaís Wandrofski, Vinicius Grossos. — Barueri, SP : Faro Editorial, 2017.

 ISBN: 978-85-62409-92-9

 1. Ficção — Literatura juvenil I. Wandrofski, Thaís. II. Grossos, Vinicius. III. Título.

17-01795   CDD-028.5

Índice para catálogo sistemático:
1. Ficção : Literatura juvenil   028.5

Avenida Andrômeda, 885 - Sala 310
Alphaville – Barueri – SP – Brasil
CEP: 06473-000
www.faroeditorial.com.br

DEZEMBRO
QUANDO INFINITOS SE ENCONTRAM

Vinicius Grossos

Descobri que, quando nascemos, nossas vidas já vêm com uma prévia de roteiro estabelecida, saiba você disso ou não. Todo o mundo espera que a gente cresça, construa uma carreira, se case, tenha filhos, se aposente e morra. É um ciclo sem fim que enxergo tanto na minha família como nas famílias dos meus amigos. Mas, às vezes, algumas pessoas acabam escapando a essa regra. Mutantes? Talvez; gosto de pensar em mim mesmo como um mutante… Aprendi, com muito custo, a me tornar alguém à margem dos holofotes. Os outros sabem que eu existo, mas não me notam. É como se eu fosse uma simples presença no meio delas sem gerar curiosidade ou interesse. E gosto disso, porque, no fundo mesmo, não há nada de interessante ou atraente na minha vida. E não é glorioso apenas existir. Isso não chama muito a atenção. E, bem, eu sou esse cara. Sou um mutante e meu poder é me camuflar e viver nas sombras.

*

— Frederico, me ajuda com esta encomenda! — a Bárbara, minha gerente, grita perto do caixa.

O calendário colado na parede indica a data, numa cor vermelha com destaque: 24 de dezembro. É véspera de Natal. O dia está chuvoso, até meio frio. E as ruas, abarrotadas de gente que não conseguiu comprar presentes a tempo.

Saio dos meus devaneios, desviando-me de vários clientes que lotam a livraria onde trabalho, e vou ajudar a Bárbara. Um *best-seller* sobre uma mulher comum que gosta de sadomasoquismo tem sido o livro mais vendido este mês inteiro. Pelo que parece, o Papai Noel este ano virá com chicotes e algemas.

Vou me esgueirando por sobre os livros da encomenda e começo a tirá-los da caixa de papelão, organizando-os próximo da entrada. A livraria onde trabalho é a mais popular da cidade, com suas infinitas estantes e prateleiras lotadas de livros, desde clássicos aos contemporâneos e comerciais. Trabalho aqui há alguns meses e até gosto bastante: ambiente agradável, café de graça e um salário que me permite pagar as contas. A verdade é que, conforme o terceiro ano do ensino médio foi se aproximando, assim como meu aniversário de dezoito anos, meus pais começaram a fazer pressão para que eu me enquadrasse naquele caminho. Segundo meus cálculos, eu estaria na fase de estudar e passar para uma faculdade. Mas chegamos a um grande dilema que me impediu de prosseguir: fazer faculdade de quê? Embora tenha me dedicado e pensado nisso nos últimos três anos, nada me chamou a atenção... Meus pais acabaram tornando esse impasse em um inferno completo! A conclusão deturpada deles foi que, se eu não queria mais estudar (como se a questão não fosse eu realmente não saber qual caminho seguir), deveria trabalhar, pois eles não me sustentariam para ficar em casa.

Passado meu aniversário, duas semanas depois, lá estava eu, fazendo uma entrevista para a vaga de vendedor na livraria.

No aguardo da chegada do entrevistador, abri a câmera frontal do meu celular e analisei minha aparência. Pele morena, cabelo preto e crespo meio ondulado, olhos escuros, boca muito grande, nariz meio torto. Nada de especial. Nada de atraente. Na verdade, sempre me considerei um conjunto apropriado. Não ficava entre os mais feios, mas nuncaaaaa fiquei na lista dos meninos desejados. Meu corpo também não ajudava muito, já que eu era muito magro. E meio que meus amigos me lembravam disso sempre, com o argumento: "Se você não nasceu com o rosto bonito, precisa ao menos ter um corpo apresentável." E eu sempre respondia em silêncio: "E se o cara nasceu com um cérebro e é muito legal? Onde se enquadra?"

— Olá, eu sou a Bárbara, a gerente. — A interrupção pôs fim aos meus pensamentos e me trouxe de volta à sala da gerência, onde eu seria entrevistado para a vaga. — Você gosta de livros?

Ao olhar para trás, eu a vi entrando na sala. Ela se sentou em frente a uma mesa no centro do ambiente.

— Gosto. Mais do que de gente — falei, sem parar para pensar em como a gerente poderia interpretar isso, apesar de a resposta ser completamente sincera.

A Bárbara era uns três anos mais velha que eu e entrou na livraria como vendedora, o cargo para o qual estava me candidatando. Em dois anos, ela estava na gerência, encarregada dos vendedores e da administração da loja.

Mas a melhor imagem daquela entrevista foi quando ela se inclinou sobre a mesa de vidro que nos separava e me olhou no fundo dos olhos. A negra, de cabelo rastafári de impor respeito e de traços marcantes, enrugou a testa e disparou:

— DC ou Marvel? — como se minha admissão dependesse disso.

Mirei minhas mãos, molhadas de suor. Inspirei fundo e expirei. "Seja sincero", uma voz ordenou dentro da minha cabeça.

— Meu super-herói favorito é o Batman, por todo o contexto do universo dele. Amo a sua solidão e os seus dilemas... E UAU! Os vilões são OS MELHORES de toda a história dos quadrinhos. Mas sabe, confesso que meu grupo favorito não é a Liga da Justiça... Tenho mais afinidade pelos X-men. Então não saberia escolher entre DC e Marvel.

A Bárbara me olhou com superioridade e cruzou os braços.

— E se eu fosse uma cliente em potencial e te pedisse uma dica... uma sugestão, entre as duas. O que você faria? — ela quer saber.

Encolhi os ombros. Estávamos na salinha da gerência, um cômodo minúsculo com uma mesa de vidro situada no meio, lotada de papéis, envelopes e notas fiscais. Atrás, havia um armário de ferro, cheio de caixas de papelão, com pastas enormes, contendo mais papéis. A mesa me separava da Bárbara, mas seu olhar parecia penetrar minha alma, garimpando a resposta. Eu também garimpava, porque não sabia bem o que responder.

"Sinceridade", me forcei a pensar. Não queria entregar uma resposta que parecesse ser a mais adequada e que deixasse de lado a minha personalidade.

Abri a boca e acabei soltando:

— Provavelmente eu não saberia responder... Iria me sentar no chão com você, seguraria a sua mão e te daria força e apoio, qualquer que fosse sua escolha. Escolher entre DC e Marvel é como escolher entre um filho e outro.

Assim que acabei de falar, tive certeza absoluta de que dissera muitas besteiras e de que o bordão: "Obrigada por ter vindo. Qualquer coisa te ligamos" seria a próxima frase que eu escutaria. Mas a Bárbara começou a rir, enquanto esticava a mão e apertava a minha.

— Respostas sinceras são sempre uma saída muito boa, rapaz. Você começa amanhã! E ah... Quem trabalha na livraria tem 30% de desconto nas compras dos produtos — completou com uma piscada de olho.

E ali meio que começou uma nova era da minha vida.

Experimentar na prática a palavrinha INDEPENDÊNCIA é incrível! Imagina, eu não precisava mais ouvir as reclamações dos meus pais caso quisesse ir ao cinema ou comer no shopping, porque não usaria mais o dinheiro deles. Assim, eu tinha permissão para fazer o que quisesse com o meu salário.

Só que aí eu me deparei com um grande problema: quando você começa a trabalhar no terceiro ano do ensino médio meio que se torna um pária — algo a ser evitado. Meus colegas estavam focados em passar no vestibular e andar comigo era perda de tempo. Um a um, eles foram se afastando. E o resultado foi: um passou para medicina, outro, para administração, e o terceiro, para educação física. Nesse tempo, eu os troquei por outros amigos: Netflix, doces Fini e Burger King.

Quando acabo de montar a pilha do *best-seller* erótico na mesa central, um cliente se aproxima, um tanto desesperado. Típico. Véspera de Natal e ele esqueceu o presente de alguém querido.

— Cara, por favor, estou procurando um livro para a minha mãe... Ela gosta desses romances em que as pessoas morrem e você acaba chorando muito...

E então, com a cabeça já trabalhando com ao menos cinco opções, saio dos meus devaneios e me concentro no trabalho.

Por causa do movimento vertiginoso causado pelo Natal, em vez de dividirem os funcionários em dois turnos para podermos almoçar, como de costume, fomos divididos em grupos menores. Somos dez funcionários trabalhando hoje e, para almoçar, são liberados apenas dois por hora. Como café acaba sendo meu combustível real, não tenho problemas em me candidatar para o último turno do almoço. A Bárbara fica com o último também.

Quando as três horas da tarde chegam e saímos da livraria para comer, a maioria dos restaurantes já está fechada — e temos a confirmação quando tentamos o último restaurante nos arredores.

— Droga! — a Bárbara reclama, olhando pelo vidro da entrada os funcionários limpando o estabelecimento.

Frustrado, encosto no muro de alguma loja e olho para a avenida movimentada que se estende a minha frente. Carros e mais carros num fluxo incontável e, nos espaços vazios, pessoas correndo, pessoas caminhando, pessoas paradas. Pessoas e mais pessoas. Algumas falam exaltadas em seus celulares. Outras apenas correm com sacolas nas mãos. Meio que servindo de cenário para tudo isso, nos locais onde é possível encontrar árvores, guirlandas e pisca-piscas trazem todo o clima natalino.

Sinto o estômago revirar, com ansiedade e um mau pressentimento. Quando chegar em casa, tenho certeza de que encontrarei a rotina — na sua forma mais crua. Meu pai estará assistindo ao telejornal, como sempre. Minha mãe vai fazer uma comida bem mais ou menos. Nada de peru. Nada de farofa com uvas passas. Nada de sobremesa. Nada de Natal.

— Fred? — a voz da Bárbara me traz de volta ao presente. — Eu moro aqui perto… Posso improvisar algo para comermos. Vamos?

Dou de ombros, sem muita opção, e passamos a caminhar rumo ao apartamento da minha gerente.

— E aí? Planos para hoje? — ela me pergunta, depois de um tempinho de caminhada em silêncio.

Sempre fui assim, meio quieto. Falo só quando é extremamente necessário. Uma vez minha avó, que Deus a tenha, brincou, dizendo que eu era um cara que achava as palavras tão bonitas que não gostava de usá-las em vão; que as usava só quando realmente precisava. Gostei daquilo. Até aquele momento, ao contrário do que minha avó acreditava, eu me achava um cara quieto apenas por ser um bundão e não conseguir manter uma linha de raciocínio lógica o suficiente por alguns minutos.

— Desde que meus avós morreram, meus pais meio que cagam pro Natal. É só mais um dia comum — respondo, com sinceridade.

A Bárbara me olha com ar de quem compreendeu algo subentendido.

— Por isso você se ofereceu para fechar a loja — ela deduz.

Não preciso confirmar com palavras. Quem fica para fechar a loja geralmente sai uma hora depois dos outros funcionários.

Paramos em frente a um prédio residencial, a quatro minutos do miolo do centro. O apartamento tem a fachada um tanto descascada, mas eu até que gostei. Parece cenário daqueles filmes *cult* de pessoas solitárias que vivem com um gato e nunca se apaixonaram.

A Bárbara roda a chave e entramos, subindo, em seguida, uns lances de escada até o quarto andar.

— Apartamento 407 — a Bárbara diz ao abrir a porta. — Bem-vindo, Fred.

O lugar é diferente do que eu imaginava. Tem três cômodos: uma sala/quarto, com uma cama de casal no canto, um guarda-roupa ao lado, um criado-mudo do outro lado, uma poltrona em frente e uma sacadinha; e um minúsculo banheiro e uma cozinha tão pequena quanto.

— Pequenininho, né? — ela comenta, acompanhando o meu olhar. — Mas para uma pessoa só, dá pro gasto.

— Eu adoraria morar em um lugar assim. — Sento na poltrona estofada vermelha em frente à cama.

A Bárbara joga na colcha o avental da loja e vai para a cozinha enquanto fala:

— Gosto daqui. É como ter o seu próprio universo.

— Sim — concordo, ainda olhando para tudo.

— O apartamento para onde vou me mudar é um pouquinho mais espaçoso... — ela afirma, de longe. — Só tenho miojo! Serve?

— Sabor carne?

— SIM!

— Serve!

— Se não servisse, azar seu! — ela responde, rindo.

Enquanto a Bárbara se vira na cozinha, acabo reparando que de fato há algumas sacolas e maletas bem arrumadas num canto da pequena sala/quarto.

— Para onde você vai se mudar, Bárbara? Aqui parece ser ótimo... Perto de tudo. Perto do trabalho.

Vejo a cabeleira *black-power* da Bárbara aparecer atrás do vão que desemboca na cozinha.

— Promete guardar segredo?

A questão me pega de surpresa. Adoro a Bárbara e nós sempre tivemos uma relação cordial, educada e até de quase amigos. Ela é agradável e sinto que vai muito com a minha cara. Mas nunca havíamos chegado ao ponto de trocarmos confidências.

— Lógico! — digo, meio desconcertado.

A Bárbara volta a desaparecer na cozinha enquanto o cheirinho do miojo sobe pelo ar.

— Já conversei com nossos chefes e tudo já está acertado... Eu vou embora.

Demora um pouco para que o real valor das palavras dela consiga fazer sentido.

Desde quando comecei a viver essa minha nova vida, a Bárbara praticamente se tornou um totem — um ponto de referência que me tirava, mesmo que apenas no período de trabalho, de uma solidão fortemente construída.

— Embora da livraria? Mas por quê? — Meu cérebro está a mil, com os pensamentos lutando para se tornar argumentos apresentáveis. — Você é uma ótima gerente... se dá bem com todo mundo e...

— Não vou simplesmente embora da livraria, Fred. Eu vou deixar a cidade. O estado.

Meu coração está acelerado e sinto o suor brotando sem freio. Minha cabeça então dá sinais de crise; geralmente, quando tenho um estresse muito grande, tudo começa a doer. Minha boca está seca e fico em silêncio, sem saber o que dizer.

Deve ter demorado uns dois minutinhos, mas para mim parece ter passado uma eternidade quando a Bárbara reaparece com dois pratos de miojo. A fumaça dança em torno dela. Logo a Bárbara se tornará fumaça na minha vida também.

Ela me entrega um prato com um pano por baixo, para que eu não queime a mão, e se senta na cama. Pouso o prato no meu colo e continuo encarando o nada.

— Fred? — ela quebra o silêncio. — O que você tem?

Engulo em seco antes de responder:

— Nada... É só que... fui pego de surpresa. Com a sua notícia.

A Bárbara já está na metade do prato e meu miojo continua intacto.

— Bem... Desculpa não ter falado antes. Mas é que sou meio chata com essas coisas de sonhos. Acredito que se a gente conta antes de ele estar certo de acontecer, a sorte zoa pelas nossas costas e os sonhos e planos não saem de forma perfeita. Não que eu não confie em você. Mas bem, é isso...

Ela pousa o prato na cama, abre a porta do guarda-roupa e tira dele uma mochila. Logo reconheço a estampa inspirada na Cinderela. A Bárbara abre seu zíper e a vira de cabeça para baixo em cima da colcha, despejando todo o seu conteúdo.

No começo não consigo definir bem o que é, mas logo percebo uma série de objetos desconexos: há cabeças de Barbies, miniaturas de carrinhos de plástico, penas artificiais que tentam imitar a penugem de pavões.

— O que é isso? — pergunto, sem entender.

A Bárbara dá um risinho.

— Meu sonho, Frederico — ela diz, com palpável orgulho.

Aí, pega duas cabeças de Barbie que têm cabelo azul e se aproxima de mim. Inclina-se em meu rosto e começa a cutucar o furo na minha orelha, que há um tempo não é usado. Em segundos eu sinto o peso sob minha pele.

— Brincos! — a Bárbara exclama. — Brincos especiais, é claro.

E é isso mesmo. Há milhares de modelos de brincos diferentes, todos incrivelmente exóticos, diferentes de qualquer coisa que eu já tenha visto em toda a vida.

— Já tem algum tempo que montei uma lojinha on-line e tenho vendido meus brincos pelo país inteiro, o que é incrível — a Bárbara me explica. — E eu sempre quis trabalhar com isso. Sempre foi o meu sonho...

— Mas com o que você ganha com isso dá para se sustentar? Tipo... não que seja da minha conta, mas...

— Relaxa, Fred. Você tá certo! — Ela se senta de novo na cama e volta a comer. — Eu realmente não conseguiria me sustentar e levar uma vida digna apenas fazendo os brincos sozinha e enviando pelos correios, como é o esquema atual... Mas é aí que entra a parte boa! Uma empresa de São Paulo comprou a minha ideia e vamos fazer uma parceria! Eu vou idealizar e criar os brincos e eles vão produzir e comercializar.

— UAU! — deixo escapar, numa mistura de sentimentos.

Estou muito feliz pela Bárbara, muito mesmo. Mas ao mesmo tempo, um pedacinho meu, egoísta, não consegue ficar completamente bem com a situação. Eu perderei meu totem. Perderei minha ligação com o lado real da vida.

— Eu... estou feliz por você — completo, me achando um completo idiota com tudo o que sentia.

A Bárbara abre um sorriso.

— Pois é, Fred. É o meu sonho, sabe? Sempre foi. Trabalhar com isso. Até porque, você sabe... na livraria não teria muito espaço para eu crescer.

Concordo com a cabeça. Mas, na verdade, trabalhar para sempre na livraria era uma ideia que me parecia confortável. Nunca pensei o contrário.

— Eu saio de lá em uma semana... — a Bárbara completa.

Encarei meu prato com miojo. A fumaça já havia sumido. A comida esfriava.

— E você, Fred? — ela perguntou, ainda animada. — Qual o seu sonho?

Sem que eu perceba, minhas pernas começam a tremer. Sinto as bochechas ardendo de vergonha, mas o que posso dizer? Nunca fui um cara de muitas ambições, que dirá sonhos.

— Er... — Forço um sorriso, que deve ter saído como uma careta, porque fez meu rosto doer. — Eu...

Então o celular da Bárbara apitou. Ela olhou rapidamente no visor.

— Fim da pausa pro almoço... — Ela dá uma última garfada no macarrão instantâneo e corre para colocar o prato na cozinha.

As duas cabeças de Barbie ainda pesavam na minha orelha. Cuidadosamente, eu as retiro e coloco na cama, junto com as muitas outras criações inusitadas da Bárbara, junto com os seus sonhos.

Acabei não comendo nada.

O miojo esfriou.

Meu tempo também.

3

O resto do meu turno passou de forma vertiginosa e complexa. O meu cérebro entrou num estado automático de trabalho, enquanto parte da minha mente se concentrava em raciocinar sobre tudo o que vinha acontecendo.

Eram quase dezoito e trinta e o sol começava a se pôr em meio à espessa camada de nuvens que se acumulava no céu. A livraria fecharia às dezenove horas e eu, como sabia o que me esperava em casa, não tinha nenhuma boa expectativa para depois do expediente. Trinta minutos até as portas se fecharem e eu enfrentar uma tortura...

Aí um rapaz entra, parecendo ansioso, dando passos largos e olhando praticamente para todas as estantes, até se aproximar de mim.

— Oi. — Ele para à minha frente. — Er... Eu preciso de ajuda.

— Sim? — respondo, tentando amenizar a bagunça que os clientes haviam deixado na prateleira de promoções.

— É que... — Ele olha para os dois lados, nitidamente nervoso com alguma coisa.

O jovem é alto, com ombros largos. Seu cabelo castanho estava escondido embaixo de uma touca de lã vermelha. O cara enfia as mãos nos bolsos antes de me encarar de novo.

— Estou tipo escondido aqui... Na cidade, digo. É que vim fazer uma surpresa pro meu namorado. Eu estava em outro país e ele não sabe que voltei. Já comprei vários presentes para ele, mas ele ama literatura... Não será um presente completo se eu não der um livro. Entende?

Faço que sim.

— Lógico. Compreendo perfeitamente. Livros são presentes com muita personalidade.

— É... Pois é. Você me ajuda?

— Sem dúvida. — Deixo a pilha bagunçada e me concentro na missão de pseudocupido. — O que ele gosta de ler?

— Ele curte livros românticos e juvenis. Queria dar um de cada...

— Bem... de romance... — digo, com ele me acompanhando. — ... tem esse aqui, que vai virar filme e está nas listas de mais vendidos há algumas semanas. — Pego um exemplar e o coloco na mão dele. — E juvenil... — ando para outro lado da loja, desviando-me dos meus colegas e de vários clientes aflitos com a proximidade do fechamento — ... eu te indicaria algum livro da Thalita Rebouças, autora nacional. — Apanho o novo livro dela e entrego a ele. — Geralmente são leves e gostosos de ler.

O menino dá uma rápida folheada nos livros e, por fim, abre um sorriso.

— Ótimo! Gostei bastante dos dois! Meu namorado está morando atualmente com a tia dele. Será que você teria algo meio...

— EI! POR FAVOR! — Um cara se coloca entre mim e o primeiro cliente. — ME AJUDA! Estou desesperado! Preciso comprar um presente, tipo, AGORA!

Não gosto muito desse tipo de cliente, que acha que o seu problema é o maior do mundo; maior que o dos outros. Esse cara é bem mais velho que o garoto que procura livros para o namorado. Parece ter uns vinte e sete anos, com cabelo negro e curto, rosto quadrado e um corpo atlético, marcado numa blusa que parece dois números menores que o dele.

O rapaz que eu ajudava antes, um tanto sem graça com a situação, encolhe os ombros.

— Você me ajudou bastante, já. Só vou procurar alguma coisa para a tia do meu namorado e pagar. Obrigado! — Ele aperta a minha mão com gratidão. — E Feliz Natal!

Um segundo após, o cara desesperado se aproxima mais.

— Você tem de me ajudar... Eu preciso do seu melhor livro!

Acho que a minha expressão confusa transmitiu a mensagem, porque logo em seguida ele completa:

— Ahn... É que eu não sei muito bem o gosto da pessoa que eu quero presentear... Mas de alguma forma, preciso que ela se sinta especial.

Coço a cabeça, automaticamente.

— Entendo. Creio que qualquer um que receba um livro de presente se sentirá especial. Essa é minha concepção. Mas sem saber o gosto exato da pessoa fica tão difícil...

— Qual o seu livro favorito? — ele pergunta, o que me pega de surpresa.

— Meu livro favorito?

— É! — As feições do cara se iluminam, como se finalmente ele tivesse chegado à melhor saída. — O seu livro favorito!

Mordi o lábio. Revelar meu livro favorito é algo muito... íntimo. Eu não sabia se poderia compartilhar isso com um estranho.

— Não sei... — respondi, tentando sair da situação. — Eu gosto de muitos livros e...

O ruído das portas de metal em frente à livraria acabou chamando a nossa atenção. Alguém estava fechando metade da passagem. Com a proximidade do fim do expediente, nenhum cliente mais poderia entrar; só sair.

O cara então passou as mãos pelo cabelo, nervoso. Ele era alto, forte, e os músculos dos seus braços pareciam quase explodir a manga da camisa polo azul que usava.

— Se é para alguém especial, por que você não dá um livro que... sei lá... seja o *seu* favorito.

O cara apenas deu de ombros.

— Não sou muito de ler. Na verdade, nunca li um livro inteiro. Prefiro esperar sair o filme.

Meu coração de leitor se parte em caquinhos. Sempre quando alguém me diz algo assim, eu argumento dizendo que nem dez por cento da produção literária virá a se tornar filme um dia. E que mesmo que tenha sua adaptação, na maioria dos casos o livro tem muito mais detalhe. Porém, com a falta de tempo e a certeza de que esse cara em específico não ligará a mínima para a minha opinião sobre livro e filmes, acabo suspirando e fazendo um gesto para que ele me siga.

A verdade mesmo é que não tenho um livro favorito. Várias histórias, de uma forma ou de outra, acabam conquistando o meu coração, me fazendo sentir algo especial. É injusto ter de escolher apenas um. Mas como a solução do cara necessita uma resposta imediata, acabo pegando um dos primeiros livros que li na vida e cuja releitura ganhou um significado totalmente diferente.

— *O Pequeno Príncipe*? — Ao receber o livro, o cara faz uma careta.

Vale ressaltar que a edição que ofereço é comemorativa, de luxo, cheia de detalhes incríveis. A careta dele é totalmente infundada, portanto!

Engulo em seco.

— Sim.

— Mas isso não é infantil?

Respiro fundo antes de responder:

— Também. Na verdade, ele é carregado de interpretações. Crianças entendem de um jeito, adultos, de outro. Aliás, você não me disse sequer a faixa etária da pessoa que vai presentear.

O cara olha para o livro por instantes. Seu desdém fica estampado de forma grosseira.

— Que seja... — Ele me dá as costas e vai em direção ao caixa.

Acompanho a cena com o olhar, imóvel. Mas a minha vontade é pegar o maior boxe da coleção de *Guerra dos Tronos* e jogar na cabeça dele. George R. R. Martin entenderia!

Assim que o último cliente sai e a plaquinha de "fechado" é virada para o lado de fora da loja, todos os vendedores começam a correr, jogando aventais para o lado, indo atrás de seus pertences, cantando músicas de Natal pelos corredores.

Como fico para fechar a livraria, ainda tenho de arrumar parte da bagunça deixada pelos clientes. É um tipo de protocolo a ser seguido.

A Bárbara é a última funcionária a sair. Fico por um tempo sentado em cima de uma pilha de livros, encostado numa estante. Minhas costas doem um pouco. Ela se aproxima, pousa a mão no meu ombro e espera até eu a encarar.

— Feliz Natal, Fred! — ela diz, sorrindo. — Quais os seus planos?

Apenas respirei fundo, cansado.

— Dormir, acho...

Ela riu.

— Não, não... Não me refiro a hoje. Mais cedo, quando te perguntei sobre sonhos, percebi que você titubeou. E tudo bem! Sonhos são uma das coisas mais íntimas e devemos compartilhá-los apenas com quem realmente acharmos merecedor. Eu só acho que você precisa encontrar essa resposta e dar um jeito de fazê-la acontecer, entende?

Faço que sim, ainda tocado pelas palavras, mas sem saber o que dizer.

— Dê a si mesmo esse presente de Natal, Fred. — E, sorrindo, ela enfim se afasta.

Quando a Bárbara sai, fico sozinho com os milhares de histórias presentes nos livros dentro da livraria.

Acabo me lembrando de um Natal na minha infância, com a família toda reunida na casa dos meus avós, o cheiro de peru assado escapando do forno e cobrindo todo o ambiente. Meus pais pareciam felizes, eu brincava com meus primos de correr de um lado para o outro. Lembro-me de sentir a felicidade cobrindo a todos, como um manto invisível. Naquela ocasião, após a meia-noite, meus avós entregaram a cada neto vários embrulhos coloridos. Percebi de cara que meu embrulho era muito menor que o dos meus primos. Esperei então que eles abrissem primeiro os seus presentes.

Todos eles haviam ganhado carrinhos: um primo recebeu o de bombeiro, outro, de polícia, e o outro, uma representação da Ferrari. Todos ficaram felizes e começaram a brincar na hora. Na minha mente de oito anos, fiquei confuso; e então abri o meu. Assim que o embrulho se desfez, encontrei um boneco de astronauta.

Não lembro ao certo o que senti, só sei que lágrimas vieram aos meus olhos e eu corri, me afastando de toda a festa. Algo dentro de mim se partira, como se eu não fosse merecedor de ter um carrinho também. Como se eu tivesse sido rebaixado de alguma maneira.

Tentei me esconder atrás da árvore de Natal, pois não queria que ninguém visse as minhas lágrimas. Demorou um pouco até que meu avô se aproximasse e sentasse ao meu lado. Dentro de mim, sei que sentia vergonha por estar chorando por um motivo bobo, mas não conseguia me conter.

Meu avô não precisou que eu dissesse palavra alguma. Ele apenas me aconchegou junto a si e começou a falar:

— Fred, quando eu era muito criança, mais ou menos da sua idade, vivia numa casa cinco vezes menor que esta, com meus dez irmãos. Era o caçula, o décimo primeiro, e nasci no meio de irmãos mais velhos que já sabiam o que queriam da vida, que já tinham um rumo. A pressão para que desde pequeno eu já soubesse o que fazer do meu futuro vinha sob as minhas costas sem nem ao menos eu ter consciência disso. Por fim, fui crescendo sem ter de fato me encontrado... Depois que me tornei pai, as pressões de sustentar a casa me fizeram pegar trabalhos informais que não me realizavam plenamente, mas davam uma boa vida para a sua avó, seu pai e seus tios. Como você sabe, fui construindo alguns mercadinhos e a vida se tornou mais confortável. Mas sabe qual sempre foi meu grande sonho? O que realmente me fazia suspirar?

Eu o olhei, com o rosto molhado, esperando a resposta.

Meu avô respirou fundo antes de revelar:

— Era ver um prédio sendo erguido. — Ele riu, e eu ri também, em meio às lágrimas. — Pode ser bobo para todas as pessoas do mundo, mas é verdade. Eu amava passar pelas estradas e ver aqueles prédios de vários e vários andares sendo erguidos do nada. Sendo construídos a partir do pó. E acabei percebendo que esse era o meu sonho: eu queria ser engenheiro. Queria construir coisas. Mas o tempo havia passado... Eu já era um senhor e acabei desistindo de estudar, de ir atrás do que queria de verdade. Não pense que me arrependo de alguma decisão que tenha tomado. Longe disso. Tenho uma vida boa. Mas sabe esse sonho? Ele vai estar para sempre comigo.

O vovô então pegou o astronauta da minha mão.

— Escolhi este presente porque sei que você é diferente dos seus primos. Você sempre teve uma sensibilidade, um brilho especial que o diferencia da multidão. E quando vi esse pequeno astronauta, cheio de sonhos e com o poder de ir ao Universo e além, pensei imediatamente em você, Fred. Ainda não sei qual é o seu sonho, e claro que os sonhos mudam, objetivos e projetos também. Mas... toda vez que se sentir perdido, incapaz, com medo de arriscar, quero que se lembre deste astronauta e do que ele é capaz. Porque você é como ele. Todos nós somos astronautas de nossos próprios infinitos. Você sempre pode ir ao céu, e além, e além, e além.

Logo depois das palavras do meu avô, enxuguei as lágrimas e corri para o quintal, com meu astronauta nas mãos, pensando que ele poderia visitar os mais diferentes planetas, alcançando as constelações mais distantes, desbravando pontos infinitos.

Quando dou por mim, agora, meus olhos estão molhados de emoção por todas essas lembranças.

A propósito, onde estará o meu astronauta? Será que ele e os meus sonhos foram tragados por um buraco negro?

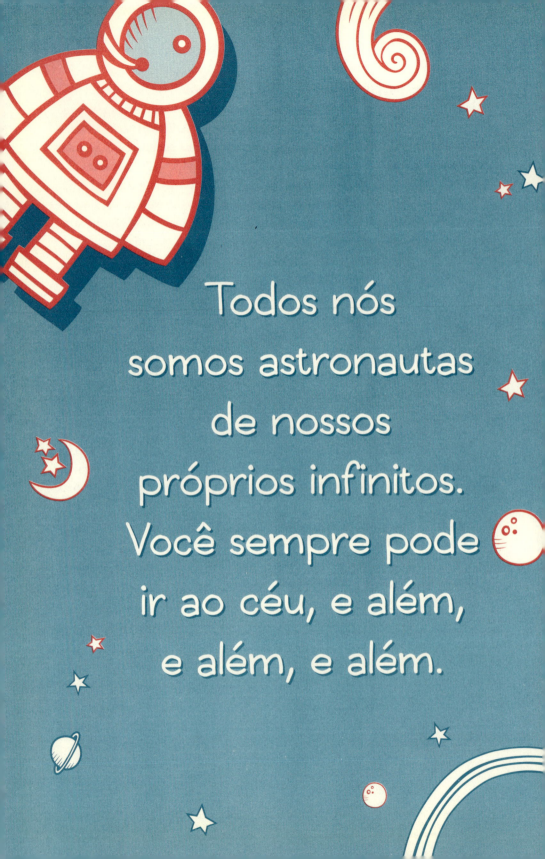

5

Coloco em sua pilha o último exemplar perdido de um livro quando o relógio marca exatamente vinte horas e nove minutos. Tiro o avental, guardo na mochila e me preparo para encarar o vazio do Natal.

Do lado de fora, um chuvisco constante anuncia o clima. Em frente à porta de vidro, surge uma garota insistente, gesticulando com a boca escancarada como se eu pudesse ouvir, se movimentando sem parar. Ela parece com raiva, mas eu não consigo entender nada por causa do vidro. Só o que dá pra distinguir além dela é uma mochila volumosa presa às suas costas e um guarda-chuva laranja que ela segura para tentar se proteger da chuva.

Apenas indico a plaquinha de FECHADO. Em resposta, ela levanta o dedo do meio para mim e continua lá, parada, falando e me olhando com uma expressão de quem parece transtornada.

Forço o olhar para saber se a conheço de algum lugar, mas não. Não a conheço.

Viro-me de costas e começo a guardar as minhas coisas na mochila, quando ouço o vidro da porta sendo esmurrado repetidas vezes. Isso me irrita. Meu dia já foi uma bosta e eu não preciso de uma louca, que deve ter esquecido de comprar um presente e vindo me atormentando no finalzinho do dia.

Aproximo-me da porta, destranco a fechadura e coloco parte do rosto na fresta que abri:

— Estamos fechados, moça!

— Eu sei — ela responde, seca. — Sou alfabetizada.

Abro um sorriso sarcástico.

— Não está parecendo... O que quer?

— Não quero comprar nada! — ela me corta, abrindo a mochila e tirando um exemplar de luxo de *O Pequeno Príncipe*. — Só quero devolver isso!

Suspiro, cansado.

— Só realizamos trocas e devoluções em horário comercial.

— Mas eu não vou estar aqui em horário comercial — ela rebate. — Estou indo embora desta cidade e as chances de, em toda a minha futura existência, voltar aqui são nulas. Na verdade, menos que nulas! Acredite em mim.

— Tá. Entendo suas razões... — Reviro os olhos. — Mas só em horário comercial, certo?

— Apenas fique com esta droga, então! — A garota empurra o livro contra o meu peito. — Eu daria para qualquer idiota na rua, mas com essa chuva as pessoas simplesmente fugiram. Como você me parece um cara infeliz, é o suficiente para merecê-lo.

— Pera lá! Você não me conhece. Por que está sendo estúpida desse jeito? — falo, com raiva, segurando o livro contra o mim.

A menina ri, sem humor. Ela é de estatura média e usa um vestido preto com estampas de borboletas que termina na altura das coxas, com uma jaqueta de couro por cima. E calça botas. Seu cabelo preto e liso vai até o antebraço, escapando da touca de lã vermelha.

— É Natal, mané. E você ainda está trabalhando. — Ela abre um sorriso maior. — Pobre escravo infeliz do mundo capitalista...

— Ah... — Meu queixo cai, em choque, mas logo tento me recompor. — E você deve ser muito feliz, aí fora, no meio da chuva... Vá se ferrar!

E fecho a porta com um baque, furioso. Quem aquela menina pensa que é?!

Volto para a bancada onde a minha mochila estava, carregando o livro comigo. Coloco o livro ali e, por curiosidade, abro a capa. Encontro uma foto da garota-abusada-estranha ao lado do cara que eu ajudara mais cedo — o meio grosseiro, que desdenhou de *O Pequeno Príncipe*. Eles estão com os rostos colados e parecem felizes. E, na primeira página, tem uma dedicatória em letra horrorosa:

Valentina, acredite em mim, eu me arrependo de todos os erros que cometi com você. Me dá mais uma chance. Sei que podemos construir um relacionamento *top*.

Te amo, minha gatinha.

Relacionamento *top*? Rio, sem querer. Pobre e infeliz da menina que tem que ler algo assim. Talvez por isso ela quisesse tanto devolver o livro. Instintivamente olho para a porta — a menina não está mais lá. AMÉM!

Guardo o livro na mochila, com a ideia de doar para alguma biblioteca, e depois a penduro nos ombros. Apanho meu guarda-chuva roxo, dou uma última conferida na livraria. Tudo parece no lugar. Apago as luzes, saio e tranco a porta.

6

Todas as lojas estão fechadas, mas a iluminação colorida do Natal continua dando um ar festivo e acolhedor à cidade. As árvores molhadas balançam à mercê do vento, piscando em luzes coloridas ininterruptamente.

Moro numa cidade do interior, cercada por montanhas e com um clima bem pitoresco: enquanto na maior parte do país o sol brilha, aqui sempre há correntes de ar frio e nuvens pesadas e carregadas. É lei: sempre ando com um guarda-chuva na mochila porque a qualquer momento o céu pode desabar.

Devo ter dado uns dez passos até dar de cara com a menina histérica parada na esquina. Ela está de braços cruzados, embaixo da marquise de uma loja, olhando para a rua deserta com a cara fechada.

Ela me olha, revira os olhos e solta:

— Obrigada por ter estragado ainda mais o meu dia!

Paro de andar, surpreso com a ousadia dela.

— Eu já te expliquei que não teria como fazer a troca, devolução, seja lá o que você quisesse fazer… — disse, tentando ser paciente.

— Bom pra você, que ganhou um livro à minha custa! — ela rebate.

Respiro fundo antes de falar:

— Eu tenho uma coleção com vários exemplares de *O Pequeno Príncipe* na minha estante. Não preciso do seu. Se quiser de volta…

— Nunca — ela se adianta.

Dou de ombros.

— Tá. O que quer que eu faça, então?

— Bem…

A menina olha para os dois lados na calçada onde estamos. Minha pergunta é retórica, não quero resposta alguma. Mas ela volta a falar:

— Preciso da ajuda de alguém que seja daqui, da cidade.

— Bem que reparei que seu sotaque é estranho. — A forma como ela pronuncia o R é de certo modo engraçado.

— Não é estranho. As pessoas costumam achar fofo e eu considero um charme — ela afirma, na defensiva.

— Você é paulistana? — indago, curioso.

A menina me olha com desdém.

— Talvez. Agora me responde por que a droga do transporte público não funciona nesta cidade...

Olho para a avenida principal da cidade e o que encontro é meia dúzia de carros passando no asfalto molhado.

— Esta não é uma cidade grande. Em feriados, o transporte costuma parar por algumas horas. Os motoristas têm famílias e também gostam de se reunir para a ceia e tudo o mais.

— O problema não é só os motoristas de ônibus. Praticamente não vi nenhum taxista.

— Creio que pelo mesmo motivo.

— Pois é. E agora eu preciso sair urgentemente desta cidade e não consigo. É questão de vida ou morte. — Ela abraça o próprio corpo.

As palavras dela acabam me deixando apreensivo.

— Questão de vida ou morte? — repito, refletindo.

— Sim — ela confirma, nervosa.

Odeio-me por pensar determinada coisa e mais ainda quando sinto que a frase já está saindo pela minha boca:

— Do que você precisa?

Quero mais que tudo guardar as palavras na minha boca. Foi mais uma reação involuntária do meu cérebro, tentando atrasar meu retorno para casa.

— Você é taxista? — ela rebate, sarcástica. — Porque não vejo seu carro por perto... A não ser que seja invisível. — E começa a rir.

— É o táxi invisível da Mulher Maravilha! — digo com raiva, só não sei se mais da ironia dela ou da minha resposta ridícula, começando a me afastar.

— A Mulher Maravilha tem um avião! — ela resmunga, vindo atrás de mim.

Apenas ouço suas botas fazendo barulho na calçada pavimentada.

— Que pena! Ela precisou vender para trabalhar de taxista por causa da crise. — Não olho para trás e atravesso a rua.

— Rá rá rá! — A garota vem andando rápido, para tentar me acompanhar. — Ela não precisa disso! Agora você...

— Ao menos não estou discutindo com um estranho na rua, sem rumo e sem saber como chegar a qualquer lugar que seja! — Uso o mesmo tom agressivo que ela.

— Está discutindo com uma estranha, sim. *Comigo!* — Ela então corre e para à minha frente.

Nossos guarda-chuvas quase colidem.

— Você é maluca! — exclamo, porque é a única coisa que vem à minha cabeça.

A menina ri.

— Sou. E, só para constar, a Mulher Maravilha tem um jato. Não um avião. Soltei essa pérola só para ver se você percebia e passava no teste. E baaaaaaaaaam! Foi reprovado. E tem mais: sim, eu aceito a sua ajuda.

— Que pena! — Dou de ombros. — Minha ajuda já não está mais disponível.

Passo por ela e volto a andar. Mas logo escuto os ruídos das botas indicando que a menina se reaproxima.

— Você não pode negar ajuda depois de ter oferecido! — argumenta.

Tenho vontade de rir da forma como a vida é zombeteira comigo: não bastasse eu estar destinado a um Natal bem ruim e tedioso, ainda precisava encontrar uma louca que me perseguisse.

— Não te ocorre que eu poderia ser um psicopata? — lanço a dúvida, com a esperança de que isso a amedronte.

— Duvido. Nem psicopata, nem tarado. Já lidei com alguns. Não psicopatas, mas tarados — ela responde com sinceridade.

— E como sabe disso? — Agora estou tão atordoado por eu e ela termos passado a andar lado a lado que diminuo os passos para que a garota possa me acompanhar.

— Bem... Se você fosse um dos dois, teria me deixado entrar na livraria e provavelmente já teria tentado pegar nos meus peitos ou fazer outras coisas nojentas.

— Mas eu posso fazer agora! — sugiro, ansioso para saber a resposta dela.

— Se você fizesse agora, Frederico, eu acionaria a polícia, já que guardei mentalmente seu nome completo quando vi seu crachá, na porta da livraria. Fora isso, com o nome da livraria em que você trabalha, seria ainda mais fácil te achar. E não fiz isso por desconfiar de que você fosse tentar algo, mas meninas aprendem a se defender. E, mesmo que isso não funcione, de alguma forma, se você tentasse alguma coisa, eu iria chutar suas bolas com tanta força, ou apertaria, apertaria, apertaria, até que de uvas-passas elas se transformariam em farofa para a ceia. — Faz uma expressão selvagem, que toma conta do seu rosto e sorri. — Agora você me ajuda?

Fico boquiaberto. De choque. De susto.

— Estou com medo de você — é tudo o que consigo dizer.

O sorriso dela cresceu ainda mais e pude ver seus dentes brancos reluzindo à luz opaca e amarelada de um poste.

— Entenderei isso como um sim.

Minha casa fica a uns dez minutos de caminhada do centro. A menina estranha não para de falar sobre as coisas mais aleatórias do mundo, mas tudo volta ao mesmo assunto: como ela odeia a minha cidade (onde nasci e cresci) e como precisa ir embora o mais rápido possível.

Não sei bem se por pena, mas acabo decidindo mentalmente que vamos até a minha casa. Lá eu pegarei o carro do meu pai e a deixarei na rodoviária. É Natal... Se está difícil para mim, para ela está bem pior. E não custa muito.

— Quando você vai perguntar o meu nome?

Eu a olho surpreso e dou de ombros.

— Estava esperando você dizer — disfarço.

— Blá! E se eu nunca falasse o meu nome, você me ajudaria sem nem ao menos saber como me chamo?

O mais engraçado é que ela tem um talento inato para fazer perguntas que me deixam desconcertado ou irritado.

— Sabe, talvez eu ache que algumas pessoas têm o direito de não ter a vida invadida. Por pura educação — digo, como se isso justificasse tudo.

Na verdade, não perguntei nada ainda porque sou tímido ou... sei lá, tenho receio de me intrometer demais. Eu sou assim, mais calado. E não há de ser com uma total estranha que vou me tornar desinibido.

— Isso não é questão de educação, Frederico — ela diz, com autoridade. — É lerdeza ou qualquer outra coisa que você queria usar como desculpa para definir esse comportamento estranho.

— Estou te ajudando e você só sabe ser desagradável... De que droga de mundo você veio?! — indago, sarcástico, mas eu estou mais divertido do que sério. — E, por favor, me chama de Fred.

— Não, não somos íntimos. Vou continuar te chamando de Frederico.

— Que seja.

— E aí?

— E aí o quê?

— O meu nome.

— O que tem?

— Não vai perguntar, não?

— Não.

— Nossaaaaaaaaaa! Que desagradável.

— Você é quem está sendo! — afirmo, na defensiva.

Ela revira os olhos teatralmente.

— Mostre um pouco de interesse na vida, Frederico.

— E como, na sua cabeça, eu faço isso? Querendo saber o nome de uma estranha que está detonando o meu Natal?

— Grosso! — Ela suspira. — Não sabia que estava sendo um peso assim tão grande... Se eu não estivesse tão sem saída, não aceitaria sua ajuda e tudo o mais.

— Tá. Agora, qual o seu nome?

— Quer saber mesmo?

— Quero muito! — falei, impaciente.

— Não vou dizer. — A garota, agora, parecia uma criança mimada. — Existem coisas mais importantes para se saber sobre uma estranha do que seu nome... Além do mais, você não mostrou interesse real e espontâneo para saber de nada!

— Certo. — Suspiro. — Então não me conta coisa alguma.

— E nós vamos ficar em silêncio esse tempo todo? — A menina pareceu desapontada. — Não. Não vamos — adiantou-se antes que eu pudesse falar. — Vamos fazer um jogo? De perguntas e respostas.

— Tá, tudo bem... — aceito, porque sei que não tenho saída.

— Ótimo! — Ela sorri, animada. — Sua casa está muito longe?

— Hummm... a uns cinco minutos daqui.

Um vento frio e cortante passa por nós, nos arrepiando. A chuva até está fraca, mas a ventania faz a temperatura cair drasticamente.

— Como você se chama? — pergunto.

A menina revira os olhos e suspira.

— Tanta coisa para perguntar e você insiste em querer saber o meu nome... Se perguntasse meu signo saberia muito mais sobre mim. Mas ok, vamos lá! Meu nome é Valentina.

— Valentina — repito, pensativo. Então lembro-me da dedicatória. Sou lerdo mesmo... eu já sabia. — É muito bonito.

— Sim. Também acho. Significa "valente", "forte", "vigorosa", características que obviamente me pertencem.

Começo a rir sem que ela perceba.

— Meus avós são russos e minha avó, uma grande feminista, quis me dar esse nome em homenagem à primeira mulher a visitar o espaço: a russa Valentina Tereshkova. A viagem aconteceu em 1963 e ela meio que se tornou uma heroína do país.

— Uau! Que legal! — digo com sinceridade. — Eu não sei nada sobre o meu nome, para falar a verdade... Nem gosto muito dele.

— Eu acho legal. Frederico — ela entoa de um jeito que faz meu nome soar importante. — Não sabe mesmo a origem?

— Bem... Não.

— E quer conhecer?

— Acho que mal não faria, né?

Valentina abre um sorriso.

— Espera um minutinho, então! — E ela para de caminhar.

Estamos parados em frente a uma loja de conveniências vinte e quatro horas. Valentina entra, deixando seu guarda-chuva laranja aberto diante da entrada e se acomoda numa das cadeiras da frente, protegida da chuva e da friagem. Eu a sigo, sem ter ideia do que ela vai fazer, deixando meu guarda-chuva ao lado.

Assim que entro, o ar quente me toca de forma agradável. Um senhorzinho redondo, calvo e de óculos não tira os olhos da TV quando me sento ao lado da Valentina.

Ela põe sua mochila na mesa de madeira e tira dela um livro grande, com ar de antigo. Então o abre e começa a passar as páginas com velocidade.

— O que é isso? — pergunto, curioso.

Valentina responde, sem desviar a atenção do que faz:

— Um livro com significados e origem dos nomes.

— Caramba, que legal! E você anda com ele na mochila, tipo... para todo lugar?

— Sim. É essencial. Quando crio uma personagem, para que ela ganhe outras características na minha mente, preciso criar seu nome o mais rápido possível. Então... — Ela abre um sorriso. — Achei! OLHA AQUI! — Indicou com o dedo, mas eu não consigo ler direito. — Ok, vamos lá. Frederico... Significa "rei da paz", "príncipe da paz", "o que governa com paz". Frederico tem origem a partir do germânico Friedrich, Fridurih, formado pela união das palavras *frid*, que significa "paz", e *rich, reiks*, que quer dizer "rei" ou "príncipe", criando o significado "rei da paz" ou "príncipe da paz", como você preferir.

Valentina então me olha cheia de expectativas.

— Gostou?

— Sim. Bastante... Eu nunca havia sentido curiosidade de pesquisar sobre isso. É legal saber.

Valentina sorri, fechando o livro e colocando-o de volta em sua mochila. A mochila dela, percebo agora, é de brim e tem um desenho personalizado feito com canetinha colorida. Um triângulo rosa de cabeça para baixo, com a cara de um unicórnio aparecendo.

— Você quem fez? — Aponto o desenho.

Valentina coloca a mochila nos ombros e se levanta. Vou com ela.

Saímos da loja e pegamos nossos guarda-chuvas. Agora cai uma garoa fina e constante, mas o bom é que já estamos bem perto de casa.

— Sim. Esse unicórnio se chama Thoth. Foi uma das minhas primeiras criações, quando eu ainda era bem novinha e nem sabia o que estava fazendo.

— Quer dizer que você trabalha desenhando?

Valentina suspirou.

— Mais ou menos... Eu quero isso. Não exatamente animação. Quero ser quadrinista. Meu maior sonho é ser criadora e ver uma das minhas histórias se tornando bem popular. Mas lógico que não sou idiota... Sei que terei que passar anos trabalhando nas histórias de outros caras, criando heróis machistas e reproduzindo heroínas de forma supersexualizada. Mas quando eu tiver a minha chance, vou conseguir mostrar ao mundo que uma heroína pode ser uma heroína mesmo.

— Nossa, adorei! — Sinto-me realmente impressionado.

— As pessoas não costumam levar muita fé... — Ela esboça um sorriso meio triste e encolhe os ombros. — Mas minha teoria é de que, se for pra sonhar, precisamos sonhar com o melhor, com o que realmente queremos, por mais impossível que pareça.

O teor da conversa me deixa meio mal. Os tais sonhos que todo o mundo parece ter, menos eu... Menos eu.

Paro de andar e Valentina para também. Aponto para uma casa de muro baixo, portão de ferro branco, meio enferrujado. Há uma Brasília verde-escura parada na garagem.

— Bem, Valentina, é aqui que eu moro. Espera só um minuto e...

— Licença. — Ela abre o portão e entra.

Eu apenas rio e vou atrás.

— Só pra saber... Qual o seu signo?

Valentina escondeu o riso.

— Escorpião... — Arqueou uma sobrancelha. — E você? Suspeito que seja... Câncer?

Suspiro. E não preciso dizer mais nada.

Lado a lado, passamos pelo jardim abandonado da minha mãe. Quando meus avós morreram, ela se perdeu um pouco de si. O jardim antes era cheio de vida; e as cores alegres das flores cultivadas serviam de oásis para abelhas, joaninhas e borboletas. Agora, folhas mortas e galhos retorcidos se confundem na escuridão do desamparo.

Ao chegarmos à entrada da cozinha, deixamos ali nossos guarda-chuvas e entramos, eu na frente e a Valentina atrás de mim.

— Pai, mãe! — grito. — Cheguei!

Escuto o som alto da TV. Eles devem estar entretidos demais com a novela.

Valentina observa a pequena cozinha. Um armário no canto com as portas abertas, uma louça suja na pia, e em cima do fogão, algumas panelas com comida. Compreendo de cara a sua expressão.

— Sem Natal — digo. — É difícil explicar.

Valentina se sente surpresa por ter sido flagrada e encolhe os ombros.

— Tudo bem — ela afirma.

"Não", penso. "Não está tudo bem." Mas nada comento. É realmente difícil explicar e entender o nível de alienação que meus pais vivem hoje.

Eu a chamo para entramos num corredor estreito. Nas paredes, fotos da família, de um tempo em que todos pareciam felizes e viviam de verdade.

Chegamos juntos à sala, e lá estão: meu pai sentado na poltrona e minha mãe, no sofá de três lugares, coberta por um edredom velho. Os dois usam pijama e se espantam ao ver a Valentina. Desconcertados, eles se aprumam.

— Olá! — minha mãe diz, passando a mão rapidamente pelo cabelo frisado. — Oi, filho! Não sabia que teríamos visita! — comenta, sem graça.

— Senta aí, pessoal! — Meu pai nos dirige um sorriso tímido. — Estamos vendo a novela...

— Não, pai, tudo bem — me adianto. — Estamos só de passagem.

— E quem é essa menina bonita com você? — minha mãe indaga, com os olhos na Valentina.

Ela então dá dois passos adiante e estende a mão para cumprimentá-la.

— Oi, tudo bem? Eu sou a Valentina.

— Você é namorada do Fred? — meu pai não contém a curiosidade. — Ele nunca trouxe uma namorada para conhecermos!

Quase engasgo. Sinto o rosto ardendo de vergonha.

Valentina ri alto e vejo seus olhos estreitos, pequenininhos, porque ela está rindo de verdade.

— Não, não! — me adianto mais uma vez, encarando meu pai com uma expressão que torço para que ele entenda. — Somos apenas amigos.

Meu pai dá um risinho de canto de boca.

— Amigos? Arrã... Sei...

Valentina continua rindo. Minha mãe lhe sussurra:

— Não liga para ele. É a indiscrição em pessoa.

— Er... Valentina, vamos lá pro quarto? — Nem imagino porque eu disse isso. O fato é que ninguém nunca entrou no meu quarto além dos meus pais. Nem sei se estou preparado para dividir algo tão íntimo assim com alguém; mas tudo o que quero é fugir dos meus pais.

E o que consegui foi fazer os olhos deles crescerem, como se finalmente tivessem entendido algo muito óbvio: eu trouxera uma menina para casa e a chamava para o meu quarto. Ou seja... para transar.

Meu pai sibilou, achando que estava sendo discreto, mas acho que todo o mundo ouviu:

— Você tem camisinha?

Meu rosto agora ficou roxo, mas eu apenas assenti, com as mãos tremendo de ansiedade.

— Vamos... — falo, quase engasgado, para a Valentina.

Ela parece compreender a situação melhor do que eu mesmo. Apenas sorri e se aproxima de mim.

— E... pai? Eu vou precisar do seu carro depois. — Seguro a mão da Valentina e a puxo para o meu quarto.

Assim que voltamos para o corredor estreito, meu coração pulsa loucamente. A Valentina me olha com aquele ar de riso, os olhos parecendo sorrir também.

— Bem... Desculpa pelos meus pais...

— Está tudo bem — ela responde, sem se abalar.

— É sério... Eu...

— Não precisa explicar nada.

Eu pude sentir a sinceridade nas palavras dela.

— Tá bom, então... Antes de entrar, quero que saiba que ninguém nunca entrou no meu quarto, além dos meus pais. E sou meio desorganizado e tal...

Valentina assente.

— Tudo bem, Frederico. Sério. Sem preocupações.

— E... Bem, não sei... — Dou risada. — Eu não quis realmente te convidar para o meu quarto, tá? Só queria sair de perto dos meus pais. Eles estavam me deixando embaraçado e...

Estou muito nervoso e não sei mais o que dizer.

— Relaxa, Frederico. Se você continuar com esse assunto, aí é que vou achar que tinha outras intenções comigo! — Ela engole o riso ao ver minha expressão de espanto. — Agora fiquei bem curiosa de conhecer o seu quarto. — Valentina me encara. — E pode deixar, guardarei os seus segredos.

Soltei um sorriso involuntário enquanto abria a porta para o meu mundo.

Meu quarto é bem comum — paredes brancas, um armário de madeira, uma escrivaninha onde ficava meu notebook, com uma cadeira em frente, a cama na parede e uma janela de cortinas azuis. Algumas roupas se misturam aos lençóis, que pendem da cama e se derramam no chão.

Valentina dá uma boa olhada em tudo, fazendo um giro de trezentos e sessenta graus. Quando acaba, me encara e encolhe os ombros.

— É meio sem graça, né? Meio sem vida... Sei lá. — O que ela diz me ofende mais do que eu imaginava ser possível.

— Eu gosto dele assim, mais sóbrio — rebato, na defensiva, colocando minha mochila em cima da cama.

— Mas você nunca pensou em dar um toque mais pessoal nessas paredes? Tipo um pôster de alguma banda ou filme que gosta? Ou sei lá, uma...

— Eu gosto dele assim — interrompo, mais sério.

Valentina acaba percebendo meu tom de voz meio nervoso. Eu nem sei por que estou tão irritado, para ser franco.

— Ok. Entendi — ela afirma, mais branda. — Você pode me fazer um sanduíche, algo pra comer?

Suspiro pesadamente antes de responder:

— Desculpa, mas você não acha que está abusando muito da minha boa vontade?

Valentina pressiona as duas mãos contra a barriga.

— Estou com muita fome, é sério! — ela diz, quase num sussurro.

Faço uma careta, mas a Valentina está fazendo um beicinho divertido e seus olhos redondos, junto com o conjunto da obra, é engraçado demais para que eu consiga evitar soltar uma gargalhada.

— Vou fazer um sanduíche. — acabo cedendo. — Mas só porque estou com muita fome também! Aí, depois, vamos para a rodoviária.

Valentina assentiu, deitando na beirada do colchão.

— Combinado!

Saio do quarto deixando a Valentina lá e vou para a cozinha preparar os lanches. Minha cabeça não para de girar com a complexidade desse momento, de um modo geral. Uma menina que nunca vi na vida está na minha cama, esperando que eu prepare um sanduíche e, basicamente, tudo o que sei sobre ela é seu nome, signo e o quanto ela é bonita.

Pego o pão e vou colocando alguns ingredientes, até pôr o queijo e o presunto e levá-lo à chapa. Enquanto espero, preparo suco de laranja, desses de pozinho.

Devo ter demorado uns dez minutos. Da cozinha, posso ouvir apenas o ruído da televisão, com a novela rolando pela programação rotineira da minha casa.

Arranjo tudo num prato, dois copos de suco, e vou equilibrando até o quarto. Quando abro a porta, tenho uma surpresa: Valentina tirou a touca e está com o cabelo amarrado num rabo de cavalo improvisado e debruçada sobre um A4, com alguns livros meus servindo de apoio. Assim que me vê, sorri, pega o A4 e o estende para mim.

Tem um super-herói desenhado ali!!! Ele é alto, meio musculoso, seguindo o padrão das ilustrações desse estilo. Mas o que chama a atenção é o capacete em sua cabeça. E a posição das suas mãos. Em cada uma delas, há pequenos círculos perfeitos. Que lembravam...

— Eu vi este boneco — ela argumenta, apontando o pequeno astronauta em cima da cômoda. — É a única coisa que realmente parece ser sua, é o elemento que o diferencia do quarto de qualquer outra pessoa. Achei que você gostasse de astronautas ou quis ser um quando criança, então, usei isso para criar um personagem para você. — Ela sorri.

Continuo admirando o desenho, sem conseguir falar.

— É, eu sei, não está tão bom... Mas eu tive uns cinco minutos para fazê-lo, então dá um tempo. Esses círculos em torno das mãos dele são planetas. Imagino você como um super-herói alienígena, que tem o poder de se transportar entre galáxias diferentes e tal. — Valentina, então, tira os olhos do desenho e volta a me encarar. — Por Deus, sei que não ficou bom, mas para de olhar com essa cara!

Ri sem querer. E pisquei repetidas vezes. Coloquei o prato com os sanduíches na cama e a Valentina avançou nele, deixando o desenho comigo.

Eu não conseguia parar de admirá-lo. Simplesmente não conseguia. Fiquei mesmo sem fala, mas não por ter achado o desenho fraco ou qualquer coisa assim. Eu estava emocionado demais para conseguir verbalizar qualquer palavra.

Comi em silêncio, enquanto a Valentina não parava de falar sobre suas criações.

Foi o melhor sanduíche de Natal que eu comi na vida.

10

Assim que acabamos de comer, a Valentina pega o desenho e o deixa em cima da cômoda.

— É pra você colar na parede quando voltar — ela diz. — Pra deixar o seu quarto realmente parecendo seu.

— Sim — concordo, recolhendo a louça suja, enquanto ela coloca a mochila nos ombros e me segue. — Pode deixar que será a primeira coisa que farei.

— Ótimo.

Saímos do quarto e vamos até a sala. A Valentina se despede dos meus pais, que insistem várias e várias vezes para que ela volte e avise antes, para que possam preparar alguma coisinha decente para comermos. Duvido muito que minha mãe prepare algo. Ela costumava ser uma mestra da cozinha — a casa vivia perfumada com cheiro de bolo fresco e café. Desde quando tudo aconteceu e meus avós se foram, minha mãe deixou seus dotes culinários de lado, assim como todos os outros que a tornavam uma pessoa viva e cheia de energia.

Saímos de casa. Valentina abre os portões de ferro e eu entro na Brasília velha do meu pai. Por causa do frio, o carro demora muito pra pegar. A cada tentativa frustrada com o motor engasgando, vejo pelos cantos dos olhos o sorriso da Valentina.

A chuva deu uma trégua, o que agradeço, pois faz um bom tempo que não dirijo e prefiro não contar com interferências da natureza — meu pai detesta emprestar o carro, mesmo agora que está aposentado e quase não o usa. E eu, como evito qualquer discussão por mesquinharia, nunca brigo pelo direito de usar a velha Brasília.

— Partiu rodoviária! — a Valentina brinca, assim que o carro pega, enfim.

— Torça para que role uma ceia dentro do ônibus!

— Torço mesmo! E se estiver acontecendo, pode deixar que eu te chamo. Aquele sanduíche fajuto só me deixou com mais fome!

— Ei! — protesto. — Eu fiz o meu melhor!

Ela dá risada.

— Eu sei... Só estou brincando.

Conforme vamos avançando pelas ruas, sinto uma animação crescente bombeando o meu coração. Nas raras vezes em que usei o carro do meu pai, eu amava dirigir à noite, com as luzes dos postes iluminando tudo precariamente e apenas o vento uivando, sem a cacofonia da cidade.

— Quer ouvir música? — ofereço.

Acho que esse é o máximo de tempo que a Valentina consegue ficar em silêncio. Ela está apenas com a cabeça encostada no vidro da janela, observando o mundo lá fora.

— Pode ser — ela responde.

Ligo o rádio e a primeira estação toca um pagode bem depressivo. Antes que eu faça menção de trocar, a Valentina se adianta e o faz. A próxima está tocando uma sertaneja que fala sobre mulheres, bebidas e festa. Dez segundos de música são o bastante para que Valentina desligue o rádio.

— Se você não se importar... — Ela tira o celular do bolso e abre o Spotify.

— Não... Tudo bem.

— Eu costumo criar *playlists* mensais, sabe? Divido mesmo por mês e coloco ali geralmente as músicas que mais estou ouvindo. É bom. Além de as músicas me ajudarem a lembrar de certas coisas que vivi em determinados momentos, é uma ótima fonte de inspiração para criar.

Logo o ambiente da Brasília é tomado pelo som de uma das músicas da Valentina. É agradável, do tipo que eu gosto — um rock meio-indie meio-pop meio-eletrônico.

Valentina começa a cantarolar baixinho e minha cabeça começa a viajar sobre mil teorias e dúvidas a respeito dela. Até que me dou conta de que a Valentina já estivera no meu quarto!!! Meu lugar mais íntimo. Sendo assim, ela não há de se importar em sanar algumas dúvidas.

— Daqui a pouco vamos nos separar, então, sei lá, você podia me contar sobre a confusão com o livro...

Ela para de cantarolar para falar:

— Qual confusão?

— Bem... Eu vendi hoje um *Pequeno Príncipe* daquela específica edição. Então, imagino que o cara que comprou comigo é seu... namorado?

— Você que vendeu o exemplar pra ele? — Valentina parece chocada. — Esse destino gosta mesmo de brincar...

— É. Fui eu.

Ela suspira.

— Pois é. Nada contra *O Pequeno Príncipe* e a raposa que é cativada, a rosa e tudo o mais do universo do livro... não tenho nada contra ele, sabe? O problema foi de quem veio, ainda mais depois de tudo...

— Sei... Eu perguntei mais por curiosidade. Se não quiser contar o que houve, tudo bem.

— Acredito que, quando colocamos para fora o que nos aflige, de alguma forma as coisas melhoram. Então, vamos lá. Eu tinha um relacionamento a distância, que deve ter durado uns seis meses... Ele morava aqui e eu, em São Paulo. A gente se conheceu lá, numa convenção de quadrinhos. Eu fui para assistir às palestras e ele era um dos seguranças do evento.

— Ahhhh... Então foi amor à primeira vista!

Valentina sacode a cabeça em negação.

— Nossa! Não! De jeito nenhum! — Ela ri. — Ele é rato de academia, você viu! Não faz muito o meu estilo e nunca me chamou a atenção pela aparência. A verdade é que eu queria muito assistir à palestra de uma mulher chamada Lilian Mitsunaga, que trabalhava com o letreiramento de quadrinhos aqui no Brasil. A Lilian já trabalhou com quase tudo, desde gibis da Disney até o do Batman *Cavaleiro das Trevas*! — A empolgação dela é quase palpável e a excitação salta aos olhos. — Tem noção disso? Ela é incrível! E tipo, eu PRECISAVA vê-la a qualquer custo! Só que cheguei atrasada demais pra fazer a minha inscrição na palestra e o Cláudio era o segurança naquele dia... E lá na hora, eu chorei tanto, implorei tanto, sem parar, que ele acabou me ajudando.

Sim, eu já conheço bem a capacidade de persuasão pela insistência da Valentina...

Ela prossegue:

— Ele me deixou assistir à palestra. Tudo bem que foi do fundão e não pude fazer perguntas nem nada, mas foi incrível! E no final, acabei conseguindo falar com ela! — A Valentina sorri, feliz. — Um dia incrível!

— E no que deu... o relacionamento de vocês? — indago, curioso.

— Então, eu vim pra cá hoje cedo, fazer uma surpresa... Ao chegar na casa dele, porém, quem teve uma grande surpresa fui eu. O Cláudio havia me contado que morava com os pais. Só se esqueceu de mencionar a namorada e a filha.

— Namorada e filha?!

Valentina suspira pesadamente.

— Sim... Descobri logo que cheguei. E o pior foi que a namorada não se abalou, sabe? Já está acostumada com o relacionamento safado dos dois... E enquanto eu conversava com ela, tentando mostrar como o mundo é bom e que ela não precisa ficar presa a um babaca, ele foi à livraria me comprar um presente de Natal! — Ela abre um sorriso sem humor. — Tem noção de como ele é cretino? Por isso eu queria devolver o tal livro.

Não sei bem o que dizer pra tentar tornar o clima mais ameno. Assim, apenas encolho os ombros.

— Sinto muito.

Valentina torna a sorrir.

— Não sinta... Eu criei um mecanismo pra mim que é ótimo e me impede de sofrer por esse tipo de coisa. Transformo esses momentos da minha vida em arte. Portanto, de alguma forma, é como se todas as coisas ruins que me acontecessem fossem uma dádiva, um presente, uma inspiração.

Foi impossível não me admirar das palavras dela.

— Por favor, Valentina, me conta como você transformou em arte essa droga que te aconteceu.

Ela abriu a mochila e apanhou uns rascunhos de desenhos. Acendi a luz dentro do carro para que pudesse observar melhor.

— Na história que estou criando, eu vou transformá-lo em vilão... Ele provavelmente será um cara manipulador, com poderes de força e mais alguma coisa. E, no final, terei que me juntar à personagem que é a namorada dele para derrotarmos o sujeito. Ao menos na minha história teremos um final decente.

— Essa tática é incrível! Pegar as coisas ruins da vida e transformar em arte.

— Sim! Desde que aprendi a fazer isso, juro que a vida se tornou menos difícil.

É muito estranho, mas não quero mais que este momento acabe. Com a Valentina eu me sinto tão à vontade, com a noite nos cobrindo e as músicas da *playlist* dela, que eu não conhecia, servindo de trilha-sonora... É um momento incrivelmente feliz.

— Me fale mais sobre sua história... — peço, querendo continuar ouvindo a voz dela.

Valentina parece animada demais pra contar; aquele realmente é o sonho dela — o que faz seus olhos brilharem e move a sua vida.

— Então... Vamos lá. Ainda estou definindo o nome da série e mais um monte de detalhes. Mas somos três heroínas principais. A inspiração veio das melhores amigas da minha infância: a Lavínia e a Sol. Então somos nós três contra o mundo. A personagem que é inspirada em mim se chama Valentine!

Nesse ponto soltei uma risadinha e ela me deu um soquinho.

— Tá, nada original, mas dane-se! A Valentine tem superforça e grandes habilidades em combate. Ela foi treinada por uma organização que faz com que indivíduos comuns se tornem assassinos e espiões profissionais a serviço do governo. Mas a grande questão é que a Valentine foi a única mulher a sobreviver a toda a carga de treinamento, que inclui, entre outras coisas, traumas e torturas para esquecer a infância e os vínculos familiares. No fim, a Valentine realmente não é controlada e decide fugir dessa organização. Mas eles não vão deixar isso assim tão fácil assim... Então eles a perseguem para matá-la.

— Nossa, muito legal! Eu leria uma HQ assim!

— Ah, tem bastante ação e tal... — A Valentina sorri e vejo que tenta segurar dentro de si o orgulho. — Aí tem essas outras personagens... A Lavínia consegue se comunicar com a natureza, então ela é bem forte... É capaz de controlar plantas, falar com animais e, com muito esforço, algo que ela ainda está aprendendo, pode causar tremores de terra.

— Uau! Que incrível!

Ela me mostra alguns rascunhos da personagem Lavínia.

— E por fim, temos a Sol. Ela veio de outra galáxia e consegue inflamar todo o corpo e controlar o fogo, de modo geral. — Valentina me mostra os desenhos que fez. — É a mais meiga das três, mas também a mais poderosa... Se não cuidar do seu poder direito, ela acaba destruindo tudo.

— Gente! — Acho tudo tão formidável e fantástico que não sei o que dizer. — Eu realmente quero ler um dia!

— E lerá! — A Valentina olha para a frente, orgulhosa. — Espero que antes de alguma produtora comprar os direitos para transformar em filme!

— Sim. — Adorei a resposta. — Também espero.

— E... ah... Eu nem ia falar. — Ela prende uma mexa de cabelo atrás da orelha. — Mas acabei me inspirando em você para criar um personagem... — Diante da minha expressão de espanto, a Valentina estala os dedos. — Sabe aquele desenho que te dei? Pois é. Você vai ser um personagem na minha história... E irá fazer aquilo mesmo: viajar entre as galáxias etc. E provavelmente ajudará a minha personagem em alguma missão.

— Jura?! Acho que meu personagem fará muito sucesso! — brinco, tentando disfarçar toda a felicidade que sinto em fazer parte daquele projeto. De uma forma boba, me acho importante por estar no sonho da Valentina. — Garanto que teremos cartas de milhares de fãs pedindo que eu me torne um personagem oficial.

Valentina revira os olhos.

— Não seja tão metido, caso contrário eu te mato! — Ela dá risada. — Mas agora, falando sério, acho que seu nome vai ser Cavaleiro do Infinito. Ainda preciso pensar mais a respeito disso... Nós vamos nos encontrar na história e você me dirá algo como: "Toda pessoa carrega um infinito dentro de si. Um mundo. Uma história. E quando os infinitos se encontram, coisas maravilhosas podem acontecer."

Meus olhos se enchem de lágrimas, por algum motivo. Cada palavra dela me emociona de uma maneira insana. Eu me sinto confiante, livre, feliz. Sinto-me capaz.

Quero que essa sensação dure pra sempre.

TODA PESSOA CARREGA UM INFINITO DENTRO DE SI. E QUANDO OS INFINITOS SE ENCONTRAM, COISAS MARAVILHOSAS PODEM ACONTECER.

Estamos perto da rodoviária — a alguns quarteirões de distância — quando o sinal fecha. Há apenas o meu carro na rua. Olho para os lados e vejo as luzes acesas em várias casas. Provavelmente as pessoas estavam tendo uma ceia bacana, com seus familiares e entes queridos.

Esse é um grande defeito meu: não falo muito (praticamente nada) sobre meus sentimentos, então deixo tudo guardado, acumulado, dentro de algum lugar no coração. E quando, de repente, esse espaço transborda, não consigo mais me conter e tudo sai... jorra... sangra... E escapa de mim.

— Queria muito ser o Cavaleiro do Infinito — digo com seriedade, nitidamente emocionado, olhando pra frente. Meus olhos ardem com a proximidade das lágrimas. Eu nunca choro. Quase nunca. As lágrimas também ficam guardadas na caixinha secreta. — Mas a verdade, Valentina, é que sou o cara mais perdedor do mundo! O mais ferrado!

— Para de falar besteira, Frederico... Claro que você não é um...

— Sou, sim! — eu a corto, porque no fundo mesmo ela não me conhece, não sabe direito o que está falando.

O fato é que a Valentina só conhece o cara solitário que fechou a livraria. E há mais e mais camadas de mim que me fazem afundar numa autopiedade muito difícil de lidar, mas que eu aceito. Eu sou um nada. Um nada.

O sinal abriu. O carro continuou parado.

— Por que está dizendo isso? — Valentina indaga.

Baixo o rosto, olhando para o meu colo, e sinto uma lágrima descendo. "QUE VERGONHA, FREDERICO!", meu cérebro grita, descontrolado, desesperado.

A *playlist* do mês de dezembro da Valentina preenche os momentos de silêncio.

51

— Eu não tinha me dado conta disso, mas agora várias peças do meu passado e do meu presente se juntaram aqui na minha mente... E... — Minha cabeça lateja; uma pontada aguda me espeta atrás dos olhos. — Sou um cara que não tem sonhos, Valentina. Simples assim. Dessa forma feia e louca mesmo. Eu-não-tenho-sonhos!

Sinal vermelho.

— Se acalma, ok? — A Valentina tenta me fazer não perder o controle. — Todo o mundo tem sonhos. Às vezes o que acontece é que você só não sabe ainda que um certo desejo é o seu grande sonho... Nós iremos descobrir.

— Como? — pergunto, quase choramingando.

A verdade mesmo é que estou desesperado.

— Vamos lá, eu vou te ajudar. — A Valentina respirou fundo; eu podia sentir seus pensamentos se movimentando, em ebulição. — Hummm... Onde você se vê trabalhando daqui a alguns anos?

Mordi o lábio, pensativo.

— Não sei... Eu gosto muito de trabalhar em livrarias...

— Então talvez você possa montar sua própria rede de livrarias...

— É, não sei — resmungo, contrariado. Esse não é o meu sonho, na verdade.

Olho para a janela, totalmente frustrado. O sinal já tinha fechado de novo. Nenhum carro passara por nós. A música já é outra.

— Não desanima! — a Valentina exclama, me tirando dos meus pensamentos. Ela sorria. — Nós vamos conseguir!

Respiro fundo, tentando acalmar os batimentos acelerados do meu coração.

— Vejamos... Sem pensar muito, me diga as três coisas que primeiro vêm a sua cabeça!

— O quê? — Faço uma careta terrível.

Valentina ri.

— Não precisa ser nada ambicioso, Frederico! Apenas diga. Três coisas! VALENDO!

Fiz o que ela pediu. Procurei não pensar muito e soltei:

— Pizza, rock e Batman!

No instante em que falo, um silêncio incomum toma conta do ambiente. São aqueles segundos em que uma música acaba e a outra começa. Para mim parece uma eternidade. Meu rosto deve estar vermelho de vergonha.

— Certo... — a Valentina diz, pensativa. — Vamos ver o que podemos fazer com esses três elementos... Pensemos...

— Meu Deus! — exclamo, num desabafo. — Eu sou um desastre!

Sinal vermelho.

— OLHA ALI! — A Valentia apontou para uma loja de conveniências ao lado de um posto de gasolina alguns metros à frente. As letras em neon vermelho diziam: PIZZA.

— Você está com fome?

— MUITA MUITA MUITA! — ela continua gritando, excitada. — Vai, Frederico! Vai!

Empolgado com a animação dela, acabo acelerando e ultrapassando o sinal vermelho.

— MERDA! Não vi que o sinal estava fechado!

Valentina gargalha.

— Tem minutos que não há ninguém nesta avenida além de nós dois!

— E a multa?

— O que é uma possível multa perto de toda a adrenalina de ultrapassar um sinal vermelho? — ela contra-argumenta.

— Dinheiro. Que vai sair do meu bolso! — respondo, mas acho graça da situação.

Valentina meneia a cabeça.

— Caretão! Para aí perto. — Ela aponta para a loja de conveniências.

Estaciono em frente, ela pausa a *playlist* do Spotify e saímos do carro. Assim que a porta abre, sou atacado por rajadas de vento frio. Praticamente corremos para dentro da lojinha.

No balcão de madeira há várias prateleiras de doces. Vemos também uma grande geladeira com propaganda da Pespi Twist e vários biscoitos espalhados por todo canto, distribuídos por marca.

Um senhor barrigudo, de cabelo branco, desvia os olhos do especial de TV. É uma animação de Natal de Toy Story. Ao menos não é o show do Roberto Carlos (nada contra, meus pais adoram, mas eu prefiro o Buzz Lightyear).

Valentina se aproxima dele com seu melhor sorriso.

— Boa noite, senhor! — ela cumprimenta, puxando o erre no final das palavras com aquele típico sotaque paulistano. — Nós queríamos uma pizza.

O senhor dá risada da animação na TV, desviando o olhar da tela por uma fração de segundo, claramente a contragosto, e aponta para o cardápio em cima do balcão.

— Está aí — diz, meio sem vontade.

Puxo o braço da Valentina.

— Ah, vamos embora... Você nem está com fome de verdade...

Ela me encara.

— Como pode saber? — rebate, voltando-se para o vendedor. — Oi, tem como você me dar atenção?

O senhorzinho revira os olhos teatralmente, enquanto boceja e deixa de lado a pequena tela plana pendurada na parede.

— Fala.

Valentina respira fundo.

— Senhor, sei bem que não está curtindo trabalhar no Natal, e tudo bem. Mas olha aqui para nós dois! — E apontou para mim e para ela. — Nosso Natal também está sendo meio ruim. Coisas ruins aconteceram pra mim e este menino aqui, o Frederico, enfrenta uma crise existencial porque ele nem ao menos sabe qual é o seu sonho! Você tem noção de como é viver assim? Não, né?

A boca do homem estava aberta, como se ele vivesse em um universo paralelo.

Valentina prossegue:

— Foi o que imaginei. Agora, por favor, poderia nos dar atenção? Porque nós só queremos saborear uma pizza e tentar esquecer as drogas dos nossos problemas!

O homem me fita, depois, lentamente, torna a falar com a Valentina.

— Tudo bem — responde, enfim, com um sorriso simpático.

Ela me olha, claramente satisfeita.

— Queremos uma pizza personalizada. Digo... podemos sugerir os ingredientes e o senhor faz pra gente?

O homem parece considerar a opção por alguns segundos, mas no final apenas dá de ombros, batendo as mãos uma na outra, como se dissesse: "Estou pronto."

— Vamos lá! Digam o que querem! — Ele tira o lápis preso atrás da orelha e puxa um bloquinho de papel que estava por perto.

Valentina me encara com a sobrancelha erguida, diante do meu silêncio.

— Anda! — ela me incentiva. — Diz tudo o que você ama numa pizza!

Tomado pelo impulso, começo a falar:

— Bem, eu amo pizza de quatro queijos... Mas também adoro as de calabresa e acho que empata, no meu gosto, com a de frango com catupiri. Mas não posso deixar de citar também a de bacon...

O homem anota tudo. Valentina sorri para mim, parecendo satisfeita, e depois se vira para o vendedor.

— Faça uma pizza com todos esses ingredientes, tá?

Ele abre um sorriso.

— Verei o que posso fazer! — E some por uma porta, que deve levar à cozinha.

Valentina senta num dos dois conjuntos de mesa e cadeiras do lugar e eu a acompanho.

Ela sussurra:

— Desculpa pelo meu discurso sobre você ser um cara sem sonhos e tal... Não acredito em uma palavra do que eu disse, mas precisava convencer o homem de algum jeito. Fazer com que ele tivesse pena da gente foi o que me veio à cabeça.

E aí eu quero me encolher na cadeira onde estou.

— Tudo bem.

— É sério. — ela reforça, e eu acredito em suas palavras.

Valentina se espreguiça.

— Que dia louco! — exclama, mas acho que era mais para si mesma do que para mim. — E então... me fala mais da sua vida.

O pedido dela me pega de surpresa. Geralmente as pessoas não se interessam muito pela minha vida. Tipo... nunca.

— Ahn... Não tenho nada de interessante para contar.

Valentina se inclina sobre o tampo.

— Todos têm algo interessante para contar sobre si, Frederico.

Paro para pensar um pouco em algo não tão vergonhoso assim para revelar, mas nenhuma ideia me ocorre. Não quero sair inventando um personagem popular e querido, porque eu saberia que tudo não passava de uma grande mentira e isso me deixaria ainda mais depressivo.

— Odeio televisão. — Dirijo o olhar para o meu colo. Isso me ajuda a falar, de alguma forma. — Na verdade, passei a odiar depois que meus avós maternos morreram, uns cinco anos atrás. Meu pai perdeu os pais muito cedo e os pais da minha mãe praticamente o adotaram, sabe? Então minha família sempre foi muito unida. Muito mesmo. Meus avós eram desses que fazem almoço no domingo e ligam em cima da hora pra família toda se reunir, e todos iam. Tios, tias, primos. Eu amava isso. Amava estar perto de todo o mundo. Mas aí o meu avô morreu e menos de seis meses depois, minha avó também. E foi bem pesado, porque a família deixou que uma rachadura invisível e destrutiva se criasse, sabe? Meus tios foram se afastando e meus pais começaram a substituir o apelo e carinho da família pela TV, de modo geral. Portanto...

— Também não gosto muito de TV. Mas não tenho esse problema com os meus pais. A minha relação com eles é bem incomum. Minha mãe é pintora e meu pai, escultor. Só que os dois vieram de famílias ricas. Eles se conheceram num evento de literatura. Estava rolando um luau na praia; era noite de lua cheia, eles contam. Minha mãe, com uma coroa de flores, dançava em torno de uma fogueira. Meu pai conta que, quando a viu, se apaixonou na hora. E a quis. Eles então passaram a viver juntos. Nunca se casaram no papel, nem fizeram uma cerimônia. É engraçado, né? Eles simplesmente pegaram suas roupas e foram morar juntos. Fim.

— Isso é inspirador — comento.

Valentina assente, meio incerta.

— É, digamos que sim... Mas o fato é que esse meu jeito "eu quero, eu faço" foi herdado deles. E isso às vezes me deixa um pouco sem freios. Sempre tive uma educação muito libertária. Nenhuma das minhas amigas foi criada com tanta liberdade quanto eu. E amo isso. Contudo, de vez em quando sinto falta dos meus pais em casa...

— E onde eles estão agora?

Sorrindo, a Valentina pega o celular e mexe por alguns segundos. Logo ela estica a mão com o visor na frente do meu rosto.

Na foto, há um casal abraçado, sentado na areia da praia. Uma *selfie*. Vejo que a Valentina tem muito mais da mãe do que do pai.

— Em Búzios. Fizeram uma viagem de última hora pra lá... Foram passar o Natal na natureza.

— Ah... — Sorrio. — Isso é legal, vai! Você tem que concordar.

Valentina me olha com timidez.

— Sim... Eu já me acostumei. Eles nasceram com as almas livres... — Ela então rola um pouco as mensagens e me mostra uma das de sua mãe.

Estamos atrás de sereias! Hahaha!

Começo a rir e a Valentina me acompanha.

— Bem loucos, né? — ela diz.

Concordo com um gesto de cabeça.

— Mas bem felizes.

— Sim. Eles são bem felizes. E livres.

— Acho que você herdou isso deles, não?

Valentina suspira.

— Sim, Frederico. Digamos que viajar e viver essa sensação de liberdade latente é um prazer inestimável. Mas... é uma questão com dois lados, sabe? Às vezes também sinto falta de criar raízes.

— Criar raízes? — indago, confuso.

Valentina assente.

— É. Claro que amo viajar. Com meus pais, já conheci vários lugares, muitos dos quais a maioria das pessoas nunca ouviu falar. Porém, por outro lado, quando se vive uma vida assim, dificilmente você cria raízes. É complicado criar laços fortes o suficiente na vida das pessoas que estão ao seu redor. Por exemplo, o moço da esquina onde moro, que vende pãezinhos, nunca vai lembrar o meu nome.

As palavras dela me fazem refletir, ao mesmo tempo que digo:

— Mas isso não significa que você não possa nem tenha se tornado importante para as pessoas. Talvez você seja como uma planta especial que não nasce em qualquer solo e merece certos cuidados especiais.

Vejo pela primeira vez as bochechas da Valentina ficarem levemente coradas.

— É. Pode ser...

— EI, MOLECADA! — o senhor retorna com a minha criação nas mãos. — Preparados para comer?

Ele coloca sobre a mesa o tabuleiro com a pizza e logo traz dois pratos de vidro com garfo e faca. É quando a Valentina se agita em seu assento.

— Ei! Puxa uma cadeira e come com a gente! — ela exclama.

O senhor arregala os olhos.

— Eu?! — Ele leva a mão ao peito, chocado. Fica óbvio que esse tipo de convite não acontece muito.

— É! Esta pizza parece deliciosa merece ser saboreada pelo máximo de pessoas possível!

O senhor abre um sorrisinho.

— Se a senhorita insiste!

O senhorzinho logo puxa uma cadeira e, com maestria, parte a pizza em vários pedaços. O queijo está derretendo, se misturando aos pedaços de frango, calabresa e bacon. Meu estômago ruge ferozmente.

Logo após partir a pizza, cada um de nós pega um pedaço. Corto um pedacinho e levo à boca.

E UAU!

UAUUUU...

UAUUUUUUUUUUUUUU...

A massa é leve e a borda, bem crocante. O queijo parece derreter ainda mais na boca, numa mistura insana de sabores.

— MEU DEUS! — A Valentina joga as mãos para o alto. — Esta é a melhor *fucking* pizza que já comi!

— SIM, SIM, SIM!!! — concordo na hora. — A MELHOR!

O senhor sorri.

— Está maravilhosa, mesmo! — ele afirma.

Pelo minuto que se seguiu, ninguém falou mais absolutamente nada. Apenas comemos a pizza com vontade e prazer, devorando cada pedaço em nossos pratos. Sem demora, cada um pega outro pedaço, até o tabuleiro ficar vazio, apenas com alguns restos de frango desfiado que sobraram.

— Acho justo colocar essa belezura no cardápio oficial — o senhorzinho diz, claramente satisfeito.

— YAY! — Valentina se anima. — Já sabe como vai batizá-la?

Ele sorri, confuso.

— Essa mistureba de ingredientes que deu certo no final? Acho difícil!

— Eu não. — Ela pisca para mim. — Definitivamente essa pizza deve se chamar: à moda Frederico.

— À moda Frederico? — o senhor indaga, confuso.

Sorrindo largo, a Valentina se levanta e pousa ambas as mãos nos meus ombros.

— Sim... Foi o Frederico aqui que deu a sugestão dos ingredientes. Acho que ele merece os créditos.

O senhor torna a sorrir, complacente.

— Sim... À moda Frederico é muito bom... E quando me perguntarem a inspiração para o nome, terei uma boa história de Natal pra contar.

Minhas bochechas estão quentes, provavelmente vermelhas, mas não consigo parar de sorrir.

— E qual o nome do senhor? — pergunto, curioso.

Ele, envergonhado, coça a cabeça antes de responder:

— Me chamam de Maiole. Mas é sobrenome.

— Maiole é um nome ótimo para um pizzaiolo! — a Valentina garante, com aquele jeito encantador que contagia o ambiente. — Então, Maiole, quanto te devemos?

— O quê? Ah, a pizza? — Ele dá risada, parecendo um típico italiano. — Não, por favor, garotos! Vocês alegraram a minha noite. É por conta da casa!

— Nada disso! — eu intervenho. — Não podemos aceitar!

— Exatamente! — a Valentina reforça.

O Maiole sacode a mão, como se afastando nossos argumentos.

— Deixem disso! Hoje é Natal! Considerem como um presente. — Ele então se levanta, recolhendo a louça para levar para a cozinha. — Além disso, acabei ganhando uma nova receita: a pizza à la Frederico!

Eu e Valentina nos olhamos, sem saber como argumentar.

— Nesse caso... — Ela encolhe os ombros, ainda de pé. — Muito obrigada!

Posso sentir o seu perfume. É doce, forte.

O Maiole sorri.

— Obrigado também pelo Natal mais bizarro da minha vida!

Nós três gargalhamos, nos despedindo logo em seguida. Assim que o Maiole desaparece na cozinha, deixo rapidamente uma nota de vinte reais em cima da mesa. A Valentina esboça um sorriso ao ver meu ato e em questão de segundos tira uma canetinha do bolso e escreve:

Feliz Natal! :)

Juntos, satisfeitos, felizes e de barriga cheia, saímos da lojinha sorridentes. O clima parece cada vez mais gelado e praticamente corremos para dentro do carro.

Assim que entramos, dou a partida, e a Valentina volta a acionar a sua *playlist*.

Quem diria que o meu Natal seria assim?

12

Eu dirijo pela noite e a Valentina tecla ferozmente no celular. O brilho do visor é a única coisa que ilumina o seu rosto. Ela então bloqueia o celular e apenas deixa as músicas tocando.

— Estava desejando feliz Natal para algumas pessoas importantes, tipo meus pais, algumas amigas e aquelas duas da infância de quem te falei…

— As que te inspiraram a criar as heroínas?

— Sim, elas mesmas. A Lavínia mora em São Paulo e a Sol se mudou com a família pro Rio de Janeiro. Meio que cada uma seguiu um caminho, mas mantemos contato. Ainda que de um jeito estranho, a ligação que tive com elas na infância ainda está aqui, em mim…

Acabo rapidamente associando as palavras dela com outra conversa que tivemos e, enquanto paro em um sinal fechado, olho pra ela com carinho.

— Está vendo? Acho que você tem raízes sim… Só não olhou pro lado certo.

No mesmo instante, os olhos da Valentina se arregalam, como se tivesse ficado surpresa com o que eu disse, e logo seu sorriso aparece.

— É, você tem razão.

Fico feliz por ter podido acrescentar um pouco da minha visão de mundo pra Valentina também.

Continuamos em frente até que, em determinado ponto, uma música muito alta começa a se fazer presente, se sobrepondo àquela que escutávamos dentro do carro.

— Tá ouvindo? — Valentina baixou rapidamente o som do celular, apurando a audição. — Essa música é…

— *Smells Like Teen Spirit*, do Nirvana — digo, tendo detectado a música antes dela.

Abrimos as janelas quase no mesmo segundo em que o refrão explodiu no ar.

A Valentina tira o cinto e começa a olhar para todos os lados, quase dando uma volta de trezentos e sessenta graus dentro da Brasília. E quanto mais eu avanço pela pista, mais nos aproximamos da origem do som.

— É ALI! — ela grita.

No meu lado esquerdo, alguns metros à frente do bar, vejo pelo menos dez motoqueiros. Eles seguram copos de cerveja e, com os pulsos erguidos, cantam a plenos pulmões.

— Para, para aqui! — a Valentina pede.

Paro atrás de umas cinco motos encostadas rentes ao acostamento. A Valentina pula pra fora e corre pra frente do bar. Eu a acompanho, mais atrás. A primeira coisa que vejo é a fachada do lugar. Há uma plaquinha de madeira onde se vê escrito "BAR CABEÇA DE BODE", com o desenho da cabeça do bicho. Já em frente ao bar, percebo com clareza que por cima da voz do Kurt Cobain havia três amigos com microfone, cantando num aparelho de karaokê.

É engraçado, mas todos os caras aqui parecem ter o mesmo rosto: cabeça rapada ou cabelo grisalho, marcas de expressão bem desenhadas, barba grande e jaqueta de couro.

— Nós precisamos cantar! — a Valentina diz, perto do meu ouvido.

— O quê? — Quase engasgo. — Você está louca?!

Ela ri alto.

— Claro que não! É sério. A gente precisa cantar!

Antes que eu possa dizer qualquer coisa, ela se aproxima de um dos motoqueiros. Este, em específico, está de óculos escuros, mesmo à noite.

— Com licença. — Valentina lhe dirige o seu melhor sorriso. — Como a gente faz pra poder cantar no karaokê?

O cara responde sem nem ao menos virar o rosto na direção dela:

— Lamento. O bar está fechado.

A Valentina abre a boca, meio chocada.

— Como assim? E essa gente toda? — ela indaga, nervosa.

Agora estamos chamando a atenção dos outros motoqueiros também. Todos nos encaram com cara de poucos amigos.

Tento puxar a Valentina, mas ela se desvencilha e continua encarando o barbudo de óculos.

— Exijo falar com o dono do bar! — ela impôs a autoridade que não tinha.

A música já acabou, e agora até quem está dentro do estabelecimento olha pra nós.

O motoqueiro barbudo tira os óculos escuros.

— Eu sou o dono do bar! — afirma, com sua voz rouca, seca e grossa. — E fechei a merda do bar pra comemorar o Natal com os meus amigos. E isso diz respeito apenas a mim! — O cara bate a mão contra o peito ao dizer a última frase.

Ouvindo-o falar, tudo o que consigo é reparar em duas coisas: as veias na cabeça dele pareciam que iam explodir; e enquanto eu tremo de medo, a Valentina se mantém na mesma pose, inabalável.

— Já acabou o show? — ela rebate.

Se é possível que a alma saia do corpo, é nesse momento que isso acontece comigo.

Alguns amigos do barbudo dão risada.

O barbudo solta um rosnado, mas a Valentina prosseguiu:

— O Natal deveria ser uma data em que as pessoas são mais solidárias umas com as outras. Eu só pedi para cantar UMA música na droga do seu karaokê! Será que isso é tão difícil assim?

A expressão do motoqueiro continua a mesma.

Valentina suspira.

— Tá... vou ser sincera. Eu prometi uma noite incrível pro meu namorado, mas, cara, está sendo uma droga... — ela sussurra, mas eu posso escutá-la. — Vamos lá, só uma música. Talvez eu consiga tornar a nossa noite um pouquinho especial.

Sinceramente não dá pra entender o porquê de tamanha insistência da parte da Valentina. A noite já está boa o suficiente.

Mas então o motoqueiro resmunga algo e aponta para o palco.

— Vai lá. Uma música.

A Valentina dá uns pulinhos, agarra meu braço e me puxa para perto do aparelho.

O motoqueiro acende um cigarro e fala alto para os amigos ao redor:

— Vejamos a música que o casalzinho vai escolher — diz, cheio de ironia.

Os caras soltaram risinhos e comentários desdenhosos em apoio sobre algo que envolvia cantar alguma música de Sandy e Júnior (e eu confesso que saberia cantar de cor).

Valentina para ao meu lado, em frente ao karaokê, com a cartilha de canções disponíveis aberta nas mãos, e sussurra:

— Você conhece algum rock pesado, pra sei lá, a gente calar a boca desses idiotas?

— Rock pesado tipo o quê?

— Marilyn Manson — ela sugere, em dúvida.

— Não conheço nada dele.

— Nem eu. — A Valentina morde o lábio.

— E AÍ?! — o motoqueiro grita, às nossas costas. — Não achou nada do *gosto* de vocês?

Ela suspira, frustrada, espicaçada pela provocação.

— Apenas vamos embora, Valentina... — sugiro baixinho.

Ela faz que não com a cabeça.

— Nada disso. Agora é questão de honra.

Valentina usa o controle remoto pra colocar o número de uma música que eu não vejo qual é, e então me empurra de leve, me fazendo sentar numa cadeira de madeira. Ela segura o microfone dramaticamente perto do rosto, como se fosse uma grande estrela pop, e os primeiros acordes de uma guitarra começam a soar. Era Rolling Stones: (*I Can't Get No*) *Satisfaction*.

Valentina aponta para mim e começa a cantar de forma suave:

I can't get no satisfaction
I can't get no satisfaction
'Cause I try and I try and I try and I try
I can't get no, I can't get no

Por menos que eu seja um especialista em rock, esse é um clássico.

Valentina arranca a touca da cabeça, joga-a no meu colo e sacode o cabelo. Ela está sexy e selvagem de um jeito incrível.

When I'm drivin' in my car
And that man comes on the radio
He's tellin' me more and more
About some useless information
Supposed to fire my imagination
I can't get no, oh no no no
Hey hey hey, that's what I say

Percebo que o burburinho de deboche dos motoqueiros logo silencia, à medida que ela canta as estrofes, ora sentando em uma das cadeiras de madeira e levantando uma perna, ora apontando para mim e passando a língua nos lábios.

No momento do refrão, é mágico e surreal:

I can't get no satisfaction
I can't get no satisfaction
'Cause I try and I try and I try and I try
I can't get no, I can't get no

Todos os motoqueiros estão com os braços erguidos com seus copos de cerveja ou seus cigarros Malrboro, cantando a plenos pulmões o icônico refrão.

Até eu me surpreendo ao perceber que minha voz se juntou ao coro. Valentina canta com seu cabelo negro sobre o rosto, mas eu claramente posso ver seu sorriso.

Ela então me surpreende se aproximando ainda mais de mim. Meu coração acelera. Ela ergue uma das pernas e a pousa na base da cadeira, entre minhas duas pernas.

When I'm watchin' my TV
And that man comes on to tell me
How white my shirts can be

Valentina entoa a letra para mim, me olhando nos olhos.

Um motoqueiro pousa a mão em meu ombro. Quando desvio o olhar da Valentina e o olho pra ele, o cara me faz sinal de positivo. Noto que todos os seus dedos são tatuados. Ele sorri e um dente de ouro reluz.

— Entra no show, rapaz! — ele diz, me dando um tapinha nas costas como incentivo.

But he can't be a man 'cause he doesn't smoke
The same cigarrettes as me
I can't get no, oh no no no
Hey hey hey, that's what I say

Quando volto a concentrar a atenção na Valentina, ela segura o colarinho da minha camisa, me fazendo levantar. Frente a frente, ela canta para mim. Até que as guitarras começam a aumentar o volume... E eu sinto a adrenalina chegando.

Chegando...

Chegando.........

E explodindo!

I can't get no satisfaction
I can't get no girl reaction
'Cause I try and I try and I try and I try
I can't get no, I can't get no

No refrão, eu e a Valentina cantamos gritando, um diante do outro, com os motoqueiros fazendo coro ao nosso redor.

Apenas fecho os olhos com força, sentido a magia da música percorrer meu corpo, fazendo meu coração bombear alucinado.

Juro que é um dos melhores momentos que já vivi.

Juro que este é o tipo de coisa que vou gostar de contar para os meus netos numa tarde de domingo!

Juro que jamais me senti tão vivo!

When I'm ridin' round the world
And I'm doin' this and I'm signing that
And I'm tryin' to make some girl
Who tells me baby better come back later next week
'Cause you see I'm on losing streak
I can't get no, oh no no no
Hey hey hey, that's what I say

A guitarra explode e eu me jogo no chão, ajoelhado, imitando os movimentos de um guitarrista, enquanto a Valentina sacode a cabeça freneticamente. Sinto as pontas dos fios do seu cabelo negro me tocando. Parece que vamos nos fundir em uma coisa só.

I can't get no, I can't get no
I can't get no satisfaction
No satisfaction, no satisfaction, no satisfaction

Quando a música acaba, o som é substituído instantaneamente por gritos e assobios. Os motoqueiros estão nos aplaudindo!

No telão, o sistema do karaokê mostra a pontuação: 92.

Valentina me dá a mão, me ajuda a levantar e em seguida pula nos meus braços, me dando um abraço apertado.

Ela não abraça com o corpo: abraça com a alma.

— Vocês são firmeza mesmo! — o motoqueiro dono do bar quase berra, se aproximando de nós dois e nos puxando para um abraço único e desajeitado. — Marcelão, uma rodada de cerveja por minha conta!

A Valentina sorri com os olhos, e acho que eu também.

Quando a cerveja chega, todos erguemos nossos copos e, na hora de batê-los uns nos outros, tomo um banho de cerveja com os respingos que escaparam.

Antes de beber, a Valentina me estende o copo dela.

Um brinde só nosso.

Nosso.

Estendo meu copo também e bebemos juntos, de uma vez.

O gosto amargo desce pela minha garganta. Confesso que nunca fui muito chegado a bebidas alcoólicas, mas juro, eu estava muito feliz.

Quando acabamos nosso brinde coletivo, um outro cara pega o microfone e começa a cantar algo da Ana Carolina, o que, lógico, leva a uma série de piadinhas e brincadeiras por parte dos seus amigos.

Olho pra Valentina, querendo guardar pra sempre na memória a expressão exata de felicidade e serenidade do seu rosto.

Ela ainda sorri quando diz:

— Vamos?

O fio da realidade me traz de volta.

— É... Sim. Você ainda tem uma viagem longa pra fazer.

Valentina concorda com a cabeça, e juntos nos aproximamos do motoqueiro chefe.

— Adorei conhecer vocês! — ele afirma, e é engraçado vê-lo sorrindo com sinceridade. O sujeito é um cara muito legal por baixo de toda aquela pose de durão.

— Nós também adoramos! — a Valentina garante.

— Feliz Natal! — eu lhe desejo, para então gritar para os demais: — Feliz Natal, galera!

Todos respondem e acenam, e eu e a Valentia voltamos para o carro, depois de ela ter pego a touca que jogara para o ar na hora da apresentação.

Assim que entramos, meus olhos passam pela tela do celular dela, e é impossível não ver: oito chamadas não atendidas do Cláudio. É instantâneo, mas começo a sentir certa irritação. Na verdade, esse é um sentimento novo: o ciúme.

Valentina retomou a *playlist* enquanto eu dava a partida no carro.

— Você não vai retornar? — acabo soltando, sem raciocinar.

Valentina olha pela janela, distraída.

— Retornar o quê?

— Suas ligações — digo de um jeito mais rude do que eu esperava.

Ela suspira.

— Não. Tudo o que eu tinha para falar com ele já foi dito. Hoje eu só quero aproveitar a noite... — Ela então escancara a janela e coloca o rosto pra fora. Foi preciso segurar sua touca para que não voasse.

— Você é louca! — digo, rindo, já sentindo minha irritação se esvair naturalmente.

Valentina volta com o corpo para dentro, pega a minha mão e a encosta em seu nariz.

— Gelado, né?

Eu faço que sim.

Ela sorri abertamente.

— Quando eu estava com os meus pais, a gente costumava fazer isso. E dizíamos que parecia o focinho de um cachorro, meio molhadinho.

Eu então começo a rir, porque é muito engraçada a forma como ela conta a história.

— Obrigada... — a Valentina diz, depois de um tempinho.

— Pelo o quê?

Ela me dá um empurrãozinho de leve.

— Não se faz de bobo! Você sabe... Tudo isso que está fazendo por mim. Sério. Eu nunca teria como retribuir. — Então, desviou o olhar do meu rosto e mirou na paisagem que se estendia na janela.

— Eu também tenho que te agradecer, então... — murmuro. — O meu dia estava sendo uma merda total. A minha noite seria ainda pior, sem dúvida. Mas com você aqui, sei lá... Acho que estou tendo a noite mais louca da minha vida. — Sorrio. — E a mais legal.

Ela sorri também.

— Acho que somos o presente de Natal um pro outro.

— Sim. Isso faz total sentido.

Então avistamos a iluminação que circunda a rodoviária. Chegamos. E o meu coração começa a doer...

13

Um minuto depois estaciono a velha Brasília do meu pai num posto de gasolina ao lado da rodoviária. O visor do meu celular mostra que são onze horas em ponto. O vento frio sacode nossos cabelos com violência. O termômetro marca oito graus.

Valentina desce do carro e eu a acompanho. Vamos caminhando em silêncio em direção à entrada da rodoviária quando, de repente, ela para de andar, olhando pra frente com uma expressão estranha — parecia ter visto um fantasma. Acompanho sua linha de visão e vejo que o tal cara, o ex dela, está lá na frente. Ele tem um cigarro nos lábios e solta a fumaça nervosamente.

— Valentina! — grita, assim que a vê, correndo em nossa direção.

Valentina respira fundo, como se reunindo forças para enfrentar o que virá.

— Não, Cláudio — ela afirma, assim que ele chega perto o suficiente. — Apenas não.

— Me escuta! Você entendeu tudo errado! — ele diz, já na nossa frente. — Você precisa me escutar!

— Cara, para de ser doente! — A Valentina está possessa. — Você tem esposa e filho em casa, te esperando! Apenas vai embora.

— Mas eu gosto de você! Me dá uma chance, sei lá…

— Cláudio, para. — A Valentina pressiona as têmporas com os dedos. — Apenas me deixa em paz.

Eu observava a cena como mero espectador, sem fazer parte.

A Valentina então passa o braço pelo meu, o que me pega completamente desprevenido. Encontro seus olhos.

— Vamos? — ela pede.

Faço que sim, rapidamente, me recuperando do choque e a puxando para perto. Mas então o tal Cláudio estaca diante de nós de novo e empurra meu peito. Vou parar alguns passos atrás.

— Você é vagaba de primeira mesmo, né?! — ele debocha, com o dedo erguido a milímetros do rosto dela. — Não esperou nem um dia pra arrumar outro cara pra me substituir!

— Não seja idiota! — Valentina grita. — Você tem outra família! Vai embora!

É quando ele agarra seu pulso.

— E se eu não quiser ir embora? O que você vai fazer? — o sujeito desafia.

Valentina tenta se soltar, puxando o braço com violência, totalmente em vão.

— Você é um ridículo! — ela diz, repetidas vezes, ofendendo-o sem parar.

— E você é uma vagabunda que vai pra casa comigo agora! — O miserável a sacode com violência e começa a arrastá-la pra perto de um carro esportivo parado em frente à rodoviária.

O lugar está deserto; nem os costumeiros taxistas estão presentes.

Nesse momento, minha visão obscurece e, quando dou por mim, uma dor lancinante toma conta dos nós dos meus dedos e do meu punho.

À minha frente, conforme minha visão vai clareando, vejo o Cláudio no chão, com a mão no rosto. Uma linha de sangue escapa da sua boca.

Valentina, entre nós dois, tem os olhos arregalados e a boca ligeiramente aberta. Volto à plena consciência apenas quando a vejo dando um chute entre as pernas do Cláudio e rosnando algo como: "Aprende a tratar direito uma mulher, seu bosta!"

Depois disso, ela enlaça o braço no meu mais uma vez e entramos na rodoviária sem olhar pra trás. As luzes muito brancas me cegam e sinto como se parte dos ossos da minha mão tivesse se reduzido a pó.

Valentina me coloca sentado em um banco e fica ao meu lado, segurando a minha mão machucada. Meus dedos estão muito frios, parecendo pedras de gelo. Os dedos dela, ao contrário, estão quentes — seu toque é firme, macio e preciso, tudo ao mesmo tempo, tudo na mesma intensidade.

— Obrigada — ela sussurra.

E eu vejo de relance uma lágrima descendo por seus olhos castanhos.

— Eu e o meu histórico de me relacionar com caras que não prestam...
— ela diz, mais para si mesma do que para mim.

Eu olho o vazio, mas, naquele instante, algo dentro da minha cabeça faz sentido, como um quebra-cabeça muito difícil em que finalmente encontro a peça-chave para fazer dar certo e alcançar meu objetivo.

— A Valentine, sua personagem, não está procurando certo... não sei... ela se relaciona com os caras errados. Em vez de a deixarem entrar em seus mundos, em seus infinitos, eles a tragam para buracos negros perigosos e feios.

Quando olho para o lado, a Valentina está rindo. A lágrima ainda desce pelo seu rosto, mas seus olhos estão estreitos, realmente achando graça do que eu disse.

Confesso que minha intenção era dizer algo inspirador e bonito, como as coisas que a Valentina falava. Mas acho que não levo mesmo jeito pra isso. Assim, sem me sentir magoado, acabo rindo também.

Valentina ri tanto que se curva, segurando a barriga. Chega a um ponto em que eu rio mais da risada exagerada dela do que de qualquer outra coisa.

Depois de quase dois minutos se recompondo, a Valentina me pergunta:

— Você já brigou alguma vez na vida?

Olho pro meu punho machucado.

— Não. Jamais tinha dado um soco.

— É. Foi engraçado mesmo...

— Engraçado? — perguntei, curioso.

Valentina assente.

— Sim! — Ela então se põe de pé, animada. — Você parecia, sei lá... uma garça? Pode ser... Mas sem dúvida parecia algum animal desajeitado. E você simplesmente andou e se esticou assim... — Ela imita a pose, que é mesmo hilária. — E desferiu o soco. — E prossegue com a imitação, mais teatral do que o necessário (acho eu). — E aí soltou um grito, mas era o Cláudio que tinha tomado o soco!

— Eu gritei? — pergunto, chocado. Não lembrava disso de jeito nenhum.

— SIM! — ela afirma, exagerada. — E gritou muito alto, tipo, muito alto mesmo!

— Meu Deus! — Volto a rir e escondo a cabeça entre as pernas, ouvindo a Valentina gargalhar. — Que vergonha! Eu sou um fracasso...

Ela então coloca as duas mãos nos meus ombros e me faz erguer a cabeça pra encará-la.

— Para de ser bobo... Foi engraçado? Foi. Você é tremendamente desajeitado? É. Mas fez por mim o que poucas pessoas realmente teriam coragem de fazer.

Nossos olhares estão conectados por uma linha invisível, forte, que faz tudo dentro de mim tremer de uma forma que nunca havia sentido. É como aquela sensação de que algo bom vai acontecer, sabe? Quando você pede o ano todo para os seus pais aquele videogame caro ou uma bicicleta cromada, e vai chegando o fim do ano, e eles vão dando pistas de que talvez você ganhe isso, e aí finalmente o presente chega. É isso o que sinto.

Valentina é a primeira a ficar sem graça — ela solta um sorriso frouxo, tira as mãos dos meus ombros e as passa pelo cabelo.

Eu apenas baixo a cabeça, contendo o sorriso, enquanto ela diz:

— Vou procurar o guichê que vende passagens para São Paulo. Já volto.

E eu a vejo se afastar, com sua mochila desenhada com o triângulo de cabeça para baixo e o unicórnio Thoth lá dentro. Vejo seu cabelo comprido e negro escapando da touca de lã. Vejo um infinito inteirinho nela... E só então me dou conta de todas as coisas que haviam acontecido.

Cada pequeno momento que a Valentina provocou foi baseado no que eu disse quando ela me pediu pra falar três coisas de que eu gostava sem pensar muito — eu dissera "pizza" e ela convenceu um pizzaiolo a preparar uma pizza totalmente diferente da habitual, com os meus ingredientes favoritos. Eu afirmei que amava rock e ela lutou para que o dono do bar e karaokê deixasse que cantássemos uma música em seu aparelho. E no fim, por mais que ela não tivesse planejado isso, a Valentina me fez ser o Batman por alguns segundos, ao salvá-la de seu ex.

Meus olhos estão cheios de lágrimas. Ninguém nunca fez algo assim por mim antes... Ninguém me escutou, me entendeu, me agradou. Na verdade, quase ninguém...

Uma memória há muito não revivida acaba de chegar à minha consciência: o Natal que passei na casa dos meus avós e em que ganhei o astronauta...

Era madrugada e todos confraternizavam. E eu estava sentado no colo do meu avô, fazendo o astronauta voar, imaginando universos, perigos e grandes aventuras.

— O mundo é tão grande, né, vovô? — comentei.

Meu avô deu risada.

— Bem maior do que este velho pode imaginar!

Lembro de ter olhado atentamente pro astronauta e dizer:

— Quero poder conhecer as coisas mais maravilhosas do mundo.

— Você será um aventureiro, Fredinho?

— Sim, vovô. Serei.

— Um dia, quando você estiver crescido para entender, eu vou te mostrar algo que dará sentido à sua vida.

— E quando vai ser esse dia, vovô?

Meu vô sorriu.

— Ihhhhh, Fredinho, confesso que não sei... Só o que posso te contar é que está no baú do meu quarto. O segredo foi guardado lá. Mas me prometa que você nunca irá mexer até eu dizer que é o momento certo. Combinado?

Sem titubear, respondi:

— Combinado, vovô!

E foi o que eu fiz. Nunca mexi. Nunca procurei. E, com o tempo, acabei esquecendo o segredo que o vovô prometeu revelar. Até esse choque cair sobre mim, trazendo uma avalanche de sentimentos e descobertas. Foi como se a chave para os segredos do universo, do meu universo, tivesse sido encontrada.

No instante em que vejo Valentina se reaproximando, estou praticamente explodindo de euforia. Corro até ela e a pego num abraço para fazer um giro completo. Valentina solta um gritinho, rindo alto.

— Meu Deus! O que houve?!

— Acho que sei como descobrir essa parte da minha vida...

Os olhos dela ficaram enormes.

— NÃO ACREDITO! — ela exclama.

— SIM! SIM! SIM!

— Me conta!

E eu explico para ela sobre o fragmento de memória que acabou sendo ativada. E por mais que seja uma lembrança de infância, ela faz completo sentido para mim. Tudo o que eu preciso descobrir está dentro do baú que não foi aberto.

Valentina se joga sobre mim e me dá um abraço apertado. Um abraço de verdade. Um abraço estilo Valentina.

— Estou muito feliz por você! — ela afirma, ainda presa no meu corpo.

— Muito feliz mesmo!

Nós nos soltamos, os dois sorridentes. E suspeito que meus olhos estão molhados de emoção.

— Obrigado... — Isso é tudo o que consigo dizer. — E a sua passagem? — pergunto, depois de um tempo.

Valentina encolhe os ombros.

— Triste... O próximo horário é só daqui a duas horas... Vou mofar nesta rodoviária.

E ela continua a falar, mas as informações não chegam ao meu cérebro. Tudo o que posso assimilar é a ideia que se formava na minha mente. Meu coração pulsa acelerado, como se uma carga de adrenalina saísse do meu peito e invadisse todo o meu corpo.

Valentina me olha, frustrada.

— É isso... — E ela se joga na cadeira.

Mas eu não conseguia parar de sorrir.

A vida está me dando uma chance...

Uma oportunidade...

A vida está me dando o meu foguete.

— Valentina... Eu...

Os olhos dela, cheios de expectativa, me aguardam.

— Pode ser loucura... Mas você topa ir comigo até a casa dos meus avós? Nós temos tempo e você me ajudaria muito.

Ela abriu um sorriso largo.

— Jamais dispenso uma aventura, Frederico.

14

O rádio está no último volume e, mesmo com o frio, as janelas estão abertas. Jamais me senti assim antes… É cômodo viver uma vida sem muitos desafios. Mas agora eu tenho um propósito e sei como alcançá-lo.

A casa dos meus avós fica num bairro próximo, a uns vinte minutos da rodoviária. Seus filhos decidiram não se desfazer do imóvel. Inclusive, pouca coisa fora tirada de lá — um quadro, um porta-retratos, uma peça de recordação para aplacar a saudade. Mas os móveis e a maioria dos objetos se mantêm intactos. Sempre achei essa decisão um tanto quanto mórbida, até porque ninguém frequenta mais a casa, mas agora me sinto grato pela decisão deles.

Assim que chegamos, pulo para fora do carro com a Valentina ao meu lado. Não tinha as chaves do portão, então pulamos o muro sem muita dificuldade. Até faço menção de ajudar a Valentina, mas ela se mostra ofendida e salta com mais facilidade do que eu. O gramado do quintal está alto e demora um pouco para nossa visão se acostumar à escuridão.

— A casa fica aberta? — a Valentina quer saber. — Porque, se pulamos o muro, como vamos fazer pra entrar?

Não respondo nada; apenas faço sinal para que ela me siga. Minha avó sempre guardava uma chave reserva embaixo do tapete da porta dos fundos e eu espero poder contar com a falta de memória dos meus familiares.

— Tem como você usar a lanterna do celular? — peço.

Ela de imediato joga um *flash* de luz na minha direção. Eu me agacho e começo a tatear por baixo do tapete até encontrar a chave escondida.

— Nesse tempo todo você nunca pensou em fazer isso, Frederico?

Meu rosto chega a queimar. Enfio a chave na fechadura.

— Sinceramente? Não. Como pra mim sempre foi confortável levar uma vida sem riscos, pode ser que minha mente tenha bloqueado tudo isso...

A velha porta de madeira se abre com um rangido alto. Percebo que minha respiração fica entrecortada, irregular. Ao mesmo tempo que a ansiedade e o medo se misturam em um só sentimento dentro de mim, tento mentalizar a frase: "Está tudo bem. Está tudo bem. Está tudo..."

A mão da Valentina no meu ombro me desperta. Quando a olho, vejo que ela sorri.

— Se acalma... Eu estou aqui e está tudo bem.

Concordo com a cabeça, guardando cada palavra dentro de mim e entrando de vez.

A lanterna do celular da Valentina é eficaz em iluminar os cômodos, até chegarmos ao quarto dos meus avós. Pensei que entrar na casa deles depois de tantos anos me traria um sentimento pesado... de perda, talvez. Mas não. Não tem isso. Há apenas muita paz. É como estar em um lugar que você sente que pertenceu a pessoas felizes.

Assim que chegamos ao quarto, abro a porta e entro. Está tudo exatamente do mesmo jeito. A cama de casal no centro, com um guarda-roupa na parede de um lado e uma cômoda do outro. No canto, o velho baú. É instantâneo — meu coração começa a palpitar.

— É aquele? — a Valentina pergunta.

Faço que sim, e só então noto como as minhas mãos tremem.

A Valentina entrou no quarto.

— Todo o tempo do mundo, Fred...

— A gente pode ficar sentado por um minuto?

— Lógico.

Juntos, nos sentamos na ponta da cama dos meus avós e uma pequena nuvem de poeira se levanta.

Com a lanterna do celular agora apagada, ficamos contemplando a quietude. Tudo o que posso ouvir é o ruído das cigarras enchendo o espaço entre nós.

Parece que consigo reviver tudo aqui, dentro do quarto dos meus avós. Cada dia que passei na companhia deles e como a vida parecia ser simples e boa de se viver. Nenhuma responsabilidade além do dever de casa e de me lembrar de não perder o horário dos meus desenhos favoritos. O cheiro de café fresco sempre estava presente, pairando no ar. Meu avô amava molhar as plantas do jardim com um regador, metodicamente, às três da tarde, após seu cochilo.

Um suspiro inesperado foge de mim e eu decido reunir a coragem que me faltava...

Depois de conhecer a Valentina e seus sonhos e ambições, agora é como olhar para mim mesmo e ver um buraco em alguma parte do meu ser que se perdeu com o tempo. E eu quero essa parte de volta. Precisava dela.

— O que está lá dentro pode mudar tudo — murmuro. É mais uma constatação para mim mesmo.

Valentina deita a cabeça no meu ombro. Os fios do seu cabelo roçam meu braço. O cheiro dela me invade. É doce, mas não enjoativo.

— Não concordo... — ela sussurra em resposta.

A Valentina, então, ergue a cabeça e aponta para o meu coração.

— Está aí dentro o que pode realmente mudar tudo.

As palavras dela, em contraste com o silêncio profundo da casa dos meus avós, ficam ecoando na minha mente. Indo e voltando.

Quando dou por mim, meu coração está tomado por um sentimento quente de coragem. Ando até o baú e me agacho. Posso sentir a presença da Valentina atrás de mim, acompanhando tudo.

Respiro fundo. Uma, duas, três vezes...

E, num movimento único, abro a tampa do baú.

Minha visão escurece.

Vejo a boca da Valentina se movendo sem parar. Palavras são disparadas vertiginosamente, mas nada me atinge de verdade.

Dentro do baú, não tem nada.

NADA.

Está vazio.

Vazio como meus sonhos.

Vazio como minhas ambições.

Vazio como eu próprio me sinto por dentro.

Vazio.

Vazio.

Vazio...

Entro no baú e sou engolido.

15

Não sei quanto tempo se passou ao certo. A casa está muito quieta, muito calma. É como se até os fantasmas estivessem à espreita, me observando com piedade.

A cena é caótica, no meio de uma tranquilidade mórbida. Valentina está em pé, parada diante da janela aberta. Seu cabelo voa com a brisa que entra. Ela olhava pro céu nublado. A lua aparece timidamente por trás de um véu espesso de nuvens.

Eu, todo encolhido dentro do baú, tenho meu rosto molhado. Tremo um pouco. Se visse a cena de fora, na certa teria a impressão de ser uma criança mimada e perdida, que acabou de perder um brinquedo de que gostava muito. O sofrimento seria visível.

E, além disso tudo, dentro de mim há quase um sentimento de traição. Meu avô me fez acreditar que tinha algo ali, algo que poderia me salvar e me dar um rumo. Mas não há nada. NADA. Vai ver ele próprio acreditava nisso também: que meu futuro era um emaranhado de nadas e coisas vazias, sem objetivos claros, sem ambições ou sonhos. Vai ver que essa é realmente a minha vida e eu devo me contentar com isso.

— Eu odeio o meu avô — digo, sem pensar.

Minhas palavras chamam a atenção da Valentina, que, pra meu espanto, começa a rir. A risada dela me inflamou.

— Por que você está rindo?! — disparo.

Ela tenta se recompor.

— Você está dentro de um baú, Frederico, todo encolhido. É no mínimo hilário.

Acabo dando risada também e saio do baú.

Paro ao lado dela e, juntos, calados, ficamos observando a caixa que prometia me salvar, mas que acabou me derrubando, no fim de tudo.

Valentina pousa a mão no meu ombro e eu a olho.

— O que você planeja fazer agora? — ela pergunta.

Desvio os olhos do rosto dela e me concentro na caixa. Vários pensamentos se formam na minha cabeça. Alguns deles não fazem o mínimo sentido.

— Vamos embora daqui. Mas levaremos essa droga de baú e eu vou abandoná-lo em algum lugar.

— Tem certeza? Porque ele deve ter um tanto de memória afetiva e...

— Sim — eu a corto, antes que algum dos seus argumentos me convença. — Tenho certeza.

Valentina concorda com a cabeça.

— Como queira, Fred.

Juntos, cada um de um lado, nos agachamos e tentamos erguer o baú. O pior é que a droga do troço é mais pesada do que eu poderia imaginar. Os músculos dos meus braços começam a arder quase na hora e as minhas veias ameaçam saltar para fora da pele. Valentina também mostra dificuldades. Noto seus dentes trincados e todo o seu rosto se contorcendo numa careta engraçadíssima. Creio que nunca bati tanto em móveis, cômodas e paredes como agora. Nós simplesmente não conseguimos mover a droga do baú com eficácia.

Depois de quase dois minutos de sufoco, conseguimos passar pela porta do quarto e chegar ao corredor. É quando a Valentina pede um tempo e deixamos o baú no chão. Nossas respirações estão ofegantes.

— Fred, o que você pretende fazer com isto?

O suor escorre pelo meu rosto, mesmo com o frio que fazia.

— Não sei... Eu...

— Ele é pesado demais, Frederico. Vamos deixar essa coisa aqui.

— Não!

— E por que não? Você nem sabe o que fazer com ele!

Respiro fundo para tentar me manter calmo.

— Não quero que essa porcaria continue aqui! Então, se você pudesse me ajudar, eu agradeceria muito.

Valentina suspirou, avaliando cada uma das minhas palavras.

— Tudo bem... Mas antes de continuarmos a gente pode abrir de novo o baú e ver se achamos algo?

— Valentina, ele está vazio.

— Eu não vi — ela afirma. — Você logo começou a gritar e a ter uma crise e aí entrou nele. Eu realmente não vi.

Reviro os olhos, mas mesmo assim levanto a tampa, expondo a ferida vazia que o baú representava na minha vida.

Valentina se aproxima, enfiando o rosto dentro do baú, inspecionando minuciosamente o espaço. Eu apenas fico observando, um pouco de longe. Quando ela me encara, traz um sorriso.

— Seu avô gostava de metáforas, Fred?

A pergunta me pega de surpresa.

— Como assim?

— É... Ele gostava de metáforas?

— Bem, não sei...

Ela estalou os dedos.

— Talvez este baú seja uma metáfora, Frederico. É possível que aqui o seu avô tenha deixado a pista que você tanto quer...

— Você bebeu?! — disparo.

Valentina bufa e continua a falar:

— Consciência e maturidade emocional são conceitos legais de se praticar, sabia?

Finjo que não me ofendi com o comentário.

— Olha, quando você realmente encara o baú, não acha nada. Mas é óbvio. Os sonhos de alguém nunca estariam guardados num velho baú. E talvez ele sirva para isso: para você conseguir olhar para si próprio... Quando você encara o vazio dentro do baú ou dentro de qualquer outra coisa, passa a olhar para o que está dentro de você e...

— Valentina, apenas cale a boca e me ajude a carregar essa merda.

Eu me agachei e a Valentina também, e recomeçamos nossa rota.

— Você inventou isso tudo agora? — perguntei, com dificuldade.

Ela suspirou.

— Não. É o que eu pensaria caso me dessem um baú vazio que prometia ter os meus sonhos dentro.

— Você tem muita imaginação. Infelizmente, eu gosto de coisas mais práticas.

— Para sobrevivermos ao mundo, às vezes a gente precisa de um pouco de imaginação, Fred...

Ficamos os dois em silêncio e passamos a trabalhar para tirar o baú da casa. Se não fosse pela força descomunal e pelo esforço que estávamos fazendo, eu provavelmente acharia a cena hilária. Venho ganhando marcas roxas em partes do corpo que eu nem lembrava que existiam.

Tivemos dificuldade para erguer o baú, tivemos dificuldade para tirá-lo do quarto e muita para passar pelo corredor. Quando chegamos ao quintal, o vento frio toca minha pele coberta de suor.

Olho com discrição pro rosto da Valentina, mas ela, muito concentrada no seu objetivo, nem repara. E eu passo a perceber que isso faz uma luz brilhar nela; a determinação dela é tão grande que é quase como ver a chama de um isqueiro num quarto fechado e escuro.

Assim que chegamos ao muro de entrada, deixamos o baú colado na parede e sentamos nele, ofegantes.

— Obrigado, Valentina...

Ela demora um tempo para responder:

— Você realmente cobrou os favores que está me fazendo esta noite.

Eu ri, e ela também. Até que, ao fundo, começamos a ouvir o som de sinos. Eu sei de onde ele vem. Na rua de baixo há uma igreja, que meus avós frequentavam. E isso só pode significar uma coisa:

— É meia-noite — sussurro.

Os olhos da Valentina se abriram mais e ela sorriu. Então, deitou a cabeça no meu ombro. O cheiro dela é maravilhoso.

— Feliz Natal, Fredinho.

Meu coração está nas alturas.

— Feliz Natal, Valentina.

Ficamos em silêncio de novo, por bastante tempo. Valentina continua apoiada no meu ombro, mas eu definitivamente não quero me mexer.

— Como você está? — ela quer saber.

— Com um sentimento estranho. Acho que coloquei expectativas demais no baú e agora me sinto traído pelo meu avô...

— E o que você tem vontade de fazer?

— Sinceramente?

Ela ergueu o rosto para me encarar.

Eu sentia uma vibração estranha no peito.

— Quero destruir essa joça.

— Certeza?

— Absoluta.

Valentina fica de pé e se afasta alguns passos, me dando permissão. Eu me agacho, segurando o baú com as duas mãos, e o forço para cima. Parece que todas as veias do meu corpo vão se romper.

Soltando um grito, atiro o baú o mais longe que posso. A velharia rolou no gramado, mas acabou parando em pé, com a tampa aberta, praticamente intacta. Pelo jeito, o próprio baú decidiu zombar de mim.

Grunhindo, frustrado, caminho com passos decididos até ele mais uma vez. Não importa o quanto eu tenha de tentar, vou destruí-lo de qualquer jeito. Mas então a risada da Valentina quebra o silêncio e me faz parar. Quando me viro para olhá-la, vejo-a com ambas as mãos diante da boca, tentando sufocar a gargalhada que parece explodir de dentro dela.

— Você é uma péssima incentivadora!

Esse foi o estopim para que ela risse ainda mais alto.

Eu me agacho perto do baú, terrivelmente frustrado. Na verdade, tenho vontade de chorar, e de alguma forma poder voltar no tempo e mudar completamente o curso deste dia. Nunca me senti mais perdido em toda a minha vida...

Para minha surpresa, a Valentina toca o meu ombro. Ela parou de rir e me estende a mão. Assim que seguro seus dedos, ela me puxa para que eu fique de pé.

Assim que nos vemos frente a frente, sem soltar a minha mão, ela entra no baú e senta encolhida num canto. Eu apenas fico observando, sem entender direito.

— Vem logo, Frederico! — ela chama.

Sem ter muitas opções, obedeço e sento diante dela. Nossas pernas se encostam.

— O que é isso? Tá zombando de mim de novo? — pergunto, na defensiva.

Valentina apenas movimenta a cabeça em negação.

— Daqui a menos de uma hora eu vou embora...

— Sim, eu sei. Já vou te levar para a rodoviária. Não precisa se preocupar.

— Não, Frederico. Não me preocupo com isso. Só quero que você preste atenção ao que eu vou te dizer...

Faço que sim e ela prossegue:

— Você tem noção do que é viajar horas para encontrar o cara de que se gosta, e cujo sentimento se presume ser recíproco, e, ao chegar, descobrir que ele simplesmente tem outra família?!

— Sim. Deve ser chato.

— Chato?! — Ela quase engasga. — É devastador! E sabe o que me salvou?

— Nem imagino. Saber que você tem um sonho?

Valentina esboçou um sorriso.

— Não, Fred... Sonhos são uma parte muito importante da minha vida. Mas não foram eles que me salvaram esta noite. Foi você. Sem dúvida alguma, foi você.

Encolho os ombros, confuso.

— Sinceramente, eu não entendo.

Ela me olha nos olhos de uma forma muito verdadeira.

— Eu sonho em trabalhar com quadrinhos, sim... Esse é um dos meus sonhos e uma parte essencial da minha felicidade. Sou uma pessoa focada e tento trabalhar para alcançar os meus objetivos. Mas há outros sonhos, outros objetivos, entende? Há outras coisas que almejo. Minha vida não se resume a apenas uma coisa desejada; até porque, depois que eu conseguir isso, o que vai ser de mim?

— Acho que começo a entender... — afirmo, baixinho.

— A questão é que hoje tudo o que eu precisava era de alguém especial. Alguém que fizesse a diferença... Mesmo que eu nem tivesse consciência disso, porque, quando fui à livraria, eu não procurava por nada. No entanto, lá estava você e, antes que eu me desse conta, nós dois cantávamos num karaokê depois de eu comer a melhor pizza da minha vida!

Acabo rindo com as lembranças.

— Eu jamais tinha feito nada parecido!

— Nem eu! — ela exclama.

— E imagino que, se não fosse por você, eu nunca teria feito.

A Valentina sorriu.

— Te digo o mesmo, Frederico.

— Ao menos para isso eu sirvo... — comento, com um pouco mais de amargura do que desejava.

— Fred, vou te dizer algo do fundo do meu coração...

Minha vida não se resume a apenas uma coisa desejada; até porque, depois que eu conseguir isso, o que vai ser de mim?

O vento continua sacudindo nossos cabelos, mas é como se uma parede invisível tivesse sido erguida ao redor de nós dois. Apenas a lua era nossa cúmplice.

— Os sonhos servem mais para nos mover, entende? Às vezes ficamos estáticos em um trabalho que não gostamos, vivendo uma vida que não é a que queremos... E os sonhos vêm pra nos impulsionar pra uma outra situação, para um outro lugar, que pode fazer tudo mudar. E é essa a grande graça da vida, né? As mudanças...

— É que eu vejo as pessoas falando sobre sonhos e tal... E sei lá, parece algo muito inspirador, quase um milagre... — Ao externar o que sinto, tenho a impressão de que um grande peso sai de mim.

Valentina concorda com a cabeça.

— Mas os sonhos *são* milagres, Frederico. Porém, isso não significa que você não possa alcançá-los. Que não possa tocá-los. Que eles não possam ser seus...

Ela então estica a mão. Meu coração titubeia, mas eu apenas entrelaço os dedos nos dela. Nossas palmas estavam quentes. Valentina estende nossas mãos na direção do céu e olha para cima. Faço o mesmo.

Por mais que várias nuvens cubram o céu, há uma parte em que a lua cheia brilha, inconfundível, cercada por estrelas que piscam timidamente.

— Sabe no que estou pensando? — ela pergunta.

Eu abro um sorriso, fitando aquele céu belíssimo.

— No Cavaleiro do Infinito?

— Sim, o personagem que criei para você... — Ela também sorri.

— E no que exatamente você está pensando? — pergunto, curioso.

Valentina solta a minha mão e me encara. Eu sustento seu olhar com uma euforia inocente que me sacode todo por dentro.

Ela abre seu maior sorriso.

— Já que ele tem o poder de viajar por mundos, galáxias, imaginei onde ele estaria agora... E o que deveria estar fazendo...

— Acho que posso responder essa.

Valentina arqueia uma sobrancelha.

— Ansiosa pela resposta — rebate, desafiadora.

Mal posso conter a empolgação.

— Pois bem... O Cavaleiro do Infinito estaria bem aqui, neste exato lugar, tendo a melhor conversa da vida dele, com a menina mais interessante que ele já encontrou...

Conforme eu falo, vejo claramente o rosto da Valentina corando e seu sorriso nascendo involuntariamente. Mas ela não desvia o olhar.

Continuo:

— E o Cavaleiro estaria pensando no quanto ele… queria beijar essa menina… E conhecer o infinito dela mais e mais…

E antes que eu possa prosseguir, Valentina segura meu rosto com ambas as mãos e me beija. É calmo, doce, certeiro, até se tornar algo vertiginoso, épico, inesquecível. Ela agarra meu cabelo e eu a puxo para cima de mim, da forma como podíamos, já que estávamos dentro do baú.

Ela me acalma, como se conseguisse ter acesso a uma parte de mim que até horas antes eu nem sabia que existia. E de alguma forma, depois de toda a confusão que se tornou minha vida com a falta de perspectiva e de sonhos, agora eu me sinto feliz, tranquilo, pleno.

Tenho uma vida toda pra sonhar e sei que meus sonhos chegarão a mim de forma natural, como tem de ser. Eu só necessitava de alguém pra me mostrar que a minha vida podia ser incrível e que eu precisava apenas de objetivos, metas e força de vontade para lutar. Mas não vou me preocupar com isso, ao menos por hoje…

Afinal, estou provando os lábios de uma super-heroína.

E este momento tem o sabor daqueles que sabemos que vão nos marcar pra sempre e serão determinantes.

Tem sabor de infinito.

PLAYLIST VALENTINA DEZEMBRO

01 – Band of Horses – *Casual Party*
02 – Duke Dumont – *Ocean Drive*
03 – The Mowgli's – *I'm Good*
04 – Cage The Elephant – *Come a Little Closer*
05 – Halsey – *Colors*
06 – Tove Lo – *Imaginary Friend*
07 – Broods – *Bridges*
08 – Coin – *Run*
09 – Take Me Home – *My Home Away From Home*
10 – Kaleida – *Take Me To The River*
11 – Astrid S – *Hurts So Good*
12 – Kiiara – *Gold*
13 – Youngblood Hawke – *We Come Running*
14 – Imagine Dragons – *Shots*
15 – Simple Plan – *Astronaut*

JANEIRO
"MANTENHA-SE VIVA!"

Gabriela Freitas

Devo ter estado paralisada em frente ao computador por mais de cinco minutos. Só não fiquei mais tempo mergulhada na imensidão da tela que piscava o meu nome porque, logo atrás de mim, meus pais gritavam descontroladamente e se abraçavam, extasiados de felicidade. Eu me mantenho inerte ao longo de toda a comemoração — não pelo choque, mas pelo pânico. Se me esforçasse, com certeza poderia escutar minha respiração desconcertada, incerta, como se eu estivesse sofrendo pequenos espasmos incontroláveis.

O celular também não para de apitar; imagino serem mensagens dos meus amigos dizendo parabéns. "Parabéns", digo mentalmente. Eu devia estar feliz. Droga! Eu devia estar muito feliz agora, sentindo vontade de pular de um lado pro outro e de comemorar com um jantar no meu restaurante favorito. Afinal, foram mais de três anos me dedicando pra merda dessa prova! Mas tudo o que consigo é pensar em como vou dizer a todo mundo que já não sei se quero isso.

"Mantenha-se viva!", repito em um *looping* infinito sem emitir som, como uma tentativa meio falha de recuperar o eixo da situação. Preciso me acalmar por nós, constato. Conto até dez, respiro fundo, olho pra tela. Meu nome ainda está lá. Meus pais ainda gritam atrás de mim e o mundo ameaça desabar.

Fazer arquitetura e urbanismo em uma das mais concorridas faculdades do país foi, por anos, o grande sonho da minha vida. Quer dizer, eu achei que fosse. Como se aos dezoito anos alguém pudesse ter certeza de qual é o seu grande sonho. Todas as dúvidas começaram a surgir há seis meses. E quando eu falo *todas*, também estou me referindo à vidinha pacata que tenho levado desde que me entendo por gente. Tudo aconteceu de um jeito muito confuso e, com o passar do tempo, comecei a acordar cada dia menos feliz com as escolhas que me faziam seguir adiante, como se não fosse mais pra eu estar ali. Eu sabia que tinha de interferir, tomar alguma atitude, mas preferi ir levando até que chegou um momento em que eu não sabia mais o que fazia. Uma voz dentro da minha cabeça gritava que eu não estava seguindo pelo lado certo. Eu só não sabia se estava pronta pra ouvi-la.

Assim que as aulas acabaram e eu entrei de férias, a ficha começou a cair e eu passei a analisar tudo o que planejara para os próximos anos. A minha lista continha: prestar as provas que ainda faltavam de vestibular, fazer alguma promessa para passar na maioria delas e me dedicar pra segunda fase da minha faculdade predileta — a prova mais importante do ano. E da minha vida. Na verdade, a prova em que todos esperavam que eu passasse. Caso eu não entrasse na melhor faculdade, encararia um ano inteiro de cursinho, embora essa possibilidade não fosse algo que agradasse aos meus pais, já que, pra eles, um ano assim era um ano desperdiçado. Convenhamos, talvez seja mesmo. De qualquer jeito, agora essa meta estava definitivamente riscada da lista, pois eu fora aprovada pro curso.

APROVADA. Era essa a palavra que os dois repetiam como um disco riscado e ecoava dentro do meu ouvido transitando até o fundo do meu cérebro antes de sair novamente de mim. *Aprovada.* Sou capaz de jurar que minha expressão não está das mais controladas. Não que eu não esperasse por esse resultado! Era o mínimo para alguém que estudava como eu vinha estudando por tanto tempo. Em algum momento eu teria de ser recompensada. E estava sendo. Mas não era isso o que eu sentia ao reler o meu nome naquela droga de tela. Por que não fizera a tal prova do jeito errado?, penso, enquanto procuro entender o porquê de não estar contente. Minha vontade é me levantar e sair correndo, porque sei que se eu tentar falar ninguém vai me escutar. Ninguém. Eles pararam de me ouvir anos atrás, mais ou menos quando deixei de fazer o que eu queria.

Antes de escolher arquitetura, meu desejo era ser contadora de histórias, dessas que espalham pro mundo amores que não são seus, vivências que não são suas, experiências pelas quais nunca passou. Mudei de ideia antes do último ano do colegial, pra felicidade dos meus pais, e desde então passei a me dedicar quase exclusivamente a entrar pra faculdade de arquitetura. Os dois não pouparam esforços para apoiar meu sonho e aquela passou a ser uma meta conjunta, de nós três. E uma obrigação minha.

Mas não os culpo. Sei que eles só querem o meu bem. Meu pai não teve a chance de cursar uma faculdade, minha mãe nem sequer terminou o colegial, e por isso os dois sempre ralaram o dobro de quem tem curso superior pra conseguir me dar do melhor de tudo, inclusive o ensino. Meus pais não querem que eu passe pelas mesmas dificuldades que eles, e sim que tenha uma vida mais tranquila. E eu entendo. Só consigo pensar agora se eles vão me entender também.

A campainha da casa começa a tocar insistentemente e sou mais uma vez retirada à força de meus pensamentos. Meus pais já deixaram meu quarto. Por segundos fico imaginando que tudo pode não ter passado de um sonho que acabará em instantes — assim que eu abrir os olhos verei que meu nome não está mais na lista. Então me belisco e me dou conta de que estou acordada. Olho de novo pra tela e sinto uma vontade insuportável de chorar, não de emoção, mas de medo. Medo de tudo o que está por vir.

A voz grossa do Enzo ecoa quebrando os meus devaneios. A porta do quarto se abre e ele entra sem bater. Depois de três anos você não pede mais licença pra entrar. Ele veio dizer que está orgulhoso; que agora, finalmente, posso relaxar e começar a colher os frutos de toda a minha dedicação. Eu não devia esperar menos do meu namorado.

— Vim te ver antes de ir jogar bola. Como é que está a mais nova universitária?

— Você tem jogo hoje? — questiono, meio perdida no calendário e sem dar importância pro final da frase.

— É sexta. Eu jogo toda sexta, lembra?

— Esqueci, desculpe!

— Tudo bem, mas o que foi? Você não parece muito feliz. — Ele se deita na minha cama enquanto continuo pregada na cadeira em frente ao computador.

— Eu estou.

— Tem certeza?

— Tenho.

— Você não parece segura dessa sua certeza.

— Não tenho estado segura em relação a muita coisa ultimamente, Enzo.

— Tá falando do quê?

— De nada. Quer dizer, de tudo. Na verdade, eu só tô um pouco assustada agora.

— Fica tranquila, vai dar tudo certo.

— Acho que sim.

— Você vai tirar a faculdade de letra, confia no que eu tô te falando.

— É, acho que você tem razão.

— Além do mais, é arquitetura. Você passou o ano inteiro dizendo que queria ser arquiteta.

Não tenho o que responder, por isso fico em silêncio pensando em algo pra falar, e ele se inquieta por saber que não há nada a ser dito.

Eu não sabia direito por que escolhera arquitetura, mas agora me lembro. Ela estava fazendo design, por isso eu escolhi arquitetura. Estaríamos juntas em todas as áreas da vida, só que agora estou sozinha.

O Enzo continua me olhando, calado, eu penso em me desviar do assunto e dizer que estou ocupada demais pra conversar, mas sei que isso causará mais uma discussão. Não é de hoje que é só isso o que nos resta: encararmos um ao outro evitando cair numa briga. É patético o jeito como nos evitamos fingindo que não há nada de errado. Estávamos naquela fase em que, quando saímos com alguém pela primeira vez, não sabemos o que fazer com as mãos enquanto andamos, conversamos e nos conhecemos. A diferença era que já estávamos juntos havia mais de mil e oitenta dias. É tempo pra caramba! Metade da minha adolescência eu passei com ele, e agora estamos assim... Se tivesse alguém nos vendo agora, na certa acharia que somos dois quase estranhos que não sabem se dão a mão ou, no caso, se nos soltamos de vez.

— Você quer conversar, Nia? Tem algo que queira me dizer?

O Enzo é a única pessoa na face da terra que me chama assim e, embora eu sempre tenha achado isso fofíssimo, agora isso me incomoda um bocado, como se não tivéssemos que ter um apelido exclusivo um prò outro. Não parece certo. Assim como estarmos juntos também não parece mais. Não digo isso em voz alta, mas sei que ele sabe no que estou pensando, do mesmo jeito que eu sei que ele percebeu algo errado. Suspiro.

— Quero. Nós precisamos, na verdade.

— Tá, mas pode ser amanhã?

— Por que amanhã?

— É que hoje tem o meu jogo...

— Ah, ok. Amanhã, então.

— Eu venho aqui.

— Tá certo.

— Você diz o que está te incomodando tanto e resolvemos isso juntos, certo?

— Tá bem.

— E podemos sair pra comemorar depois.

— Comemorar? — Essa palavra me causa espanto... porque o que pretendo dizer a ele não é algo que se comemore.

— É, ora... a sua aprovação!

— Ah, sim, podemos fazer algo sim, eu acho. — Suspiro com certo alívio. Ainda não estava preparada para adiantar nada.

— Em que mundo você está, amor?

— Não sei.

— Então volta pra cá, certo?

— Eu tô tentando, eu tô tentando...

Apesar de a conversa já ter chegado ao fim, eu continuo refletindo sobre aquilo que a gente ainda não disse. Nem sei se diremos ou quando diremos. Como é que ele pode simplesmente ir embora? Sair, jogar bola e se divertir como se isso fosse o auge das coisas importantes pra se fazer agora? Certo, o Enzo não sabe o que se passa pela minha cabeça ou o caos mental em que tenho me enfiado cada dia mais. Ele não tem como adivinhar que se trata de algo muito sério que pode mudar completamente o que temos planejado até aqui, mas poxa! Ser trocada por uma partida? Quando foi que a gente ficou reduzido a isso? Quando todo o resto passou a ser mais interessante que nós? Eu sei que não foi sempre assim, teve uma época em que a gente mudava o mundo pelo outro, mas agora isso parece tão distante...

O Enzo me olha como se eu não fosse deste planeta e eu me esforço para sorrir. O sorriso sai mais falso do que eu pretendia, então volto com os lábios pra posição normal. Ele se aproxima e me beija sem movimentar a boca. É um beijo seco, frio, que retrata perfeitamente no que nos transformamos. Nosso namoro já acabou, não existe mais nada que nos una além da aliança de compromisso e o status de relacionamento nas redes sociais — e parece que ambos sabemos disso sem contar um pro outro. É ridículo, mas é como se a gente não fizer barulho, se não provocar nenhuma briga, não tentar consertar nada, as coisas possam ficar bem. No fundo eu sei que elas não

Quando todo o resto passou a ser mais interessante que nós?

ficarão, e ele sabe também, mas quem é que vai ter coragem de dar o primeiro passo e acabar com isso?

*

Deito na cama e fecho os olhos. Tento imaginar algo bom. Penso no caminhão de sorvete que passava na rua da casa da minha avó quando eu tinha oito anos. Sinto aquele gosto do picolé de *tutti frutti* e começo a salivar até ser obrigada a acabar com a memória do sorvete. Desde pequena tento imaginar algo que gosto quando sinto medo. Quando eram os monstros que assombravam as minhas madrugadas fazendo barulhos que só eu ouvia e me apavoravam, eu acordava assustada e ela estava ali, pronta pra me proteger. Agora sou eu por mim mesma e estou atolada de fantasmas que assombram meus dias, querendo que eu assuma responsabilidades das quais não sei como me livrar. Não estou pronta pra isso. Nem quero estar.

Ensaio algumas frases impactantes pra dizer a eles na hora do jantar antes que armem uma daquelas festas de família pra comemorar o acontecido. "Mãe, pai, eu quero conhecer o mundo! " "Mas com que grana, Lavínia?", eu me questiono. Talvez eu possa ir pra alguma cidade próxima. Tenho umas economias das aulas particulares de inglês das últimas férias e posso procurar algum lugar com praia — porque eu detesto praia e estou precisando ampliar meus horizontes. Aliás, depois de tudo o que houve, eu finalmente entendi que preciso me abrir mais, expandir meu campo de visão e experimentar coisas novas. Não quero ter de me matar pra ser alguém, porque eu já sou alguém na vida. Neste momento, só preciso decidir quem *EU* quero ser na vida que já tenho.

Falando assim, nesse ensaio, parece tão fácil... Pena que não seja tão simples. Dizer a meus pais que o que acabo de conquistar não é mais o meu maior sonho vai ser duro. Sei que muita gente dirá que estou assustada e, por isso, quero fugir. De fato, estou assustada, mas não vou fugir. Eu só preciso de um outro caminho. E me dei conta de que ficar aqui agora restringe demais o meu campo de visão, os meus horizontes. Bom discurso, sem dúvida. Posso usá-lo e em seguida apelar pra parte lógica: "Tenho potencial demais pra ficar presa nesse lugar." Potencial demais pra uma das melhores faculdades de arquitetura do país? Quanta prepotência, reflito; acho que isso não vai colar.

Alguém bate na porta e, com o susto, sou obrigada a abrir os olhos. Ainda está claro, ainda é hoje e eu ainda estou aqui. Inerte. Quero me esconder debaixo dos lençóis. Quero desaparecer num passe de mágica e não estar mais em casa no próximo minuto. Quero estar longe, lutando pra entender um pouco de tudo o que anda se passando aqui dentro.

Alguém bate de novo. Quero ter certeza de qual é o melhor rumo, quero saber se vale a pena abrir mão ou se é só um risco alto demais pra eu apostar.

Terceira batida e a maçaneta gira.

— Tá tudo bem?

— Sim, mãe...

— Você não parece muito feliz pra alguém que acabou de realizar um sonho.

— O Enzo disse a mesma coisa. Talvez eu não esteja mesmo.

Ela sorri daquele jeito que mãe tem mania de fazer, como se dissesse em silêncio que tudo acabará bem e não tem nada de errado em estar na merda uma vez ou outra. Mas não quero ter uma vida mediana, não quero ser mais uma pessoa no mundo sobrevivendo um dia após o outro numa pseudofelicidade que não faz bem nem mesmo para o ego. Eu quero mais.

Sento na cama dando espaço pra que ela se acomode ao meu lado e em seguida deito com a cabeça apoiada em suas pernas. Em alguns segundos ela começa um cafuné que salva tudo e eu quase fico mais calma. Quase.

— Está com medo?

— Um pouco.

— É normal, filha. Todo o mundo fica assim quando vai começar algo novo.

— Eu sei, mãe, é só que... sei lá...

— Ir pra universidade é algo grande, que envolve um monte de coisas, são várias e várias mudanças, mas no final dá tudo certo. Você vai ver.

— Eu sabia que você ia me dizer exatamente isso. — Sorrio pra ela.

— Isso o quê?

— Que no final dá tudo certo.

— Porque dá mesmo. Juro. Olha pra nós. Quer prova maior de que de um jeito ou de outro tudo se ajeita?

Engulo em seco enquanto penso nos últimos meses e no quão cada dia tem sido doloroso pra todos.

— E se eu não estiver assustada especificamente com a faculdade? — digo, por fim.

— Com o que você está, então?

— Com o depois. Quer dizer, com a outra possibilidade.

— Outra possibilidade?

— Uhum.

— E qual é a outra possibilidade?

— Não ir pra faculdade.

Vejo sua expressão ir, em segundos, de um misto de surpresa a uma certa impaciência.

— Achei que essa opção não existia, a esta altura do campeonato.

— Eu também, mas é que...

— Você sabe o quanto eu e seu pai nos esforçamos pra você ter um estudo bom, pra que se formasse e fosse além do que fomos? Pra nós, a faculdade é tudo!

— Eu sei. E entendo você e o papai, sempre entendi! É só que, mãe, tudo mudou desde o ano passado, entende? Não dá pra fingir que nada aconteceu. Você sabe. As coisas são diferentes agora. Eu amo você, mas não penso igual. Tenho os meus sonhos, os meus planos e, por mais difícil que seja dizer isso, as coisas que podem me fazer feliz são bem diferentes das de vocês. Eu ainda tô viva, mãe! Caramba! Ainda tô aqui e não quero desperdiçar isso, não quero ser ingrata com essa chance. — Respiro fundo antes de ter coragem de terminar: — Por nós!

Silêncio.

Que saco, que saco, que saco! Eu devia ter esperado até o jantar ou, pelo menos, ter dito de um outro jeito tudo isso. Sento ao lado dela pra poder olhá-la nos olhos. Minha mãe está indecifrável, apesar de haver alguns resquícios de lágrimas — talvez esteja segurando o choro. Talvez eu tenha exagerado.

Analiso algumas outras frases pra dizer, mas não há nada. Eu só não quero ir pra faculdade. Não quero entrar num curso apenas porque um dia decidi que aquele era meu sonho, porque não é mais. Quero ter o direito de voltar atrás. Ou ao menos ter mais tempo pra descobrir o que desejo.

Antes que eu consiga formular algum pensamento, ela já está em pé andando de um lado pro outro no meu quarto. Jogo meu corpo pra trás, caindo sobre os travesseiros, e reflito se estraguei minha oportunidade de uma conversa real.

— Seu pai não vai gostar nada disso! — ela afirma.

— Você poderia falar com ele? Você sempre consegue fazer o papai ser mais razoável.

— Não tô gostando nada disso. E a sua vida, como será?

— Mãe! Eu não tô falando que vou começar a usar drogas, sabe? A minha vida continua do mesmo jeito e eu ainda vou pensar no que pretendo fazer.

— Você lutou tanto pra entrar nesse curso...

— Nós lutamos. E eu entrei. Nós conseguimos, não é?! Só que não é mais o que eu quero pra mim.

— Como não? Você fala disso desde o ensino fundamental!

— Mãe, eu mal gosto de desenhar!

— Mas ama todo o resto.

— É verdade. E também amo muitas outras coisas. Amo ler, escrever, fotografar, conhecer lugares, conversar...

— Disso muita gente gosta, mas você pode fazer no seu tempo livre. Vai abandonar tudo assim?

— Não tô abandonando nada, pelo contrário. Tô recuperando a minha chance de acertar o rumo da minha existência.

— E como pretende fazer isso?

— Quero viajar. Tenho um dinheiro guardado. Consigo me virar com isso pra comprar passagem e hospedagem e posso arranjar um trabalho temporário pra juntar um pouco mais.

— É isso? Você vai abrir mão da sua faculdade pra ir viajar?

— Não é só uma viagem! É meu tempo para pensar, um reencontro.

— Reencontro? — Minha mãe soa incrédula.

— Sim. Comigo mesma. Eu preciso disso, preciso ir pra longe de todo o mundo pra fazer isso.

— Você tá me dizendo que quer sair por aí em vez de agarrar a oportunidade de estudar numa das melhores instituições do Brasil?

— Eu tô dizendo que não quero mais essa faculdade. Nem esse curso. E preciso descobrir o que quero sem ter todo o mundo dizendo o que é melhor pra mim.

— E onde é esse lugar?

— Tanto faz, desde que seja longe de casa.

— Longe de mim e do seu pai também? Acha isso justo com nós dois? Acha que a gente vai suportar ficar sem você?!

Levanto e caminho até onde ela está, então a abraço com força. Tento me convencer de que não estou sendo egoísta saindo de casa. Eu preciso fazer isso!

— Jamais vou deixar vocês dois. Não há mais ninguém que eu ame mais do que vocês. Mas eu cresci, entende? Parece que uma vida inteira aconteceu nos últimos seis meses e eu venho pensando muito em tudo. Eu tenho meus próprios sonhos, mãe. E tenho de viver tudo isso sozinha, preciso descobrir quem é a Lavínia e o que ela quer pra si.

— Enquanto isso, nós ficamos aqui esperando você voltar?

— Quero fazer assim: viajar por um mês. Trinta e um dias e mais nada. Vou em janeiro e, quando voltar, espero que tudo esteja mais claro pra mim. Talvez seja arquitetura mesmo, talvez medicina, história, direito. Pode ser que não seja algo tão comum. Só preciso descobrir, entender o que eu quero.

— Ainda tem o seu pai...

— Você pode adiantar o assunto, eu sei disso.

— Pra onde pretende ir?

— Rio de Janeiro. Mas não a capital. Pra alguma praia mais calma por lá.

— Você já pesquisou tudo, não é mesmo?

— A maior parte.

— E se você voltar e não quiser mais a faculdade?

— Então eu vou querer outra coisa.

— E essa coisa pode ser qualquer coisa, como você disse? Até ser atriz de teatro?

— Sim, essa coisa pode ser qualquer coisa que existe no mundo. Até atriz! Lembra quando nós encenávamos... — Não finalizo a frase porque não é preciso, ela acena que sim com a cabeça deixando claro que não quer falar disso. Ninguém quer.

— Eu devo estar louca por concordar com isso. — Minha mãe pressiona as têmporas com as mãos.

Solto um grito de felicidade. Uma parte já passou, e é mais da metade.

— Espero que você saiba o que está fazendo, Lavínia, porque eu não tenho a menor ideia.

— Eu sei, mãe, juro que sei. — Enquanto respondo, tento me convencer de estar mesmo segura do que afirmo, mas, no fundo, não tenho ideia do que fazer.

Torno a abraçá-la com toda a força. E, pela primeira vez nos últimos meses, respiro aliviada. Tenho vontade de chorar, já que ando com as emoções descompensadas, mas me seguro. Preciso ser forte e parecer decidida.

Ela segura a minha mão e sorri sem falar nada, em seguida, se levanta e sai do quarto, deixando a porta encostada. Deito novamente na cama, feliz com o primeiro passo. Foi mais fácil do que eu esperava, embora saiba que agora era a minha mãe quem iria sofrer pra convencer o meu pai de que não se tratava da maior insanidade dos últimos tempos, mas sim da minha vida e do que eu pretendia fazer com ela. Sinto um tremor percorrer meu estômago — é de ansiedade, reconheço de cara. Minha vida, repito em silêncio para mim. O que espero dela? Bem, não faço a menor ideia, e é exatamente isso que faz com que eu me sinta viva.

2

— Então, você quer ir pro Rio de Janeiro? Tem certeza? É que sei lá, sabe?

Reviro na cama e olho pro Enzo irritada sem responder mais nada, porque eu já disse outras três vezes que sim! Eu quero ir para o Rio. Sim! Sei que lá é lugar de praia, algo que sempre evitei. E que vai ser estranho estar sozinha. Mas só no começo, pelo menos, assim espero. Não chamei o Enzo aqui pra isso. Nem pra dizer que meu pai não fala comigo desde a véspera porque acha que essa minha atitude inconsequente irá destruir todos os planos da minha vida. Chamei o Enzo pra conversar sobre nós. E sei que ele veio aqui pelo mesmo motivo. Ambos precisamos ter essa conversa e acabar de uma vez com um relacionamento que vem se arrastando por tempo demais. Só que é mais difícil quando é você quem tem de dar o primeiro passo.

Não é fácil começar. Respiro fundo para garantir fôlego suficiente pra despejar nele tudo o que decorei esses dias. E antes de formular a primeira frase dou um passo atrás e pergunto como é que foi o jogo ontem. Na hora que sai a frase já me arrependo. Cacete! Desse jeito não vou resolver isso nunca. Ele ganhou e se vangloria do feito, pra variar. O Enzo é um ótimo jogador, sempre foi, desde o colégio, por isso ganhou bolsa pra uma das faculdades mais caras da cidade. Na noite passada foram três gols, um de cabeça, e, com isso, ele não precisou pagar a sua parte da conta no bar. Ele queria ser jogador profissional, mas por um azar inexplicável acabou tendo uma fratura numa das pernas alguns jogos antes do teste para um time grande. Foi a maior frustração de sua vida. Nunca vi alguém chorar tanto como o Enzo chorou. Foi daí que ele abandonou o seu sonho pra se tornar advogado. Eu não quero fazer o mesmo comigo.

— Não sabia que você tinha ido ao bar, Enzo.

— Ah, os caras queriam comemorar e resolvemos tomar algumas.

— Você voltou dirigindo?

— Lavínia, você não é minha mãe!

— Não, mas sou a sua namorada.

— É... — E isto soa ainda pior do que se o Enzo tivesse dito que, na verdade, eu sou só uma garota que ele não consegue mandar embora. Percebendo o clima que surge, completa a frase: — Enfim, o que eu quero dizer é que sobrou uma grana e nós podemos sair pra fazer alguma coisa hoje ou amanhã.

— Podemos. — Mas não vamos, tenho vontade de responder, só que não faz diferença, pois ele já sabe disso.

— Talvez a gente possa ir ver um filme. Faz quanto tempo que não vamos ao cinema? Dois meses?

Um silêncio toma conta do ambiente por alguns segundos. Primeiro faço que não sei com a cabeça. Depois eu lembro, e digo:

— Um pouco mais.

— Sério? Uau...

— Pois é...

— Faz tempo que não nos divertimos juntos.

— Faz tempo que não fazemos NADA juntos.

— A culpa não é minha!

— Não tô te culpando, não precisa se defender.

— É que você fala como se eu não me esforçasse, e, porra! Tudo o que tenho feito até agora é me esforçar pra fazer isso dar certo!

— Eu sei, eu também tô tentando.

— Tá mesmo, Nia? Porque não é o que parece.

— Eu tô tentando, Enzo, mas que droga! Eu tô tentando com toda a minha força!

Caramba, penso, nunca vou conseguir fazer isso direito! Falar que o nosso relacionamento acabou é muito mais difícil olhando pra ele. Há cinco meses a mesma cena passa e repassa na minha cabeça enquanto eu escrevo textos sobre ponto final e histórias que a gente empurra com a barriga por medo de terminar. Cinco meses que eu ensaio este maldito diálogo e ainda assim não consigo lembrar quais são as palavras certas. Mas que droga de palavras poderiam ser certas pra dizer pra alguém que está ao seu lado faz três anos que tudo o que planejaram até ali já não serve mais?

Ele me encara, cansado. Nós dois estamos assim. Exaustos demais pra continuar acreditando que vamos conseguir achar um jeito de salvar a nossa relação. Não dá, atingimos o limite, ultrapassamos a linha aceitável. Já tivemos segundas e terceiras e quartas chances. Acabou. *Game over*. Eu sei, ele sabe, nossos amigos sabem, até os meus pais já devem saber, mas mesmo assim eu continuo aqui, com as palavras presas na garganta e me sufocando com cada uma delas, porque me falta a porcaria de uma coragem pra colocar tudo pra fora.

Sinto como se fôssemos duas crianças jogando aquele jogo "batata quente", só que em vez de bola a gente joga com a nossa própria história, esperando que ela exploda na mão do outro. É egoísta, eu sei, e mesmo assim continuo querendo que seja ele o primeiro a dizer em voz alta que está na hora de colocar um ponto final.

Nós nos conhecemos ainda no colégio. O Enzo era o cara bonito que todas as meninas queriam; até mesmo as mais velhas olhavam quando ele passava. Eu era... bem, eu era eu. A menina mais inteligente da sala. Não sei quando nos tornamos amigos. Talvez tenha sido ainda no jardim de infância. A questão é que estudamos juntos quase a vida toda. Quer dizer, o Enzo está um ano a minha frente, mas estar em salas separadas nunca impediu o nosso contato.

Nossos pais tornaram-se amigos quando éramos ainda pequenos, isso fez com que nos aproximássemos mais. Dei meu primeiro beijo no Enzo quando estava com treze anos, na quadra do colégio — ou melhor, no quartinho de equipamentos durante uma troca de aula. Fui levar a bola de vôlei e ele, pegar a de futebol; então nos encontramos. Acho que eu já gostava dele nessa época e talvez o Enzo também gostasse de mim ou me achasse bonita. Não teve fogos de artifício, nem perninha levantando, foi estranho. Nossos dentes bateram por diversas vezes e tenho certeza de que mordi a língua dele o suficiente pra ele reclamar depois. Achei que nunca mais nos beijaríamos.

Um ano mais tarde aconteceu de novo, no aniversário da mãe do Enzo. Enquanto os adultos jogavam buraco na sala, nós bebíamos escondido na cozinha o resto do vinho que ficara na garrafa. Dessa vez eu posso garantir que foi um beijo de verdade. Eu já tinha beijado outros caras, talvez quatro ou cinco, mas nenhum tão bonito quanto o Enzo. Não teve dente batendo nem mordida na língua, mas sim uma eletricidade que nos percorreu ao ponto de perdermos o eixo. Eu sempre achei que aquilo era amor, mas talvez só fosse o álcool. Seis meses se passaram até que ele, finalmente, me pediu em namoro. Acreditei por muito tempo que esse tinha sido o melhor dia da minha vida, até que num verão os pais dele viajaram e nós ficamos sozinhos com a casa toda.

Perdi a virgindade aos dezesseis anos, no carpete da sala, ao som de um CD do John Mayer. Não programamos nada de especial, só nos encontramos. Ficamos deitados na sala até que começou a esquentar e aconteceu. Descobrimos juntos o que era fazer amor, assim como aprendemos um com o outro a amar. Naquela época eu achei que casaríamos, que ele seria o único homem da minha vida. Tínhamos o nosso futuro todo traçado: terminaríamos a faculdade, para então casar; depois, faríamos algumas viagens para as principais cidades do mundo; e, quando a hora chegasse, teríamos filhos, dois ou três no máximo. Talvez também comprássemos uma casa no campo pra passar os feriados e adotaríamos dois cachorros vira-latas de alguma ONG.

É triste abrir mão, jogar no lixo de uma hora pra outra todos esses planos. Nada disso vai mais acontecer.

Ele mexe no celular enquanto eu falo sobre as pousadas que andei pesquisando e de como tudo fica caro demais nesse período. "É alta temporada", ele responde como se isso fosse óbvio demais e a minha constatação muito estúpida pra ser verbalizada. Quando o momento se torna propício para discutir a nossa história, o Enzo tende a ficar distante e mudo. Penso na hora que isso é um jeito de se proteger do que eu poderia dizer. Eu já não me importo muito, pelo menos não mais — talvez, no seu lugar, eu fizesse o mesmo. O Enzo gosta da comodidade de saber que tudo o que ele quer está a dois centímetros de suas mãos, mesmo que essas coisas não façam mais sentido, como eu já não fazia. Por isso, pra ele, terminar era uma opção ruim.

— Enzo — digo, num surto de coragem —, nosso relacionamento acabou!

— O quê? — Ele larga o celular e me olha sério, como se não acreditasse no que ouvia.

— Eu e você. O nosso namoro. Tudo isso. Acabou.

— Você só pode estar brincando...

— Não. Eu nunca falei tão sério em toda a minha vida!

— Mas, Nia...

— Você não entende? Não dá pra gente viver pra sempre do jeito que estamos vivendo. Levando nossa história no ombro como se ela fosse um fardo, como castigo ou porque temos um plano seguro sobre como será o nosso futuro.

— É assim que você vê a nossa relação?

— Nossa relação não existe há muito tempo.

— Quê?!

— Faz tempo que estamos só prolongando esse momento, como se algum milagre pudesse acontecer e resolver tudo pra nós, mas pra mim não dá mais. E também não está bom pra você. Nós dois sabemos disso.

— Era isso que você tinha pra me dizer?

— Sim.

— Só isso?

— Enzo...

— Não sei se é o que eu quero, Nia. Não tô pronto pra deixar você, pra deixar a gente.

— Olha pra nós dois! Você vê algum futuro?

— Hoje, não. Concordo que não estamos felizes há tempos, mas podemos reverter. Podemos tentar qualquer coisa!

— Enzo, seja sincero consigo mesmo. A gente já vem empurrando isso, fingindo que tá tudo bem enquanto tá tudo uma merda há tempos. Já tentamos demais.

— A gente pode arrumar isso, tá me ouvindo? A gente pode!

— Não. Pra mim, não pode mais.

— Isso é por causa daquilo que...

— Não! — interrompo com a voz firme. — Não tem nada a ver com o que houve. Quer dizer, nós já estávamos indo ladeira abaixo, sabe? Aquilo só me fez abrir os olhos e enxergar que não dá pra aceitar viver no comodismo.

— Nia, são três anos! Planejamos um casamento de uma vida inteira!

— Eu sei. Que droga! Sei disso e também sinto medo de jogar tudo pro alto. Mas venho pensando nisso há muito tempo e esse foi o motivo de ter esperado mais. Nosso relacionamento funcionou, mas não dá pra estragar o resto das nossas vidas porque nos amamos por três anos. A gente não se ama mais.

— Eu ainda te amo...

Meu coração se encolhe, mas me forço a ser forte.

— Não. Você tem carinho por mim. E eu sinto o mesmo por você. E não tem nada de errado nisso, mas não é mais amor. Não é mais aquela coisa que tira nossos pés do chão e faz a cabeça ir parar no mundo da lua o dia todo.

— Não tô pronto pra terminar. E fazer algo assim, definitivo, eu não sei...

— Entendo que dá medo. Também tô assustada agora.

Foi quando os olhos do Enzo brilharam.

— E se eu for pro Rio com você?

Meu estômago revirou na hora.

— Não é uma boa ideia...

— É sim, pensa bem, Nia! Talvez essa viagem seja uma boa pra ajeitarmos nosso namoro. Pode ser que seja disso que a gente precise pra voltar a dar certo. O que pode ser melhor do que uma viagem romântica?

Minha cabeça começa a latejar e eu mordo o lábio antes de dizer:

— Não! Você não vai pro Rio comigo.

— Quê? — Ele me encara, assustado.

— Isso mesmo! Eu vou sozinha e solteira pro Rio.

— Então é isso que você quer? Curtir um pouco? Tudo bem, eu compreendo! Também tenho vontade de me divertir assim. Podemos dar um tempo e, quando você voltar, nós nos resolvemos.

— Nós já estamos resolvidos. Faz um tempão que estamos resolvidos. E eu não acredito nesse papo de dar um tempo, você sabe disso.

— Você também não acredita mais na gente?

— É claro que acredito na gente! Acredito que tudo o que vivemos foi de verdade, do primeiro ao último instante, só que não dá mais pra vivermos do que fomos um dia.

— A gente podia... sei lá, sabe?

— Não, Enzo, a gente não pode mais nada. Olha pra nós, tá tão na cara! Para de fingir que você não tá vendo que não tem mais nada pra fazer, porque nós tentamos de tudo, você sabe.

O Enzo está tremendo e eu vejo uma pontada de dor nos seus olhos.

— Você tem razão, e é uma merda assumir isso. É uma merda admitir que, mesmo que a gente quisesse, já não dá mais.

— É, mas não é o fim da linha. — Encolho os ombros.

— Nem vem com esse papo de que espera que eu seja muito feliz porque ainda dá tempo de conhecer outra pessoa e descobrir que precisava ser assim.

— Como você sabia que era exatamente isso que eu ia falar? — Faço uma careta soltando um risinho.

— Você sempre vai ser previsível pra mim, Nia — ele diz, de um jeito leve, quase engraçado.

— E sempre vou preparar o melhor café também. — Disfarço o sorriso.

— E ser a bêbada mais insuportável.

— E a única que te acha lindo depois de levar uma bolada na cara e quebrar o nariz.

— E que eu amei.

— Você vai amar outras pessoas, e eu também.

— Mas nunca vai ser igual. Aquele amor que senti por você eu nunca mais vou sentir.

— Nenhum de nós vai. — Sorrio pra ele. — Foi o primeiro, de dois jovens descobrindo o que é sentir um frio na barriga por segundo.

— Eu queria tanto que a gente tivesse dado certo...

— Mas nós demos certo, ora. Três anos não é dar certo?

— Três anos é dar muito certo.

— Nós fomos felizes.

— Eu nunca vou te esquecer. E sempre estarei aqui, pro que você precisar, quando você precisar.

— Eu também. Você sabe.

O Enzo se levanta da cama e estende o braço para que eu pegue sua mão. Faço isso e nos seguramos com força. Sinto seus dedos se entrelaçarem nos meus e ele me puxa pra junto de seu peito. Sinto seu cheiro, seus músculos, o hálito de menta e a respiração pesada. Deito a cabeça em seu ombro, ele me abraça e nós ficamos assim por dez, quinze, vinte minutos. Não temos coragem de quebrar o silêncio. Qualquer palavra pode estragar o momento — e, agora, nós já dissemos tudo.

Vou me afastando dele e me despedindo daqueles braços que por tanto tempo foram meus. Sinto vontade de beijá-lo uma última vez, mas sei que não devo — seria como adicionar mais dois pontinhos no ponto que acabamos de dar. Assim, fecho os olhos e tenho a sensação de ter sua boca sobre a minha; e sorrio. Ele fica me encarando como se lesse meus pensamentos e eu posso senti-lo sorrir também. Um amor de verdade, mesmo quando se torna uma lembrança bonita, guardada no fundo da memória, é sempre um amor de verdade.

— Aproveite sua viagem, Nia.

— Aproveite essa nova fase, Zô.

— Eu vou aproveitar.

— Não some?

— Não sumo. Você também, ok?

— Tá bem.

— Tire bastante foto do Rio.

— Pode deixar.

— E vê se vai às praias.

— É a meta do meu verão.

— Não, não é isso!

— Não?

— A meta do seu verão é descobrir o que é que te faz feliz.

Ele solta a minha mão e se despede baixinho, quase sussurrando, com medo de dizer adeus. Em seguida, se vira e vai embora sem olhar pra trás. Pra sempre. E eu fico vendo o Enzo desaparecer do corredor sem saber se choro de alívio ou de saudade prematura enquanto as lágrimas fogem do meu controle e escorrem pelo espaço do último beijo que não demos.

UM AMOR DE VERDADE, MESMO QUANDO SE TORNA UMA LEMBRANÇA BONITA, É SEMPRE UM AMOR DE VERDADE.

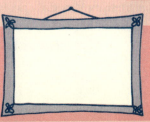

3

No aeroporto, é quase como se os dias que antecederam a viagem tivessem passado num piscar de olhos, trazendo consigo janeiro e a concretização dos meus planos. Dou um último abraço nos meus pais enquanto ouço o segundo chamado do voo. Digo a eles que agora preciso mesmo ir, mas minha mãe permanece pendurada no meu pescoço. Meu pai coloca a mão no ombro dela, que então compreende que está na hora de me deixar partir.

Começo a caminhar em direção ao portão de embarque e sinto que o espaço está aberto pra eu voar. Antes de virar o corredor olho pra eles e aceno com a mão, contendo as lágrimas. Meu pai sorri sem vontade; minha mãe, apreensiva, chora e acena de volta. Olho pra frente, mas algo me faz virar mais uma vez — vejo as lágrimas da minha mãe escorrerem e o meu coração fica pequenininho, fazendo com que eu corra de volta para onde eles estão.

— Eu te amo — digo, abraçando-a com força. — E amo você também, pai.

Ele me encara por alguns minutos como se lutasse internamente pra decidir o que fazer; depois pega a minha mão esquerda e a aperta.

— Eu sei que sonhei muitas coisas pra sua vida e que cobrei que você atingisse todas as minhas expectativas. — Papai respira fundo, tentando conter a emoção. — Mas o que talvez eu tenha deixado de te contar é que tudo o que eu mais espero é que você vá sempre atrás do que te faz feliz. Hoje eu tô orgulhoso da sua coragem. Você só me provou que tá pronta pra conquistar o que quiser.

Abraço-os mais uma vez, agora com toda a força. Tento fixar em mim a mistura dos dois perfumes como se assim eu pudesse levar um pouco deles comigo.

— Você merece isso, filha — meu pai me diz.

— Não sei se mereço. — Um nó invade o meu estômago e tento afastar os pensamentos ruins. — Mas sei que preciso disso.

— Lavínia… — Minha mãe me olha séria, como se estivesse prestes a repreender uma criança. — Você não tem culpa de nada!

— É só que às vezes… — Antes que eu termine a frase, o choro entope a minha garganta e eu não consigo terminar.

— Você não podia ter feito nada! — completa meu pai.

— Será? — indago. — Será mesmo? Não acho que foi justo!

— É claro que não foi justo. Mas não tem a ver com você — minha mãe garante. — Você é o nosso presente. O nosso milagre. E a gente te ama! A gente te ama muito e precisa que você seja feliz. Só isso!

— Você só tem de se preocupar com uma coisa, e sabe bem o que é. — Meu pai me encara.

— Me manter viva — respondo.

— Em manter a sua vida viva. — Ele tenta parecer mais feliz do que realmente está. Esse não é um assunto que nos deixa alegre. — Por nós.

— Eu vou manter — finalizo, emocionada demais.

Antes de me soltar, minha mãe me olha no fundo dos olhos mais uma vez e fala, com a voz sufocada:

— Sabe, filha, quando você era pequenininha e saíamos pra passear, as pessoas te olhavam e diziam que, com aquela sua carinha de sapeca, eu teria muito trabalho quando você crescesse. — Ela passa a mão em meu rosto enxugando minhas lágrimas. — Se o tempo voltasse, eu diria pra elas: "É isso o que eu espero." Então, vá, entre nesse avião e dê trabalho pro mundo! Seja lá o que escolher, tenho certeza de que você vai ser a melhor. Mesmo com o coração apertado, a saudade atormentando as minhas noites desde o dia em que você inventou essa viagem e um buraco dentro de mim por te deixar escapar dos meus braços, eu estou feliz.

Encaro os dois com os olhos marejados e sinto, por segundos, uma vontade desesperada de voltar atrás. Eles estão me dando tanto que senti vontade de dar algo a eles, algo que eles queiram… Então, me controlo. Foi isso o que me fez chegar àquele ponto, com uma vida que não era minha. Não posso. Preciso encontrar o meu caminho. Tenho de ir em frente e descobrir o que é que o mundo tem para mim. Preciso me manter viva, como eu prometi que me manteria.

*

Ajeito a poltrona e aperto o cinto; a viagem é curta demais pra cochilar, por isso trouxe um livro. *O Código da Vinci*, famoso demais e que nunca tinha lido porque era de um estilo que não me atraía. Até hoje. Comprei uma agenda para servir de diário de bordo e, na primeira página, escrevi em letras gigantes: "amplie seus horizontes", e é isto o que vou fazer. Defini que agora, antes de falar que não gosto de algo, vou provar de verdade, até ter certeza de que aquilo não é pra mim. Afinal, onde é que aprendi a desgostar de tanta coisa sem experimentar? Lerei livros diferentes daqueles a que estou acostumada, farei atividades e tarefas que sinto mais dificuldade de realizar, irei a lugares a que jurei jamais ir. Mergulharei fundo e enfiarei os pés na areia só para sentir essa mágica que a praia provoca em todos.

Pego o celular enquanto ainda estamos no chão e respondo às mensagens de boa viagem de algumas amigas. Vejo a foto que minha mãe me enviou, tirada pouco antes de sairmos de casa, e adiciono como papel de parede do meu celular. "Amo vocês, obrigada por tudo", envio. Sei que não foi nada fácil para eles permitirem que eu abrisse mão da faculdade para viajar. Quer dizer, oficialmente ainda não abri mão da arquitetura — o combinado foi que quando voltar, em um mês, irei dizer se quero ou não continuar com esse sonho; algo cuja resposta, na verdade, nós três já sabemos. Não é isso o que vejo para o meu futuro e, embora eu não saiba ao certo qual o caminho a seguir, já me decidi quais atalhos não pegarei. Arquitetura já está fora da minha lista. Assim como o Enzo. Por falar nele, leio somente agora o recado que ele me deixou durante a madrugada.

Nia, sei que você me pediu pra não te procurar durante esses dias. Você precisa desse espaço pra recomeçar... quer dizer, pra reinventar o seu começo ou pra dar uma nova continuação nisso tudo, sei lá. Só sei e entendo que isso é necessário, mas não seria justo, nem comigo nem com você, te deixar ir sem desejar que esses dias sejam perfeitos e inesquecíveis. Eu te admiro pela sua coragem, por ter conseguido ser tão forte diante do que te aconteceu ano passado. Por não ter medo de olhar pra fora e tentar enxergar uma vida inteira esperando pra ser construída, porque somos nós que fazemos isso. Em todos os momentos desses dias, escolha os melhores materiais, aposte nos melhores ajudantes e faça a melhor construção que este mundo já viu. Sucesso! Estarei sempre torcendo por você. Mesmo que de longe.

Mesmo que de longe. Por alguns instantes penso nisso e sinto um certo incômodo. É estranho ter em mente que talvez nós nunca mais voltemos a estar próximos. É doloroso aceitar que pode ser que um dia eu cruze com o Enzo na padaria perto de casa, no supermercado, em alguma festa de amigos, já que temos tantos em comum, ou numa balada de sexta à noite e que a gente nem se fale — que talvez ele esteja até acompanhado. Primeiro, tento afastar a ideia, mas depois encaro-a de fato; afinal, isso pode acontecer. Nossas vidas vão seguir em frente. É preciso que sigam. E é preciso que eu esteja preparada para o momento em que houver alguém ao lado dele que não serei eu. Mesmo que isso soe estranho e doloroso.

Bloqueio a tela e observo a cidade ficar pequenininha conforme o avião ganha altitude. Não passamos de meras formigas neste mundo. Pedacinhos de carne e osso espalhados pelos quatro cantos. Não quero ser só mais alguém que acorda cedo todo dia e corre com o café pra não se atrasar pro trabalho; ou que segue uma lista interminável de compromissos e volta a tempo de fazer o jantar e repetir o mesmo ciclo no dia seguinte. Almejo algo diferente, além dessa rotina que a gente chama de vida adulta. E é por isso que estou aqui.

Escolhi a cidade de Búzios por ser pequena, porque não quero me distrair com tantas coisas. Daqui a exatos trinta e um dias pretendo ter respostas sobre o curso que darei a minha existência. O outro desafio será lidar com meu novo status de solteira. Sinto que tenho de conduzir bem esse caminho, entender como deixei chegar a esse estado e começar do zero. Vivi tempo demais no plural, ao ponto de me esquecer como é ser singular.

Preciso descobrir do que eu, Lavínia, gosto. Já não sei se as coisas que eu fazia, as comidas que gostava e as roupas que usava eram por mim ou porque agradavam ao Enzo. A gente pode criar uma vida indo pela cabeça dos outros, acreditando no que eles acreditam, seguindo os motivos que eles apontam, sem sequer perceber o que estamos fazendo. Eu não quero isso. Tenho estes dias pra me encontrar, por isso vou me levar pra jantar, pra passear, pra ir a um salão e radicalizar. Vou tentar coisas diferentes pra conhecer a Lavínia que não é a namorada do menino mais bonito do colégio.

Minhas reflexões tomam tanto do meu tempo que nem noto quando finalmente o avião pousa. Estou sozinha no Rio de Janeiro pela primeira vez. Meu estômago estremece um pouco e penso no próximo passo. Calma, você pode fazer isso!

Vou até a esteira e espero pela minha bagagem. Agora é a vez do táxi. Sigo pro lado de fora do aeroporto e pego o primeiro automóvel amarelo que vejo. Peço pra ir até a rodoviária, onde finalizarei o meu roteiro com um ônibus. Compro a passagem e sento numa lanchonete para esperar o tempo passar. Peço um café amargo e olho em volta: agora estou por mim mesma. Não tem ninguém aqui pra me socorrer se eu precisar ou pra me ouvir chorar se algo der errado. Sou eu sozinha de agora em diante, sem mãe, pai e amigas.

Enquanto tomo meu café e reflito mentalmente sobre essa situação e quão assustadora ela pode se tornar, ouço um rapaz discutir ao telefone. Ele grita alguma coisa que não consigo entender e gesticula irritado como se socasse o ar. Parece transtornado o bastante pra esquecer que está em um local público, onde deveria manter a compostura. Não gosto de gente assim, nunca gostei. Pago a conta e sigo para a plataforma do meu ônibus.

Caminho pelo saguão já exausta, mal vejo a hora de chegar à pousada. Entro no ônibus e procuro pelo meu lugar. Como serão mais de duas horas de viagem, me preparo para descansar. Coloco a máscara nos olhos, para evitar a luz, e apago, até que sinto uma mão me sacudindo e trazendo-me de volta à realidade. Puxo a máscara e uma luz forte me incomoda um pouco de início, mas, logo que minha visão se acostuma eu o reconheço: é o garoto que brigava pelo celular!

— Chegamos, dorminhoca.

— Já?!

— Na verdade, não foi tão rápido assim... Quer ajuda?

— Ah, não precisa.

— Tem certeza?

— Sim.

— Absoluta?

— Bem, eu tenho duas mãos, acho que posso me virar sem ajuda.

— É você quem sabe. — Ele me dá as costas. — Até mais.

Sem parecer se abalar com as minhas respostas ele segue para a porta enquanto me ajeito para sair. Pego minha mala e caminho para o táxi. Ele, o garoto da rodoviária, encosta na maçaneta segundos antes de mim, como se já estivesse ali posicionado só esperando por aquele momento, e eu não consigo fingir que isso não me incomoda. *Ele* me incomoda, e eu nem sei por quê. Sua reação é oposta à minha, como se quisesse justamente me provocar. Vejo até mesmo um sorriso discreto de satisfação brotar em seus lábios quando ele constata que conseguiu me provocar.

— Tá tarde demais pra ficar andando sozinha por aqui, hein? Não quer dividir o táxi? Aposto que você está a caminho do centro, assim como eu — ele diz.

Olho para as estrelas salpicando no céu escuro.

— Errou. Quer dizer, eu vou pro centro, mas prefiro fazer isso sozinha.

— Você gosta de se virar, né?

— Não gosto é de depender dos outros. — Sorrio e me viro pra ir em direção ao ponto de táxi para pegar outro carro.

— Pra onde você vai? — ele me pergunta antes que eu me afaste o suficiente.

Eu me viro pra encará-lo e não digo nada, então ele continua:

— Não vou roubar seus órgãos, nem te sequestrar, eu juro!

— Pousada da Olga.

— Que coincidência!

— Por quê?

— Também estou indo pra lá. Larga de marra e vem comigo.

Olho ao redor e não acho nenhum outro veículo disponível, então dou meia-volta e entro no táxi. Conheço bem esse jeito carioca de ser: meio-marrento, meio-gente-boa, meio-deixa-rolar.

— Obrigada pela gentileza em oferecer um espaço no táxi que eu ia pegar antes de você passar na minha frente — digo com certo tom de ironia.

— Não tem por quê. — Ele sorri, irônico também.

O garoto senta ao meu lado e indica o lugar para o motorista. No caminho, o taxista e ele conversam sobre o jogo do dia anterior, sobre a escalação dos jogadores pra seleção e mais futebol. Então o cara comenta sobre as mudanças na cidade, o que me faz deduzir que ele está acostumado a ir pra lá.

A pousada é mais perto do que eu esperava, ou é a cidade que, sem o trânsito, faz parecer que o caminho é curto. Rachamos a corrida e descemos do carro. Ele agradece ao motorista pela viagem e, depois que o carro sai, finalmente se apresenta pra mim. Agora eu sei que seu nome é Cauê, com C.

— Primeira vez aqui, não é?

— Uhum, como sabe?

— Chutei. Sou bom nisso.

— Imagino. Em socos também.

— Como é?

— Eu te vi na rodoviária enquanto você brigava com o vento.

— Caraca, você já tinha reparado em mim lá na rodoviária?

— Não reparei em você...

— Ah, não? — Ele ri, sarcástico, o que me irrita.

— Você estava gritando num lugar público; todo o mundo reparou.

— Então você reparou em mim.

— Argh! — resmungo. — Sim, eu reparei em você.

— Eu sabia! — vangloria-se.

— Mas não foi de um jeito positivo.

— Não importa, pra mim, já é alguma coisa. E quanto tempo você vai ficar por aqui?

— Um mês.

— Ótimo.

— Ótimo?

— Tenho trinta dias pra tirar a sua má impressão sobre mim.

Sorrio.

— Trinta e um, na verdade. — E entro na pousada.

O lugar é realmente adorável, as fotos não mentiram em nada. Logo no hall de entrada já consigo sentir o clima praiano, com luzes penduradas e cores alegres, poltronas de madeira cobertas com mantas e delicadas mesinhas de centro. A recepção está vazia, o que me faz observar com mais calma os detalhes. Vendo de primeira, ela parece uma casa de vovó redecorada por algum surfista descolado. A minha direita, o corredor que leva aos quartos; do lado de fora, bancos rodeados pelo belo jardim — tudo bastante harmonioso. Fiquei feliz por não ter me decepcionado com a escolha. Era exatamente este astral que eu estava buscando.

Está uma noite agradável e começo a pensar se ficarei na pousada ou sairei pra dar uma volta pela orla marítima. O cochilo torto no ônibus só me deixou mais cansada.

Uma mulher surge do restaurante, depois de eu tocar a campainha pela terceira vez, com um sorriso tão grande que me arrependo de ter insistido. Trata-se de uma mulher que aparenta uns cinquenta anos, com a pele bronzeada pelo sol e os olhos de quem passou tempo demais olhando pro céu. Usa um vestido larguinho cheio de flores, o cabelo preto preso em um coque e rasteirinhas que a deixam com um ar de hippie que combina com toda a decoração daquele lugar. O Cauê já não está mais aqui, ele entrou direto pelo corredor e nem sequer olhou pra trás pra me informar o que eu deveria fazer.

— Você deve ser a Lavínia — a mulher diz.

— Isso. E a senhora é a dona Olga?

— Exatamente, menina! Você deve estar cansada da viagem. Vamos adiantar sua entrada pra que eu te leve ao quarto?

Aceno que sim com a cabeça, ela me passa um papel com os termos do hotel e uma ficha para que eu preencha, e faço tudo o mais rápido que consigo. À medida que vou adicionando informações, ela me conta sobre o que há pra se fazer naquele lugar, onde posso conhecer gente ou onde consigo ficar mais sozinha, quais os melhores horários pra sair e aonde eu não devo ir se estiver só. Também me avisa que no dia seguinte terá alguém para me mostrar a cidade e os principais pontos, assim poderei conhecer melhor Búzios sem correr o risco de me perder.

— Vamos escolher o seu quarto?

— Por favor! — respondo, mais simpática que o normal.

A Olga me conduz pelo corredor. Caminhamos até a número 24, então ela me passa a chave para eu mesma abrir. O quarto é encantador. Tem uma cama de casal imensa centralizada embaixo da janela, uma escrivaninha com abajur e uma cadeira almofadada com rodinhas, televisão, frigobar e o banheiro com uma charmosa banheira antiga.

— Temos só três quartos com banheira e, como parece estar precisando de uma, pensei neste para você — ela diz, dando um leve toque em meu ombro.

E eu preciso mesmo, mas não digo nada, apenas sorrio enquanto nos despedimos, e fico sozinha naquele que será o meu refúgio pelos próximos trinta e um dias.

Caminho até a janela e afasto a cortina branca. Observo o lado de fora e sinto a brisa quente da cidade tocar minha pele. Tenho vontade de sair, caminhar pela orla e adormecer olhando o mar até o sol nascer, mas me contento em deitar com a cabeça no parapeito e perder a vista no oceano. Na infância, sonhava em ser uma sereia. Claro, hoje todo o mundo quer ser uma, virou moda, mas quando eu era criança, não. Eu tinha vontade de encantar o mundo com aquela mágica especial que só esses seres metade peixe metade gente têm, assim como eles encantavam os pescadores.

Eu queria tanta coisa, tinha sonhos tão grandes, e agora mal consigo lembrar quando foi que abandonei aquele meu lado. É como se alguém tivesse raptado o meu lado mais criativo e minhas habilidades. No colégio, eu amava olhar mapas de diferentes lugares do mundo. Geografia sempre foi a minha matéria favorita, até mais que português. Quando eu era pequena, nós falávamos que viajaríamos o mundo inteiro, mas, depois do que aconteceu, pensei em nunca mais viajar.

É assustador analisar que eu, logo eu, que queria rodar o mundo todo só com uma mochila nas costas, pensei em me fechar numa concha. Ao pensar nisso me sinto culpada. Não é justo que eu tenha planos e a ela não seja mais dada a mesma oportunidade...

Caminho até a mala e pego o porta-retratos que trouxe comigo. Passo os dedos pela imagem dela, sorridente ao meu lado com um dos braços sobre o meu ombro, e sinto uma dor enorme no coração. Fecho os olhos, não pra conter as lágrimas que brincam na minha linha d'água, mas pra lembrar melhor do formato de seu rosto. E choro baixinho de saudade. Sinto falta das covinhas em suas bochechas e de como ela me acalmava durante uma tempestade dizendo que *tudo iria ficar bem*.

— Vai ficar sim — digo a mim mesma, apertando o porta-retratos de encontro ao peito.

Torno a fechar a cortina, vou até o banheiro e ligo as torneiras. Despeço-me das roupas com cheiro da capital e me afundo na banheira com sais de banho. O que eu quero fazer amanhã? Penso. Praia, só pra começar. Vou acordar cedo, me empanturrar de pão de queijo sem pensar em calorias e, em seguida, cair de braços abertos na areia. Não literalmente. Entrarei naquele oceano gigante e lavarei com as águas salgadas todo o peso que tenho sentido e me fez chegar até aqui. Parece simbólico, mas é o caminho para começar algo concreto. Creio que assim estarei mais preparada para embarcar nessa nova chance que abri. Afinal, pela primeira vez em muito tempo, sinto que mereço algo bom!

Desperto na manhã seguinte com um som insistente de alguém batendo com força na porta. Reviro-me alguns minutos na cama tentando descobrir se não é um sonho. Desejo que seja, mas o som continua e vai aumentando, parecendo cada vez mais grave. Abro os olhos com receio, e só então lembro que não estou em meu quarto, e sinto um peso típico de alguém que apagou por muito tempo. O porta-retratos ainda está ao meu lado. Esfrego as pálpebras sem saber se estão inchadas por causa do choro ou de tanto dormir. Consulto o relógio: já passa das onze.

— Que droga! Perdi a hora e vou ter de refazer meus planos.

No entanto, o meu corpo diz que eu deveria passar o resto do dia assim, deitada. Até gosto da ideia, mas me obrigo a pensar de maneira racional: qualquer coisa lá fora há de ser mais interessante do que ficar na cama.

Olho as últimas mensagens. São todas dos meus pais me perguntando sobre como foi a noite, como é a pousada e o que pretendo fazer hoje. Não pude conversar direito com eles quando cheguei porque estava cansada, então me limitei a garantir que estava tudo bem e que ligaria no dia seguinte. Eles compreenderam, como têm feito com quase tudo nos últimos dias. Olho o último SMS da minha mãe. Ela ainda usa esse tipo de coisa pra se comunicar e, com uma pontada de saudade balançando dentro do peito, rio sozinha ao ler:

> Aproveite cada segundo deste mês pra se reencontrar. Por favor, não se descubra sendo alguém que quer vender a arte pelo mundo. Você é uma péssima artista. Te amo.

Batem de novo na porta e eu me levanto. Será que ainda dá tempo de pegar o café da manhã?, pergunto-me ao girar a maçaneta sem me lembrar de que estou com um pijama de ursinhos e o cabelo completamente bagunçado.

— Você?! — Meus olhos se arregalam assim que encaro o moço do ônibus parado na minha frente.

— Eu, sim. — Sorri. — Bonita beca — finaliza, animado, analisando o meu visual enquanto eu paraliso, desejando que uma cratera surja ali no meio de nós para eu poder desaparecer.

— Beca? — pergunto sem entender.

— É uma gíria pra roupa, sabe? De onde você é?

— De São Paulo, da região em que as pessoas usam palavras normais. Como sabia que este era o meu quarto?

— Perguntei na recepção.

— E eles te falaram tranquilamente?

— Não podiam?

— Não!

— Por quê? Você é uma fugitiva? Se meteu em alguma encrenca, né? Sabia que por trás dessa sua carinha de patricinha azeda se escondia alguma coisa grave.

— Patricinha azeda?

— Nada contra, até porque você pode tentar me fazer mudar de ideia se quiser. Tem trinta dias…

— Dispenso.

— Você é chata!

— Então por que você está aqui?

— Pra te salvar! De si mesma, no caso.

— Não, muito obrigada. — Reviro os olhos. A estranheza da situação aperta meu estômago.

— Tem certeza? E pretende passar o dia todo dormindo? Já viu como está lindo lá fora?

— Já. E é claro que vou sair! Só estava esperando o melhor momento.

— Aham… Melhor momento, essa é boa… — diz, com ironia.

— O despertador não tocou e eu perdi a hora. E isso nem é da sua conta!

— Ah, vá, deixa de ser tão marrenta, menina…

— Você que é muito invasivo.

— Tá, tá, tá. Não vim até aqui pra isso. Vai logo, sei que você também quer sair. Vamos fazer alguma coisa, conheço tudo por aqui.

— Eu não pretendia ter companhia.

— Que pena, porque não saio daqui enquanto você não aceitar meu pseudoconvite.

Suspiro em rendição.

— O que faremos?

— Adivinha!

— Não sei.

— Que tipo de coisa se pode fazer numa cidade litorânea?

— Ir à praia?

— Isso, genial! Como você é esperta, hein?... Lavínia, né?

Aceno que sim com a cabeça e ele continua:

— Mas agora, chega de gastar seus neurônios e vai logo, porque você já perdeu o café e eu não quero perder o sol também.

— Eu não gost... — Paro a frase na metade e me lembro de que aqui não tem nada de que eu não goste. — Não demoro, espera um pouco aí fora.

— Posso entrar e te esperar aí dentro. Que tal? — Ele faz uma cara de safado tão forçada que me deixa com vontade de dar risada.

— Aí fora. Eu já volto. — Fecho a porta sorrindo e logo me dou conta de que odeio usar biquíni porque ele me faz parecer um palmito ambulante e eu vou acabar morrendo de vergonha ou fazendo algo idiota.

Penso em abrir a porta e dizer que é melhor deixar pra outro dia, mas me contenho. Seria um péssimo jeito de ter um recomeço. Estou atrasada, com um cara chato no meu pé e o estômago roncando, mas vou conseguir! Vim até aqui pra isso, não desistirei tão rápido. Assim, troco de roupa, pensando em que estou me metendo. Mas, por alguns segundos, penso que talvez começar assim possa ser mais interessante do que se eu seguisse um planejamento. Quem se descobre seguindo uma lista? Chega disso!

Em instantes, deixo o quarto com uma saída de praia meio transparente e uma bolsa gigante quase vazia.

— Estou pronta.

— Rápida, pra uma garota.

— Garotas não são todas iguais.

— É? Engraçado, as que eu conheço são. — O Cauê me dá uma piscadela e noto que ele é bem mais bonito de perto.

— Talvez porque você não as conheça de verdade — afirmo com ironia.

— Pode ser. De qualquer forma, não são garotas que me façam querer isso. Você faz.

Engulo em seco por falta de uma resposta à altura e continuo caminhando no corredor estreito enquanto nossos braços se tocam e eu lembro do Enzo. Merda! Isso não deveria acontecer, não tenho porquê lembrar dele agora. Mas enquanto o Cauê me olha tentando decifrar a minha reação, tudo em que consigo pensar é que estou prestes a trair o meu ex-namorado com um cara que acabei de conhecer.

Primeiro, não existe traição quando não há relacionamento, digo a mim mesma pra me convencer de que se eu quisesse algo com ele não seria errado. Estou livre, então preciso me livrar também do fantasma de ter uma relação pra respeitar. Em segundo lugar, não posso querer tão rápido um cara que até ontem parecia insuportável só porque agora está sendo legal, parece cada vez mais bonito e tem um perfume que me faz querer ficar cada vez mais perto. Ou posso?

— Diz alguma coisa — ele quebra o meu silêncio externo.

— A que praia iremos?

— Primeiro a gente vai comer.

— Onde?

— Na cozinha.

— Da pousada? — Olho pra ele meio-confusa.

— Uhum.

— Isso é um pouco estranho.

— Não pra mim.

— Por quê? Você é especial, por acaso?

— Digamos que sim.

— Então tem tratamento VIP?

— Comer na cozinha é tratamento VIP?

— Se for numa pousada, sim.

— Você é louca. — O Cauê ri e eu tento desviar o olhar, porque ele tem o sorriso maravilhoso, mas continuo encarando-o até que ele percebe e me olha satisfeito. — Vamos pegar a comida escondidos.

— É sério isso? — Enrugo a testa em sinal de reprovação.

— É sério!

— Eu não vou roubar!

— Não é um roubo, você só vai pegar o que não consumiu hoje.

— É roubo! Não vou fazer isso.

— Não precisa, eu faço.

— Vamos a uma padaria.

— De jeito nenhum, a cozinha é logo depois da área de refeição.

— Cauê, para! — Olho séria pra ele, que parece se divertir com a situação.

— Prefere ficar aqui enquanto eu vou lá? Sou muito bom nisso.

— Eu quero que você não vá lá! Por favor...

— Café ou suco?

— Não estou brincando, vou ficar muito brava se você fizer isso.

— Você gosta de pão de queijo, acertei?

— Nós seremos expulsos daqui! Não faz isso!

— E um bolo de chocolate pra finalizar, o que acha?

— Se isso acontecer eu não vou te perdoar.

— Relaxa. Espera um pouco que já volto. Juro que é rápido. E para de fazer bico!

Antes que eu consiga segurá-lo pelo braço, ele percorre o salão em que são realizadas as refeições e entra onde deve ser a cozinha. Fico parada sem saber se volto pro meu quarto, vou à praia ou sento na cadeira e dou risada. Ótimo! Agora serei presa por assaltar a geladeira de uma pousada porque estou acompanhada de um delinquente. Acho que não era a esse tipo de coisa que a minha mãe se referia quando recomendou que eu me divertisse.

O Cauê demora demais, então me pergunto se não aconteceu algo lá dentro. Sento na cadeira sem saber como agir, arrumo a minha bolsa pela décima vez, até que desisto de fazer alguma coisa. Solto meu corpo pra trás, relaxando os músculos, e a situação me leva para uns anos atrás. Oito, pra ser exata. Estamos as duas sentadas na cama do hotel, armando um plano para pegar as balinhas de gelatina da cozinha. Eu estava com dez anos e nós não tivemos coragem de ir até o fim. Talvez ela ficasse orgulhosa se pudesse me ver hoje. Mas não pode. Suspiro, tentando me livrar da surpresa que contagia o meu corpo quando a porta de alumínio faz barulho e eu vejo o Cauê trazendo uma bandeja cheia de delícias e constato que ele é o cara menos discreto que eu já vi na vida.

O Cauê vem cambaleando, meio-desajeitado, e, em seguida, outra pessoa, vestida com uniforme, o segue carregando uma segunda bandeja com copos, pratos e talheres, e eu fico totalmente embasbacada. Encaro-o um pouco nervosa com o que vejo. Enquanto tento descobrir o que aquilo significa, o Cauê coloca tudo na mesa e ajuda o outro rapaz a fazer o mesmo.

— O que é isso? Por que ele te ajudou? — pergunto quando voltamos a ficar a sós.

— Achou mesmo que eu ia roubar o café da manhã de uma pousada? — Ele coloca queijo prato no pão francês. — Eu teria de ser muito pão-duro pra fazer isso!

— O que está acontecendo aqui?

— Não vai comer?

— Cauê!

— O que foi?

— Para de agir feito um idiota.

— Primeiro, eu não sou um idiota. — Ele ri. — Talvez um pouco, mas não o suficiente pra você perceber e usar isso contra mim. Segundo, eu sou filho da Olga.

— Da dona da pousada?

— Sim! A mulher que você deve ter conhecido ontem, por sinal.

— Então você é dono daqui?

— Não, minha mãe é. Eu sou só o cara que não entende nem respeita as regras do estabelecimento.

— Por isso você descobriu meu quarto...

— Na verdade, isso qualquer um descobriria.

— Por que não me disse que podia entrar na cozinha e pegar o que tivesse vontade?

— Porque eu queria me divertir com você! — E gargalha da minha cara.

— Isso não tem graça, tá?! Foi bem babaca da sua parte.

— Não tem graça mesmo, foi fácil demais te enganar.

— Há-há-há, quantos anos você tem? Dez?

— Vinte.

— Vou te apresentar um conceito muito interessante que se chama amadurecimento, vai te fazer bem.

— Vou te apresentar outro que se chama fome. Come logo.

— Fome não é um conceito.

— Come!

— A comida que você roubou?

— Bem, se o fato de assaltar a cozinha me tornar um cara legal, você pode continuar acreditando nisso.

— Acho que prefiro a situação verdadeira — minto, desapontada.

— É você quem sabe. Agora, come sem culpa. Se quiser mais é só me avisar, a hora que for.

— Não, tá tudo certo, eu sou só uma hóspede, e isso que comi é mais do que o suficiente pra mim.

— Hum, há controvérsias. Depende do quanto de onda você pretende pegar hoje.

— Não pretendo pegar onda.

— Por quê?

— Porque não sei surfar.

— Quero um motivo bom.

— Tá bem, eu vou morrer afogada.

— Você consegue mais, me dê um motivo bom de verdade.

— Isso realmente não daria certo.

— Você sabe nadar?

— Na piscina, sim.

— Vou te ensinar a surfar.

— Não quero aprender.

— Quer sim.

— Não, não quero.

— E se eu te der uma boa razão?

— Tenta. — Encaro-o desafiadora, e ele sorri, maravilhosamente.

— Não tem muito mais o que fazer por aqui. Depois que conhecer o centrinho e as lojinhas, for a um ou outro restaurante, fizer o passeio turístico e visitar os pontos históricos, em três dias não te sobrará mais nada além de pensar em como você foi burra de desperdiçar suas férias neste lugar. Então, em trinta e um dias, ou você surfa ou morre de tédio.

— Hum... — respondo, pensativa.

— Vamos lá, eu sei que no fundo você está afim.

— Por que quer tanto que eu surfe?

— Sinceramente?

— Sinceramente.

— Vai ser engraçado te ver tomar uns tombos.

Reviro os olhos para ele enquanto mastigo o meu quarto pãozinho de queijo. Amanhã vou me levantar cedo pra pegar o café no horário certo, sem precisar de favores. Aproveito essa análise e anoto no meu subconsciente um aviso pra tomar cuidado com tudo o que ele disser daqui em diante — não quero fazer papel de besta numa história em que não tenho todos os dados.

— Tudo bem, pode me ensinar a surfar. — E bebo o último gole de suco. O Cauê sorri, triunfante.

*

A praia fica a pouco mais de dez minutos de caminhada de onde estou hospedada. O cenário todo, desde as árvores até as ruas e calçadas, faz com que eu me sinta numa novela antiga. Até as casas parecem ter sido criadas como cenário de algum *remake*. É alta temporada, então tem muito mais gente do que deve ter nos meses frios. Os turistas entram e saem das lojinhas de artesanato e lembranças. O clima é hospitaleiro, caloroso, e faz com que eu tenha vontade de ficar pra sempre por aqui. No país deve haver inúmeras cidades assim e esta é a primeira que conheço. Ainda. Nunca gostei muito do caos e do barulho em São Paulo, mas sempre amei a sensação de que não importa a hora, o dia, sempre vai ter alguém acordado fazendo alguma coisa mais interessante. Este é um dilema que carrego sobre cidades maiores — em geral, elas são animadas, vivas... quer dizer, pareciam vivas, mas agora são hostis demais para o que eu quero da vida. E o que eu quero da vida? Bem, um lugar em que eu possa me sentir segura, pra começar.

— Você tem que me prometer duas coisas — digo, encarando o mar à minha frente com uma prancha embaixo do braço.

— Duas é muito.

— Ou promete ou eu não entro.

— Tá, fala... — Ele meneia a cabeça.

— A primeira é que você não vai rir de mim se eu cair.

— Até posso te prometer, mas você sabe que não vou cumprir.

— Já esperava por isso...

— E a outra?

— É que você não deixará que eu me machuque.

— Eu jamais deixaria você se machucar — ele responde sério, e completa: — Não só pegando onda.

— Tá certo, mas eu ainda não sei se quero.

— Do que tem tanto medo, Lavínia?

— De morrer afogada.

O Cauê dá risada.

— É sério, Lavínia, o que mais te assusta nisso?

— Acho que é perder o controle. Não quero perder o controle de mais nada.

— A gente nunca tem total controle, não importa a situação.

— Mas eu preciso ter.

— Por quê?

Engulo em seco.

— Porque já perdi demais na vida — afirmo, meio que me transportando para uma imagem do passado.

Ele fica em silêncio por uns minutos. Talvez tenha percebido algo, mas disfarça e sorri.

— Não consigo lidar bem com a ideia de correr riscos.

— Não me diga que não gosta de adrenalina...

— Não! Não gosto de nada que me cause taquicardia.

— Você não gosta de mim, então? — questiona, sorrindo, como se soubesse a resposta.

— Vá se ferrar! — E saio correndo em direção à água.

Digo a mim mesma enquanto alcanço o mar:

— O pior é que tenho mesmo medo da gente, Cauê.

Paro de avançar quando as ondas atingem meus joelhos. Sinto o aroma da maresia, presto atenção ao movimento da água e analiso se estou realmente preparada pra isso. Não estou. Nem um pouco.

Treinamos algumas vezes antes na areia para, finalmente, entrar em ação. Embora o Cauê garanta que não há como eu não aprender, meu corpo inteiro esta tenso e parece querer me alertar de algo. Vai dar errado. Eu sei, é inevitável. Sei desde o momento em que vesti o macacão, amarrei o cabelo em um rabo de cavalo e vi o jeito como ele me olhava de canto de olho, meio que admirando os meus movimentos. Ainda que tentando disfarçar, ficou muito na cara que tinha algo acontecendo, como se estivesse se perdendo em mim. E, nesse mesmo instante, eu quis me perder nele também. Ou seja, já estava dando merda. Rápido demais.

Não sei explicar como essas coisas surgem com tanta clareza na nossa mente e, mesmo com o "aviso", a gente não consegue impedir. Com o Cauê, sinto um arrepio cada vez que ele fala perto de mim. Tenho uma discreta aceleração das batidas cardíacas e acontece o mesmo com a respiração quando ele se aproxima. E tudo isso são sinais de alerta. Sinais vermelhos que piscam sem parar tentando avisar que estou entrando num terreno perigoso, desses

com placas de mantenha distância. Meu cérebro me manda voltar, dar ré, pular fora, mas meu coração pede para que eu fique. E eu fico.

Percebi que estava perdendo o controle ao dar as primeiras braçadas ainda na areia da praia. Ali alguma coisa acendeu, mas eu não soube dizer bem o que era. Depois, quando a mão dele me segurou pela cintura pra ensinar como eu devia movimentar o corpo ao me levantar, tive certeza. Soube naquele instante que já não dependia mais de mim. Entendi desde o milionésimo de segundo em que a respiração dele ficou tão perto da minha e eu quis fechar os olhos e sussurrar pra que ele me beijasse. Imaginava aqueles lábios tão macios e carnudos tocando os meus. Fazia anos que eu não beijava uma boca diferente, e a dele, tão distante da minha a vida toda e tão íntima em poucas horas, surgia como um risco bom de correr. E era tão bonita... o que me dava toda a certeza de que aquilo tinha tudo pra dar errado.

Então o Cauê me tira do transe quando grita, um pouco atrás de mim:

— Cuidado pra não tomar nenhum caldo!

Quando termina de falar, ele corre e já me ultrapassa para pegar a primeira onda. Eu respondo "Ok!", mais para mim mesma, porque a essa altura ele já não me escuta mais. E não importa se eu cair, porque já tomei meu primeiro caldo e agora só estou afundando.

Nunca pensei que poderia amar fazer uma coisa assim. Sempre tive pavor de mar, aversão à praia, e agora estou aqui montada em uma prancha de surfe e me equilibrando enquanto as ondas passam. Quer dizer, sempre é um pouco forte demais. Eu já fui corajosa! Dessas que querem saltar de paraquedas e voar de balão. Meu pai dizia que o meu presente de dezoito anos seria voar de asa-delta; mas então tudo mudou lá em casa e a ideia de que qualquer um de nós poderia morrer a qualquer instante ficou séria demais.

Ao tentar me manter em pé em cima da prancha constato que não é tão difícil. Apesar de em uns quinze minutos já ter caído algumas vezes mais do que deveria e não conseguir ficar muito tempo em pé, ainda assim não estou com nenhuma fratura exposta nem perdi um pedaço do corpo. E está começando a ficar divertido. Penso: quanta coisa não deixei de fazer? Deve haver várias. Tudo aquilo que eu queria e planejava, e abandonei por medo de morrer. Nunca fiz uma trilha ou acampei com os meus amigos — em parte porque tinha medo; em parte porque meus pais tinham medo; em parte porque ela amava isso e eu não achava certo viver as mesmas coisas que ela não poderia mais. Consigo ver agora como fui tola, me bloqueando de viver como se isso fosse alguma forma de respeito. Ela, com certeza, esteja onde estiver, é a primeira pessoa a querer me ver feliz agora.

Sinalizo pro Cauê que vou voltar pra areia e ele avisa que vai ficar um pouco mais. Nado até o raso e depois caminho até onde nossas coisas estão. Deito sobre a canga para me aquecer ao sol. Que calor insuportável! Me corrijo rápido: nada mais é insuportável, pelo menos não neste mês, exceto os meus pensamentos, que insistem em voltar pra São Paulo, em pensar no Enzo. Tento procurar alguma explicação, alguma razão pra ele não sair da minha cabeça. O que será que o Enzo está fazendo?

— Pensando em quê?

Sou pega de surpresa e fico imaginando se o Cauê conseguia ler mentes, além de fazer minhas pernas tremerem.

— Ah... Nem percebi que você estava aqui. — Abro os olhos e o encaro.

— Tava te vendo deitada tomando sol já faz um tempo. Você parecia tão longe...

— Tô pensando no meu ex.

— Ex?

— Uhum.

— Não sabia que você namorava.

— Não namoro mais.

— Faz tempo que terminaram?

— Não, só alguns dias.

— Ah...

— Mas isso é só teoricamente.

— Como assim?

— A gente já não estava mais junto fazia muitos meses. Fomos empurrando com a barriga até não dar mais, então tive de colocar um ponto-final.

— Vocês não se curtem mais?

— É isso. A gente não se curte mais.

— Então por que você estava pensando nele?

— Acho que mesmo quando sabemos que acabou, há sempre um corte, uma ferida. Não faz muito sentido, mas eu me perguntava o que ele estaria fazendo... Mas não é por sentir algo, sabe? É que foram muitos anos assim.

— Não sei o que é ficar desse jeito, nunca namorei.

— Eu já esperava por isso.

— Por quê? — ele pergunta, rindo.

— Você faz o tipo que ilude as mulheres, não o que fica com elas.

— É aí que você se engana. Quer dizer, de certo modo. — O Cauê caminha pra perto de mim e senta ao meu lado.

Eu luto contra a vontade de pôr a cabeça em seu colo e o Cauê parece perceber, porque coloca as mãos no meu cabelo e começa a brincar com ele enquanto eu vou me soltando.

— Acho que tenho medo de amar.

— Medo?

— Sim.

— O que te dá medo no amor?

— Tudo.

Antes que eu solte uma risada, ele joga as mãos pro alto.

— Eu sei, é estranho.

— Muito.

— É que o amor deixa a gente vulnerável. E eu também não gosto muito de perder o controle. Nisso a gente se parece. Só que... — Ele se aproxima ainda mais de mim, sussurrando com a boca quase colada na minha: — De vez em quando vale a pena.

Não respondo nada, nem ele diz outra coisa, só ficamos nos encarando por certo tempo. Contenho a minha vontade de beijá-lo, de me jogar em seus braços e ficar pendurada nele até o cheiro da sua pele grudar na minha. Ele olha no fundo dos meus olhos e as nossas respirações se misturam; o hálito dele tem cheiro de menta e eu me pergunto se o gosto é o mesmo. O Cauê quer decifrar a minha alma, isso fica muito claro.

Não lembro qual foi a última vez que me senti sem controle de algo. Talvez hoje de manhã, quando abri a porta do quarto e dei de cara com o Cauê naqueles trajes. Ou há um ano e meio, quando o Enzo olhou nos meus olhos e disse com toda a certeza do mundo que nós nos casaríamos, na ocasião, achávamos que eu estava grávida. Seis meses depois, o nosso namoro minguou. Tenho a impressão de que algo se rompeu dentro de mim e se tornou impossível continuar com qualquer coisa a partir daí.

Afasto o rosto do dele num ato impulsivo de proteção e o encaro. Eu devia tê-lo beijado, mas agora quebrei o momento e já não adianta pensar nisso. A tarde começa a dar seus últimos suspiros e a luz agora é de um alaranjado bonito. Será que o Cauê também lamenta ter perdido a chance ou tenta descobrir uma forma de se reaproximar?

— Acho que está na hora de a gente ir embora.

— Ainda não, Lavínia.

— Não? — indago, surpresa.

— Não antes de eu fazer isto.

E sem me dar tempo de reagir, ele me beija. Sinto seus lábios se encontrarem com os meus e causarem uma convulsão nos meus instintos. Tem gosto de menta com mar, como eu imaginava, mas ainda melhor. Nossas línguas vão se apresentando enquanto ele me puxa pra cada vez mais perto do seu corpo. Quando dou por mim, já estamos deitados na areia e a mão dele caminha pela minha coxa enquanto meus dedos deslizam pelas suas costas. Nossos cheiros se mesclam e contagiam o meu pulmão, fazendo com que eu sinta ainda mais vontade de tê-lo pra mim. Só pra mim.

Preciso de muita concentração e foco para não seguir adiante. Então, eu o empurro. Vejo-o me olhando assustado, enquanto me levanto, muito séria.

— Você não devia ter feito isso.

— Por que, Lavínia?

— Porque não! Eu sabia que você estava com segundas intenções!

Insegura com o que aconteceu e irritada com a minha falta de autocontrole, começo a recolher as minhas coisas espalhadas. Jogo tudo dentro da sacola e saio andando sem esperar que ele me acompanhe, deixando que o Cauê fique por um tempo pra trás para pegar o que faltou. Passo a caminhar devagar pra que ele me alcance porque, de qualquer jeito, eu não saberia voltar sozinha. Logo ele corre ao meu encontro.

Não dizemos nada o caminho inteiro, mas posso sentir no ar a confusão dele. Não o culpo — eu mesma não sei o que pensar nem o que dizer. Nem mesmo sei se ele não devia ter feito aquilo. Eu queria, nós dois queríamos; qual o meu problema, então? O que havia de tão errado em beijar um cara de quem eu estava a fim? Por que não ficar com ele? Por mais que eu me esforçasse, não conseguia entender o que estava acontecendo comigo. Receio de ser apenas mais uma conquista?

Os nossos passos parecem mais altos do que deveriam, ou é tudo que está muito quieto ao nosso redor. Eu queria falar algo, mas não sei se deveria nem o que posso dizer pra parecer menos estúpida. O caminho parece mais longo agora.

— Desculpa — ele diz antes de a gente entrar na pousada.

— Não te contaram que não se beija alguém e depois se pede desculpa por isso? — respondo, tentando sorrir.

Minha culpa ameniza as coisas dentro de mim. Ele está confuso, porque eu, agora, sou uma grande confusão também.

— Então eu faço o quê?

— Nem imagino. Só não se desculpe agora.

Entro sem dar tempo de o Cauê dizer mais nada, porque eu não saberia o que responder. Vou direto pro quarto. Não quero comer nem passar em nenhum lugar. Vou tomar um banho, colocar uma camiseta larga e me deitar pra ver se toda essa confusão dentro de mim se acalma.

Desligo o celular depois de mandar mensagem aos meus pais e olhar as últimas atualizações dos meus amigos. Pelo visto, meu ex-namorado foi a uma superfesta ontem. Pra alguém que estava morrendo com o nosso fim, ele parece ter superado rápido. Tanto faz.

Deixo a água do chuveiro correr na minha coluna e fico quietinha, porque não sei explicar o que há comigo. Uma parte minha está feliz e cheia de desejos, vontades e energia, como se tivesse acabado de despertar depois de um longo tempo; a outra parece meio morta demais pra estar em alguém que decidiu viver.

Seco o cabelo, coloco uma música com o volume baixo e deito na cama querendo me esconder de mim mesma. Passam-se horas sem que eu saia dali.

Mais tarde, batem na porta uma, duas, três vezes, mas eu permaneço em silêncio, porque sei quem é, e não tenho o que dizer agora. Ele desiste e vai embora. Eu me encolho em um casulo e constato todo o estrago causado — parece que um tsunami passou por mim e tirou tudo do lugar. Tudo. Aliás, esse é o problema de passar tanto tempo acomodado: você se esquece de como viver pode ser complicado.

Eu me adaptei a sobreviver. Aprendi a usar a fantasia de vítima, não por mal, mas porque, por um bom tempo, fui mesmo uma vítima — de mim mesma, da minha culpa. Ninguém disse que eu não devia ter feito o que fiz, no entanto, não era preciso muito pra entender que tudo aquilo foi gerado pelo meu descontrole. Só que esse é um fardo pesado demais pra eu carregar nas costas e não o quero mais pra mim. Por isso entrei naquele avião, por isso estou deitada nesta cama, por isso escuto o barulho do mar agora. Não é sobre me redescobrir, é sobre me perdoar.

Desde o início eu soube que ao embarcar nessa viagem estaria colocando o dedo numa ferida que vinha sendo ignorada havia mais de um ano, e que isso podia ser mais difícil do que eu esperava. Ela precisa sangrar até estancar pra cicatrizar, e se pra isso tiver que doer mais um pouco, tudo bem. O que eu não vou é tomar um analgésico e continuar fingindo que não tem nada acontecendo.

Eu preciso de um tempo só meu. Pra arrumar toda a bagunça que tá no meu peito, toda a desordem mental que me causa essa enxaqueca incurável e esse punhado de sentimentos novos que começaram a aflorar dentro de mim.

Agora não tenho só que descobrir o que serve e o que não serve mais pra decidir o que fica e o que vai — preciso também reorganizar tudo isso para levar cada qual de volta ao seu devido lugar. Necessito arrumar essas estantes, colocar o lixo pra fora e fazer a cama pras coisas boas que eu sei que vão chegar. Terei dias difíceis pela frente e já não dá mais para fugir, porque já estou num esconderijo. A bagunça foi feita, a poeira já não está mais embaixo do tapete e não quero que tudo volte ao antigo normal.

Eu disse que daria merda. Só que essa cheira bem.

5

O despertador toca e o ouço logo de primeira. Estendo o braço para desligá-lo. Sinto que agora estou disposta a mudar de atitude. Não vou perder o café da manhã nem deixar as coisas mornas. Sei que falei para os meus pais que vim para cá para mudar de vida, pra me ressuscitar, e farei isso — mas por mim mesma, não por uma promessa.

Levanto-me rápido para afastar qualquer preguiça, lavo o rosto, escovo os dentes e me olho no espelho. Minhas bochechas estão vermelhas devido ao sol da véspera e gostei delas assim. Talvez eu vá pra praia hoje de novo. Será que o Cauê já planejou algo?

No momento em que seu nome me ocorre recordo que tenho algo a reverter. O momento em que agi como uma idiota: devo-lhe desculpas e uma explicação sobre a minha confusão, cujo motivo nem sei direito. Passei tanto tempo com a mesma pessoa que se tornou estranho estar com outra. Devo falar também que não me sinto mal pelo beijo, porque o quis tanto quanto ele. E que não vou mais carregar culpas que não são minhas. Parece uma decisão enorme dizer tudo isso, mas é o que estou sentindo. Coloco um vestido alegre e sigo até a copa.

A pousada agora está cheia, quase todas as mesas se encontram ocupadas por famílias. Encho uma xícara com café puro, pego pães de queijo e me sento. Busco com os olhos pelo Cauê, mas concluo que ele ainda deve estar dormindo. É provável que tenha saído ontem depois que bateu na minha porta e eu ignorei. Fui tão imatura... Ele deve estar me achando uma garota muito estranha.

Como apressada, porque sinto a necessidade de consertar logo as coisas. Termino de beber o café e vou até a recepção, onde encontro a dona Olga.

— Bom dia — eu a cumprimento.

— Bom dia, querida, como vai? — ela pergunta, sorridente.

— Vou bem e a senhora?

— Não precisa me chamar assim, apenas Olga. Também estou muito bem!

Sorrio.

— Eu queria saber qual é o quarto do Cauê. Acabei esquecendo de perguntar algo para ele ontem e preciso muito vê-lo.

— Precisa muito?

— Muito, muito!

— Então temos um problema...

— Um problema? — indago ao mesmo tempo que meu coração acelera.

— Ele teve de voltar ao Rio hoje. Não te contou?

Congelo. Minha cara deve ter ficado horrível, deixando um misto de surpresa e decepção. Agora tudo fazia sentido. Ele insistiu muito em falar comigo ontem à noite e eu não deixei. Não tínhamos trocado contatos, nem combinamos de tornar a nos ver. Desperdicei minha chance de resolver a situação apenas porque não estava confortável para conversar naquele momento...

— Não, ele não contou...

— Você devia estar dormindo, porque meu filho foi te procurar no quarto.

— É provável que sim. — Tento forçar um sorriso.

— Foi um desencontro... Que pena!

— Sim, mas tudo bem! — afirmo no modo automático.

Ela começa a andar em direção à copa levando uns papéis e, quando está quase entrando, se vira para mim e diz:

— Mas ele volta em uma semana, aí vocês poderão conversar. E ó: sei que ele gostou muito de você.

— ELE DISSE ISSO? — pergunto quase gritando.

— Não, mas nem precisava! Tava tão na cara dele... — E a Olga some na cozinha.

*

Estou deitada há mais de três horas olhando pro teto do quarto, refletindo sobre nada. Meu dia foi morno. Dei uma passada rápida no centro e passeei pelas lojinhas para tentar me distrair. Mas se tivesse de descrever o que vi, não lembraria de muita coisa. Escureceu faz uns trinta minutos, mas não senti fome suficiente pra ir jantar. Estava sem vontade de ver aquela infinidade de gente acompanhada enquanto eu comeria sozinha. Vou pedir algo no quarto.

Minha mãe liga pela quinta vez e eu me rendo. Ela não vai desistir de falar comigo.

— Oi, mãe.

— Qual o teu problema em atender o celular?

— Eu estava longe.

— Fica mesmo deixando esse aparelho longe de você, até a hora que perder.

— Ninguém vai me assaltar aqui.

— Você confia demais nas pessoas, Lavínia.

— Mãe, eu estou dentro do quarto!

— Fazendo o que a essa hora aí dentro? Você não fez amigos?

— Fiz, mãe, mas é que estou refletindo a respeito das coisas em que eu vim pensar.

— Vai aproveitar a vida, Lavínia. Quando você voltar pra casa não terá mais tempo pra isso.

— Eu tô aproveitando.

— Vendo tudo passar? Era pra isso a viagem?

— O Enzo me procurou?

— Achei que vocês tivessem terminado.

— Terminamos...

— Então ele não tem por que fazer isso.

— Tem razão.

— Deve ter uns rapazes bonitos por aí, não tem não?

— Tem um. Bem bonito. — Sorrio.

— Juízo e não perca nenhuma oportunidade, está bem? Não se tem dezoito anos duas vezes, escute alguém que gostaria de ter.

— Ótimo conselho pra dar a sua filha.

— Tudo bem, você pode pensar na faculdade também, tá?

— Mãe...

— Não tô querendo te pressionar!

— Longe disso, né?

— Só tô dizendo. Seu pai te manda um beijo.

— Mande outro.

— Filha? Você ganhou uma segunda chance da vida, não desperdiça não.

— Eu sei, mãe, eu sei...

— A gente te ama.

— E eu amo vocês. Agora vou desligar, tá bem?

— Ok, meu anjo, aproveite!

— Já entendi isso! Beijos.

Deixo o celular cair ao meu lado e continuo olhando pro teto. Não há sequer uma rachadura para eu transformar em metáfora da minha vida. Falando nisso, faz tempo que não escrevo. Não sei se é falta de inspiração ou se há tanta coisa presa na garganta que não sei o que é mais urgente para colocar pra fora. Tempos atrás eu escrevia até em guardanapo... amava a sensação de poder transformar qualquer cena cotidiana em poesia, arte; amava saber que exercia completo domínio do que mora dentro de mim. Agora, porém, as folhas estão todas em branco gritando o silêncio de tudo o que eu não sei dizer. Ou não consigo. Existem assuntos que entalam no meio do caminho e não saem de jeito nenhum.

Alguém bate na porta, me arrancando desses pensamentos. Vou até lá e abro.

— Oi, Olga — cumprimento, vendo-a carregar uma bandeja com um lanche e muita batata frita.

— Fiquei em dúvida com relação à bebida, mas é só ligarmos que o Lúcio traz pra gente.

Sorrio meio boquiaberta e abro espaço para ela entrar. Como a Olga adivinhara o que eu queria comer?

— Sei que não pediu nada, Lavínia, mas já está ficando tarde e notei que você ficou aqui praticamente o dia todo. Assim, resolvi trazer algo que não falha nunca.

Ela apoiou a bandeja no aparador ao lado da cama e ficou me observando, atenta. Aproximei-me da mesa e me servi de duas batatas fritas. Permaneci em silêncio pensando em algo para falar, mas a Olga não desviava o olhar de mim. Talvez estivesse preocupada comigo e quisesse tentar ler meus pensamentos. Não sei se alguém podia, mas pelo menos ela estava tentando. Eu tinha dado os sinais de que não estava cem por cento. Resolvi quebrar o silêncio, mas torci pra que a Olga quisesse continuar ali. Não estava muito bem para ficar sozinha.

— Acho que vou querer uma cerveja.

— É uma boa pedida. Pedirei pra ele trazer duas. — A Olga pegou o telefone, pediu as bebidas, e nós duas esperamos sem dizer nada até que elas estivessem completamente bebidas. — Percebi que você não está muito animada hoje, por isso achei que precisava conversar.

— Até acharia bom se eu soubesse o que é que me incomoda...

— Às vezes falando é que a gente consegue descobrir isso.

— É que eu vim pra cá porque senti que tinha de dar um novo rumo à minha vida.

— Um novo rumo? Você tem quantos anos?

— Dezoito.

— Por que já pensa num novo rumo pro seu futuro?

— Sinto que me perdi, fiquei bastante ausente de minhas escolhas nos últimos meses e acabei me dando conta de que já estava em um caminho que não era meu fazia um bom tempo.

— Quando você fala, sinto que tem algo muito forte por trás dos seus pensamentos.

— Tem.

— O quê?

— A chance de viver.

— Como assim?

— Não sei se consigo verbalizar isso.

— Aí dentro tem uma ferida gigante, não é?

— Ponto pra você — respondo, meio sem graça.

— Não sei qual é a sua dor, querida, mas só de olhá-la dá pra perceber que você carrega nas costas um peso muito grande, e que ele não é seu.

— Talvez não seja... Mas eu também não consigo me livrar, deixar de lado, esquecer.

— Só que a gente não se livra de um peso esquecendo dele.

— Não? — questiono, confusa.

— Não! Para nos livrarmos de um peso temos de encará-lo.

— Não sei se eu consigo.

— Por quê?

— Não é uma dor só minha.

— Olha, Lavínia, não quero saber o que aconteceu... quer dizer, se em algum momento você quiser conversar eu estarei aqui, mas não precisa me dizer nada, certo? Porém, o que meu sexto sentindo está me dizendo para falar... — A Olga respira fundo antes de prosseguir, como se estivesse tomando ar ou escolhendo as melhores palavras pra ser clara o bastante:

— Algumas coisas ruins acontecem no nosso caminho e a gente não entende o porquê. Ficamos nos perguntando o que podíamos ter feito pra impedir, como podíamos ter resolvido tudo, e acabamos nos prendendo a algo que não vai mudar. Seja lá o que tenha acontecido, já aconteceu! Nada do que você tivesse feito mudaria, porque as coisas são como são. Nada vem à toa, nenhum furacão passa por nós se não tiver um motivo muito bom pra isso. O mundo desmorona e a gente o reconstrói. É assim a vida. E eu não sei o que desmoronou ou o que te fez desmoronar, mas quero que você saiba que dá pra reconstruir, só que é preciso arregaçar as mangas e enfrentar os seus fantasmas. Não dá pra jogar a poeira debaixo do tapete e fingir que ela não tá ali, porque ela está. A gente sabe disso, mesmo que ignore, que finja que não existe, e aí a cada ventinho ela ressurge, se tornando algo muito maior do que era pra ser.

— Acho que esperei tempo demais pra enfrentar essa bagunça, e agora ficou tão difícil colocar tudo no lugar!

— Faça por etapas. O que é preciso resolver primeiro?

— A minha vida.

— E o que você quer da vida.

— Não sei, é complicado escolher uma coisa.

— Qual o seu grande sonho?

— Não sei, talvez viajar o mundo.

— Por quê?

— Eu gosto de conhecer pessoas, histórias.

— Você curte escrever?

— Amo.

— Desde sempre?

— Sim, desde sempre.

— Então o seu maior sonho é ser escritora ou viajar pelo mundo?

— Bem... meu maior sonho é escrever sobre pessoas ao redor do mundo.

— E por que não faz isso?

— Você tá brincando, né?

— Não.

— Faculdade é a minha prioridade.

— Sua ou dos seus pais?

— Dos meus pais.

— E a sua?

— Tem que ser também.

— Resposta errada.

— Ahn? — questiono.

— Sua prioridade é viver.

Naquele instante, como num sonho, a voz dela pairou pelo quarto e me atingiu como um soco no estômago: "Mantenha-se viva!" E eu continuo fazendo tudo errado.

Respiro fundo tentando recuperar o eixo da conversa. A Olga tem razão. O silêncio se estende um pouco mais e eu acabo saindo de órbita.

Uma cena começa a surgir na minha mente. Lembro de nós duas menores — eu devia ter doze ou treze anos. Estávamos sentadas em frente ao computador e eu lia uma história que escrevera fazia pouco.

— Você nasceu pra isso — ela me disse.

Eu ri.

— O papai e a mamãe me matariam! — respondi.

Foi a vez dela de rir.

— Precisa parar de ser tudo o que esperam de você e começar a ser o que você é — ela concluiu.

E eu sinto uma vontade absurda de chorar de saudade. Ela era tudo o que esperavam sem ter de se esforçar pra isso. Aquilo me irritava muito, eu queria ser igual, mas era tão diferente... E ela se divertia com isso, achava o máximo a ovelha negra da família ser eu.

— Ainda vai ficar rica escrevendo essas histórias que escuta, Lavínia — ela garantiu algumas semanas antes daquela noite...

Um nó se forma na minha garganta e eu refuto aquela memória. Meu pai, que ouvia nossa conversa da sala, respondeu, em um tom rude:

— Ou será processada. A sua irmã precisa se concentrar no vestibular. Para de incentivá-la a desperdiçar tempo com isso.

Ela não disse nada, mas revirou os olhos como se ele não soubesse do que falava.

— Lavínia? — A Olga me chama e eu me dou conta de que estava distraída, em outro mundo.

— Tava pensando... — digo, me recompondo. — Não é fácil saber o que eu quero da vida.

— Olha, Lavínia, sei que parece muito complicado, e talvez seja mesmo... Tenho cinquenta e dois anos e até agora não descobri qual seria o melhor caminho para mim. Sabe por quê?

Aceno que não com a cabeça, e ela continua:

— Porque quando a gente acha que descobriu, algo acontece e muda tudo. Há uma parte sobre a qual não temos controle. A vida se modifica o tempo todo e a gente vai se ajustando da forma que parece melhor naquele momento. Não dá para decidir tudo com tanta antecedência. Os caminhos vão criando bifurcações e, às vezes, quando nos damos conta, já estamos seguindo por um lado completamente diferente do planejado.

— Não sei se quero fazer faculdade agora.

— Então não faz!

— E como é que eu explico isso pros meus pais?

— "Mãe, pai, eu quero anunciar que escolhi que vou ser feliz hoje, então deixarei a faculdade pra quando eu achar que serei feliz nela também, tá certo?" E eles certamente me apoiarão.

Ela ri.

— Lavínia, do que é que você tem tanto medo?

— De decepcioná-los — digo com sinceridade.

— Decepção é ver um filho seguir o caminho errado, se tornar uma pessoa ruim, que faz coisas ruins. O resto... podemos até torcer um pouco o nariz, mas jamais ficaremos decepcionados. Aposto que seus pais só querem te ver feliz. Afinal, você é tudo o que eles têm.

— É, eu sou tudo o que eles têm... — repito mais pra mim do que pra ela.

— Não tema sair do ninho, descobrir o mundo, ser você.

— Sabe, Olga, quando era menor eu dizia que queria conhecer o mundo pelo olhar das pessoas. Cada um enxerga o seu local de acordo com a sua visão, com a forma como vive, como foi criado. Cada pessoa, de cada lugar, tem uma história pra contar, um passado, um futuro, sonhos, dores. São seres únicos que muitas vezes nem se dão conta disso. Alguém muito importante pra mim dizia sempre que eu sentia o mundo com o coração, por isso nasci com a escrita na ponta dos dedos. Talvez eu tenha mesmo umas células a mais de sensibilidade correndo pelas veias ou apenas goste de redescobrir a vida por meio de histórias. Sei lá. Ela, essa pessoa, me incentivou muito a seguir esse sonho, mas de repente eu entendi que não podia fazer isso.

— Por quê?

— Porque os meus pais só têm a mim e eu preciso suprir tudo o que ela foi.

Não digo mais nada — nem ela, que compreende de imediato o porquê de o meu mundo estar tão caótico e me abraça forte, como se, desse jeito, me protegesse da minha própria dor.

— Você não tem que suprir a ausência de ninguém — a Olga diz, por fim.

— Eu sei que eu não deveria, mas é que...

— Você não tem. Só isso.

— Mas não é justo com eles.

— Nem com você.

A Olga não espera uma resposta, não é? Afinal, o que eu diria agora? Que ela tem razão? Nós sabemos disso. Não é minha obrigação levar nos ombros tudo o que aconteceu nem me transformar numa cópia do que ela era. Porém, é difícil admitir isso, é difícil colocar na cabeça que eu não sou uma pessoa má por ser quem sou, por não abrir mão de mim.

É o que ela queria que eu fizesse. É o que eu quero fazer. É o que eu preciso fazer.

A Olga se levanta e coloca a mão no meu ombro.

— Tá tarde, minha querida, descanse. Coloque essa cabecinha no lugar. Búzios é ótima pra isso. E permita-se ser feliz, você não estará fazendo nada de errado.

Dirijo a ela um sorriso sincero e me despeço. A Olga vai até a porta levando a bandeja e as duas garrafas de cerveja. Em seguida, olha pra mim meio incerta do que dirá e fala:

— Ele vai voltar.

— Ele?

— O Cauê.

— Ah...

— Não sei o que houve, mas ele já tinha essa viagem marcada e não conseguiu desmarcar. O que posso garantir é que o meu filho queria muito ficar aqui.

— Uma semana, não é?

— Uma semana. — A Olga se vai.

Estou sozinha novamente, mas ele vai voltar. E tudo isso vai passar.

6

A semana já está acabando e eu mal vi os dias passarem. Embora a ansiedade para reencontrar o Cauê tenha me tirado do eixo em alguns momentos, na maioria deles eu consegui me organizar. Hoje está fazendo muito calor e me dá vontade de sair pra caminhar na rua pra tomar um picolé. Fico animada com a ideia. Faz pouco tempo que cheguei a Búzios, mas o clima leve da cidade me faz sentir como se pertencesse a este lugar.

Apesar de passar das cinco da tarde, ainda estou no meu quarto. Saí para almoçar e passear e voltei em seguida. Troco de roupa e coloco um dos vestidos mais fresquinhos que trouxe: branco, de alças e com umas rendinhas na borda. Nunca tive bom gosto pra me vestir, mas minha irmã tinha. Sinto o cheiro dela nele quando o coloco. Peguei emprestado dias antes de tudo acontecer. De tudo acontecer, repito pra mim tentando não chorar. Preciso seguir em frente. "Mantenha-se viva!" — a frase ecoa pela minha cabeça embalada pela mesma voz suave que tantas noites me fez dormir. E queima o meu coração.

Eu nunca tive de ser forte. Sou a mais nova da família. Não tenho nenhum primo mais novo que eu, nem mesmo de terceiro ou quarto grau. Eu era a pequenininha, a frágil. Aquela que vivia sendo mimada e gostava disso. Mas, de um dia pro outro, a vida me tirou o direito a esse papel, sem me dar nenhuma chance de escolha. Penso que se não fosse isso eu nunca teria deixado de ser aquela bonequinha... Calço os chinelos e saio da pousada.

A orla de Búzios é linda, o dia já está acabando e o céu assume aquele tom alaranjado que transmite certa nostalgia. Peço um sorvete de limão pra um dos ambulantes e vou até a beira do mar caminhar. A água é tão limpa, mas tão limpa, que sou capaz de enxergar os meus pés submersos. Só tinha visto algo tão límpido no sítio do meu avô. Na minha infância, entre meus oito e doze anos, meu avô materno adorava me levar até lá pra passar a tarde na beira do lago, tentando pescar. Eu, sendo a neta caçula, amava mais poder passar um tempo só com ele, pois a minha ansiedade nunca me permitiu conseguir pescar nada. Isso me deixava bastante frustrada. Achava cansativo passar horas sentada numa cadeira esperando algo acontecer. Meu avô brincava dizendo que eu assustava os bichos porque não conseguia ficar quieta.

Sempre fui hiperativa. Eu era a parte elétrica de casa, o terremoto, o tsunami. Ela, era o oposto. Nunca conheci ninguém com tamanha serenidade; nem mesmo o meu avô, rei da paciência, conseguia ser tão zen. Depois da devastação que sofremos em nossa família, eu tentei praticar ioga — achei que assim poderia manter algo ativo. Mas desisti duas semanas depois. Era torturante, não só pela calma interior que todos aqueles movimentos exigiam, mas porque, no fundo, eu buscara o ioga por outro motivo: queria manter a vibração de paz dela conosco, mas entendi que nada a traria de volta.

Enfim, pescar estava no topo das dez coisas mais insuportáveis para se fazer com uma criança. Porém, eu cresci, amadureci e agora tenho de aprender a esperar, não só o peixe, mas todas as outras coisas que envolvem essa doideira que é viver.

Assim que o céu escureceu e as estrelas começaram a surgir, olhei bem fundo pra cima, procurando por algo que eu sabia bem o que era, e prometi que a pescaria iria se tornar a minha terapia. Vou aprender a ser mais paciente. É preciso. Nada se constrói de um dia pro outro. É necessário dedicação, esforço, tempo. Às vezes, muito tempo. Temos de regar e cultivar muito tudo aquilo que plantamos antes de conseguir colher.

Volto para a orla e sento num banco. O clima está tão agradável que tenho vontade de passar a noite aqui. De alguma maneira, sinto que era exatamente neste lugar que eu deveria estar.

Ainda não decidi como agir em relação à faculdade. Nem sei se a cursarei. Já descartei arquitetura, mas o que mais eu posso fazer? Parece doideira cair na estrada, conhecer o mundo, escrever sobre pessoas.

Fecho os olhos buscando por alguma opção e ela pisca de maneira fluorescente, como se fosse patético eu continuar fingindo que não estou vendo. Lembro das férias de verão quando eu tinha quinze anos. Era um dezembro chuvoso, feio e quase não tinha nada pra se fazer. Sei que São Paulo nunca dorme, que sempre tem algo acontecendo, mas naquele ano, não. Praticamente todos os meus amigos tinham viajado pra praia ou pra algum outro canto, mas a gente ficou porque o meu pai acabou usando o seu mês de férias para ganhar um extra. Se não me engano, era uma tarde de sexta-feira, estávamos jogadas na sala mudando o canal de televisão até que encontramos um filme com nome interessante: *Na natureza selvagem*, que é sobre um cara que larga tudo e sai numa viagem cheia de aventuras. No final do filme, descobrimos que era uma história real. Ficamos tão empolgadas com aquilo que passamos o resto do dia e parte da madrugada combinando quando embarcaríamos na nossa aventura. Fizemos um projeto, pensamos em roteiros, foi uma doideira só. "Você pode escrever um livro contando histórias das pessoas de cada lugar pelo qual passarmos", ela disse. Era óbvio que nada daquilo que a gente planejava se tornaria real. Ela acabara de passar na faculdade de *design*, emendando o colegial, assim como eu agora, e dizia que não tinha coragem de largar tudo. Senti que minha irmã gostaria de se aventurar como o personagem do filme. Só que ela não teve essa chance. Mas eu tenho.

Abro os olhos encharcados e deixo que as lágrimas caiam. Evitar a dor não faz com que passe, só a aumenta, até que em algum momento ela se torna insuportável. Faz mais de trezentos e sessenta e cinco dias que tenho evitado sofrer. Pensei por muito tempo que tinha de ser forte como ela sempre foi, mas não! Tenho de ser quem eu sempre fui. Quem sempre quis ser. Sofrer não me faz menos forte. Eu tenho que ser eu. Foi o que ela me pediu, é o que meu coração implora. Preciso seguir as minhas vontades, mesmo que pareçam irracionais. Preciso me manter viva.

De volta ao quarto, retiro o porta-retratos da mala e o coloco no criado-mudo. Deixo que ela me olhe por alguns instantes até que desvio o olhar e sento na cadeira. Em seguida, interfono para a copa pedindo por uma omelete e uma xícara de chocolate quente. Já passa das nove e estou morrendo de fome. Enquanto espero, pego o meu caderno de viagem e me dou conta de que ele ainda está em branco. Faço algumas anotações sobre os últimos dias, a praia, a pousada, a Olga, o clima local e como isso tem me feito bem. Estou renascendo, eu sinto. E anoto isso. Pra finalizar, falo do Cauê.

Escrevo sobre a maneira como ele mexe comigo, como me invade e tira tudo do lugar, embora faça apenas alguns dias que nos conhecemos. Escrevo sobre como é se sentir viva. A sensação do coração batendo, de conseguir sentir o mundo ao meu redor acontecer e querer estar nele, querer acontecer com ele. Escrevo sobre estar feliz, pela primeira vez, em um ano.

Fecho o caderno sorridente e termino de comer o meu jantar, que chegou há poucos minutos. Escuto o celular vibrar em cima da cama, me arrasto até lá e vejo o nome da Valentina no visor. Ela é uma das minhas melhores amigas de infância, dessas que a gente passa meses sem ver, mas a conexão permanece igual. A Valentina sempre tem uma palavra certa e sabe como resolver tudo. E é, também, quem sempre me estimulou a apostar em novos horizontes e a trilhar meu próprio caminho. Atendo à chamada.

— Oi, miga, que saudade! — ela diz com um jeitinho todo dela.

— Ai, miga, nem fale, precisamos nos ver logo, hein?

— Com urgência. Quando é que você volta?

— Final do mês já tô aí.

— Que tal um café? Tenho muita coisa pra te contar!

— Novidades boas?

— Daquelas. — A Valentina ri, contagiando o meu astral. — Um montão de coisa aconteceu nos últimos dias, a gente precisa conversar!

— Um café, então! E de resto, tudo bem?

— Tudo perfeito. Mas liguei mesmo foi pra saber como é que está tudo por aí. Tô morrendo de curiosidade. O que achou da cidade?

— Aqui é tudo lindo! Precisamos marcar de vir nós três — digo, incluindo a Sol, que também é nossa amiga de infância. — Acredita que eu até surfei? Tomei sol, mergulhei com os peixes e tudo o mais.

— Jura?! Você surfou?! Essa eu só acredito vendo!

— Juro por Deus! E nem caí muito! Quer dizer... Foi uma experiência incrível.

— Tô pasma! E superfeliz com isso. É um sinal de que você está no caminho certo.

— Pois é, parece que tudo tá andando.

— E aí dentro, como está a bagunça?

— Grande. — Suspiro. — Mas muito menor do que em São Paulo.

— Tem pensado sobre a faculdade?

— Bastante.

— Decidiu algo?

— Mais ou menos. Acho que tenho alguns planos antes dela. Tô relembrando de muita coisa, muitos sonhos que deixei de lado pra preservar meus pais e por tudo o que houve. Eu não queria deixá-los inseguros nem decepcioná-los.

— Você não será a ovelha negra só por decidir andar com as próprias pernas.

— Sei disso, mas é como se eu devesse isso a eles...

—Você não tem culpa de nada!

— Agora começo a entender isso e aceitar. Eu estou, de verdade, voltando a gostar de estar viva.

— Eu sabia que novos ares te fariam bem! Não dava pra você superar tudo e colocar a cabeça no lugar estando aqui... — E a Valentina não finaliza a frase, porque desde então havia um acordo tácito de que esse era um tema proibido.

A Valentina viveu aquelas semanas caóticas que se seguiram comigo, sem sair um instante do meu lado. Era a única das minhas amigas que sabia exatamente de tudo, além do Enzo e dos meus pais. Nem com a Sol, minha outra melhor amiga, que agora morava no Rio de Janeiro, eu tinha falado. Era difícil relembrar daquela noite e dos dias subsequentes. Mais difícil ainda era falar sobre eles.

— Era o que ela queria, não?

— Era o que ela queria! — a Valentina afirma.

Um silêncio perdura por mais alguns segundos, até que eu decido mudar de assunto:

— Soube que o Enzo tem saído bastante.

— Tem sim, amiga, depois de tantos anos namorando agora ele tá aproveitando. Mas não foi pra isso que você terminou? Pra cada um seguir o seu rumo?

— Foi, eu sei, mas é que ainda é meio estranho lidar com isso.

— Deve ser estranho pra ele também. Você pensa em voltar com ele?

— Não! Acabou de vez.

— Com certeza?

— Absoluta.

— Vem cá, você conheceu alguém aí? Pode ir me contando, te conheço!

— Talvez. — Solto uma risada breve. — Mas nem sei no que vai dar.

— E que diferença isso faz?

— Toda!

— Ele é legal?

— Uhum!

— Tem a pele bronzeada? Os ombros largos? Aquele ar desleixado de surfista que te deixa caidinha?

— Valentina! — eu a repreendo, dando risada.

— E ele beija bem? Quer dizer, você já beijou o cara, né?

— Já!

— Ótimo! E curtiu? Como foi beijar uma boca diferente?

— De 0 a 10, eu curti 11. Foi diferente, esquisito no começo, confesso, mas depois fiquei querendo repetir, sentir o gosto dele de novo, o abraço...

— Então, pronto! O que importa não é aonde isso vai dar, mas o quanto você vai aproveitar. Viva o hoje e deixa para se preocupar com o amanhã depois!

— Você tem razão, pra variar. Não vim até aqui sozinha para repetir os mesmos erros!

— Isso!

— Aliás, sabe quem mais vem pra cá?

— Quem?

— A Sol!

— Sério?!

— Uhum, ela tá aqui do lado. Mandei uma mensagem vendo se ela não queria vir passar uns dias aqui comigo e ela topou na hora. Na próxima semana a Sol vem pra cá.

— Que máximo! Queria estar aí com vocês, mas tenho que entregar uns trabalhos de ilustração... Aproveitem muito!

— Claro, e logo estaremos as três.

— Sem dúvida, temos muito o que conversar. Miga, agora eu preciso ir, só queria mesmo era saber como tava tudo por aí. Manda notícias de você e do *namô*.

— Beijos, Vale.

Desligo o celular e me solto na cama rindo. Namô, essa é ótima! Falando nele, sinto a saudade bater e durmo pensando em nós dois.

Olho pela janela e calculo quanto tempo ainda falta pro Cauê chegar: sete horas e quarenta e dois minutos até o ônibus parar na rodoviária — isso se não houver atrasos. Estou cronometrando e me sinto louca por isso... Está quase na hora do almoço, mas não sinto fome. Estou ansiosa, com vontade de roer as unhas que fiz ainda cedo, e tendo de me segurar pra manter ao menos um pouco do autocontrole. Sinto a minha barriga doer, se contorcer.

O Cauê foi o principal personagem dos meus pensamentos ao longo desses dias. No começo, procurei racionalizar para não me envolver, tentando me apegar a tudo o que me dissesse que não valia a pena, que devia cair fora — mas nenhuma foi suficiente pra evitar querer o cara do jeito que eu quero agora. Ele é um desses abismo que assustam, mas no qual a gente não consegue se impedir de pular. No momento, encontro-me em queda livre dentro dele.

Fico tentando me distrair no quarto pra ver se o tempo passa mais rápido. Olho mil vezes o celular, confiro as últimas atualizações dos meus amigos nas redes sociais e, quando canso, vou atrás das conversas arquivadas. Lá estão elas. A do Enzo e a dela.

Não esquece de avisar que eu não volto pra casa hoje. Te amo.

Te amo. Repito a última parte tentado lembrar o som da voz dela, mas não consigo. Sempre tivemos timbres muito diferentes. Sempre fomos muito diferentes. Ela era tranquila, inteligente, parecia destinada a um futuro brilhante, mas isso lhe foi roubado. Muito lhe foi roubado, e isso é tão absurdo. Não é justo! Até hoje, quando tento entender, encontrar um sentido, me vejo pisando num vazio, porque não há nenhum. Pra mim foi algo que destruiu muito das minhas crenças, foi um soco na boca do estômago e já não importa mais encontrar a resposta. De qualquer jeito ela nunca mais vai estar aqui.

Volto pra caixa de mensagens e deleto a conversa com o Enzo. Dessa não preciso mais. A dela eu deixo. É só o que sobrou.

Reviro-me na cama procurando alguma posição que faça o tempo passar mais rápido. No meio dessa luta incessante, acabo indo pra longe, bem longe.

No sonho, nós estamos juntas, e ela está linda. Toda vestida de branco, feito um anjo, o meu anjo, e me abraça com força e eu posso, finalmente, sentir seu toque de novo. Sinto seus dedos percorrerem os fios do meu cabelo como se buscassem reconhecer cada detalhe meu. Ela parece gostar de ver como estou. E eu gosto também. Minha irmã parece feliz, sorri o tempo todo e, meu Deus, que saudade eu estava daquele sorriso! Ela segura as minhas mãos com força, sem dizer nada, mas me olha fixo nos olhos. Sempre fomos boas em nos entender assim. Dizíamos que, apesar dos três anos de diferença, tínhamos sintonia de gêmeas. Nossa comunicação se dá sem verbalização, mas nós conversamos. Eu falo e suas respostas surgem na minha cabeça, como se fosse sua voz, nítida. Chega um momento em que tudo fica tão mais palpável que não me aguento de emoção... sinto que vou explodir de felicidade. Ela está radiante. Brilha, feito uma estrela no céu. E, como quem se despede, minha irmã me pede, em silêncio, que eu não ofusque o meu brilho, que eu não deixe ninguém ofuscá-lo. E nessa hora não consigo mais conter a emoção e caio num choro convulsivo... tão forte que saio daquele transe e o meu próprio choro me desperta.

Acordo molhada em lágrimas, emocionada, sentindo aquilo tudo como algo real. Pode parecer estranho. Não sei o que acontece com as pessoas que perdemos, mas sinto que minha querida irmã veio me visitar em sonho.

Olho pela vidraça — já é noite. Está quase na hora de o Cauê chegar. Tomo um banho, me recomponho, e agora me sinto mais animada, como se finalmente eu estivesse pronta. Sorrio contente, ansiosa, pensando em tudo o que quero dizer. Faço planos mentais para os próximos dias, de conhecer a parte não turística da cidade. Quero ficar até tarde andando na praia e, quem sabe, surfar de novo.

Passo o meu perfume favorito e, enquanto seco o cabelo, alguém bate na porta. Meu corpo estremece. Giro a maçaneta sentindo todo o meu peso na minha mão esquerda e a abro. Meu coração palpita alto. É a Olga.

— Achei que você devia saber que o Cauê acabou de chegar à rodoviária e está pegando o táxi para vir pra cá. Em quinze minutos, no máximo, estará aqui.

— Que ótimo! — afirmo. — Já estou pronta... quer dizer, eu acho...

— Você está linda. E devia ficar lá na recepção.

— À espera dele?

— Sim. Mas ele não precisa saber disso. Leva um livro, senta numa cadeira e fica por lá. Tem bastante gente conversando no hall.

— Será que ele vai falar comigo quando me vir? Não vai parecer que eu tô muito em cima?

— Em todos esses dias não teve uma vez sequer que ele não perguntou de você. Conheço o meu filho, ele está louco pra te ver e vai adorar te reencontrar assim que cruzar aquela porta.

— Também estou louca pra vê-lo — confesso, meio envergonhada.

— Então, vamos! Peço um chá gelado pra nós duas e batemos um papo enquanto isso.

— Eu quero. Muito! Mas tem certeza de que não vai ficar na cara?

— E se ficar? Qual o problema?

— Sei lá, vai que ele acha que eu tô muito a fim e desanima.

— Você está muito a fim?

— Estou.

— Sendo assim, não tem que fingir que não está. Joguinho é coisa pra gente insegura. Seja você sem armadilhas, é isso o que garante uma história de verdade. — Ela ri. — Nada de deixar de fazer o que quer por causa de teorias malucas de relacionamento. Seja a mulher forte que sei que você é.

— É isso aí! Então eu vou com você pra recepção sem livro. Quem sabe não está na hora de eu escrever a minha própria história?

Ela sorri, satisfeita, e seguimos até a recepção.

*

Observo o relógio de parede e meu coração vai acelerando com o ponteiro de minutos. Embora ninguém esteja me olhando, sinto como se eu fosse o foco das atenções. Sei que parece exagero, mas não consigo evitar o aumento das palpitações.

O táxi para. Pelo vão da janela observo o Cauê retirar a mala e pagar ao motorista. Tento parecer ocupada, mas perco o medo de ele perceber que estava a sua espera. Quero mais é que ele note. Não sei fingir direito. Quando tento, fica pior. Sou excessivamente transparente, mesmo quando não quero. E, na real, seguir o conselho da Olga talvez seja a melhor opção: se eu quero, eu quero! E agora eu estou querendo muito.

Ele entra e me olha de imediato. Sorrio antes do Cauê e sou engolida por aquele sorriso maravilhoso. Ah, como senti falta desse olhar...

— Eu senti saudade — ele diz quando se aproxima de mim.

— Sentiu? — indago, querendo ouvir mais.

— Todos os dias.

— Então por que não pediu pra falar comigo quando ligava?

— Se eu fizesse isso, acho que perderia a chance de te ver desse jeito que você tá.

— De que jeito estou?

— Contando os segundos.

— Cala a boca... — Dou um tapa no ombro dele. — Nem pensei muito em você...

— Eu pensei em você. Bastante!

— Eu também — me contradigo. — Desde o dia em que acordei e você não tava mais aqui.

Ele sorri mostrando seus lindos dentes.

— Diz uma coisa que eu não sabia.

— Argh, você é insuportável, garoto!

— Também pensei em você, ok? E eu tava falando sério. Quase fiquei louco com isso.

— Por pensar em mim?

— Por pensar no que eu quero com você.

Meu corpo se arrepia. Talvez eu deva dar um passo pra trás, mas algo me prende ali. Estamos próximos, sinto o hálito dele e lembro de sua boca grudada na minha. Que vontade de beijá-lo de novo! Mas me contenho. O hall de entrada está lotado e todo o mundo olha pra nós agora. Afasto o rosto, refreando os instintos, e o vejo fazer uma expressão de desapontamento. Antes que tudo perca o sentido e siga por um caminho contrário, pergunto:

— O que você quer comigo?

— Antes de te falar disso, preciso levar essas coisas pro quarto. Vem comigo?

Aceno com a cabeça. Ele segura a minha mão e não tenho coragem de olhar pra trás para ver quem nos observa. Não importa. Agora, só o que importa somos nós! Dentro da minha cabeça, uma voz grita: "O que você está fazendo, sua louca?!" E eu respondo: "É isso o que quero descobrir."

Ele abre a porta e eu entro na sua frente. Depois, com a porta já fechada, o Cauê me olha por algum tempo. Eu o encaro de volta e nossos pensamentos se misturam. Se lá fora estivesse um pouco mais quieto, tenho certeza de que poderíamos ouvir os nossos corações batendo.

Ele larga a bolsa de viagem num canto, num movimento lento, e vem chegando até mim. Caminha com uma das mãos no meu rosto, depois desce pelo meu braço até que segura minhas mãos e nossos dedos se entrelaçam. Um choque atravessa a minha corrente sanguínea me arrepiando inteira. Deito a cabeça em seu peito e permaneço tragando seu perfume. Então, ele solta a mão direita e começa a deslizar os dedos pelo meu braço, nuca e cabelo. Com a esquerda, segura o meu rosto inclinado para o dele e vai se aproximando devagarinho.

— Você ainda quer saber? — ele pergunta.

— O quê? — digo, meio-desnorteada.

— O que eu quero com você.

— Sim...

— Primeiro, te beijar até esquecer que existe um mundo do outro lado dessa porta. — A boca dele está praticamente grudada na minha. — Depois, que o mundo vire a gente.

— Então me beije agora — peço.

E ele me beija.

E tudo o mais desaparece.

E a noite passa.

E só existimos nós dois no mundo.

A noite inteira.

QUERO TE BEIJAR ATÉ ESQUECER QUE EXISTE UM MUNDO ATRÁS DESSA PORTA.

— DEPOIS, QUE O MUNDO VIRE A GENTE.

8

— A que horas a sua amiga chega mesmo?

Olho para o lado tentando proteger a vista do sol com a mão e o vejo se aproximar. O Cauê acabou de sair do mar e está todo molhado. Caminha sacudindo a cabeça e me olha como se soubesse exatamente no que estou pensando. E isso não tem nada a ver com o fato de eu ser muito transparente. Embora faça pouco tempo que nos conhecemos, já consegui perceber que o Cauê sabe decifrar as pessoas só pelo olhar. Ele observa tudo, tá sempre prestando atenção aos detalhes, à expressão facial, à forma como o outro inclina a sobrancelha ou faz uma pequena movimentação nos lábios e, com isso, decifra todo o mundo, como se entrasse no íntimo das pessoas e compreendesse o que se passa lá dentro.

— Depois das oito da noite — respondo.

— Eu sei — ele diz.

— Então por que me perguntou?

— Não isso, dã! — O Cauê revira os olhos e sorri. — Sei que você me acha supersexy quando faço assim. — E termina a frase chacoalhando mais uma vez a cabeça de um lado para o outro, fazendo a água respingar em mim.

Pego um punhado de areia e jogo nele, dando risada.

— Você é ridículo! Sabe disso, né?

Ele não responde nada. Continua caminhando com aquele sorriso lindo estampado nos lábios até chegar perto e se sentar ao meu lado. Ele me ajeita para ficarmos frente a frente e toma um pouco da água, que a essa altura até já perdeu o gelo, e depois me encara como se estivesse se perdendo dentro de mim. Eu me dou conta de que faz dias que é exatamente assim: a gente se perde e se encontra o tempo todo um dentro do outro. Ele aproxima mais o rosto do meu e me beija. Um beijo quente, intenso, igual a esta tarde ensolarada.

— Vou sentir falta do seu beijo — ele diz assim que nossos rostos se afastam.

— Não vamos pensar nisso agora... — falo com suavidade, mas por dentro grito que sentirei também. Muita. Mais do que achei possível.

É engraçado como essas coisas funcionam. Algumas pessoas passam pela nossa vida, ficam por anos e anos até que um dia cansam e vão embora, e a gente se dá conta de que não sobrou nada delas, absolutamente nada! Como se não tivessem sido capazes de nos marcar de maneira profunda. Mas aí surge alguém que entra sem aviso, te invade e te bagunça, e depois sai de mansinho, antes mesmo de te dar tempo de pedir que ele fique um pouco mais — e o que sobra são os vestígios de algo tão intenso que não dá pra contabilizar em dias de calendário. Nosso coração, reflito, não sabe contar. Pra ele não faz a menor diferença se durou três semanas ou três vidas. O que define se algo ficará é o quanto isso faz a gente perder o autocontrole.

O Cauê puxa a minha bolsa pra mais perto e a vasculha atrás de alguma coisa. Tento espiar, mas ele me impede, fazendo um pouco de suspense. Então, após alguns instantes, retira um panfleto dobrado em quatro, me deixando curiosa. E solta um sorrisinho puxado de canto, como se estivesse gostando daquela situação. Meneio a cabeça e espero um pouco mais, mas quando o silêncio fica insuportável decido que está na hora de quebrá-lo:

— O que é isso?

— Sabe a nossa conversa de ontem?

Faço que sim, e em seguida ele continua:

— Pensei que isso poderia te servir. — Ele estica o braço em minha direção, pego o papel sem continuar a conversa e começo a passar os olhos pelas linhas e imagens.

— Isso é mesmo pra mim? — pergunto.

— Você sabe que é...

De novo em silêncio, volto a analisar o papel. É um *flyer* de uma agência de turismo nacional oferecendo pacotes exclusivos para jovens. Enquanto o leio, começo a lembrar do que falávamos antes de dormir, na noite anterior. Foi uma conversa de quase quatro horas sobre conhecer lugares novos e culturas diferentes dentro do Brasil e poder escrever sobre isso, fazer um livro, me dedicar a realizar esse sonho. Eu disse pra ele que não queria fazer faculdade, pelo menos não ainda, porque depois das novas experiências em Búzios eu não poderia simplesmente fechar os olhos e fingir ter sido mera viagem de férias. Vim para conseguir aquietar a mente e sanar as minhas dúvidas, mas acabei recebendo como retorno o dobro de divagações. Questões que eu nem sequer cogitava agora me consomem por dentro. O que descobri foi que não era o curso o meu problema. Sou eu que já não me encaixo mais na vida que construí.

Quero sair por aí, conhecer lugares novos, poder ter mais dessa sensação de me deparar com algo diferente a cada hora e poder me arriscar em situações que jamais imaginei. Durante meus dias aqui — e sem os meus pais ao meu lado, junto com todo aquele peso que cerca nós três —, acabei me dando conta de que passei tempo demais criando uma vida com o que os outros esperavam de mim. Já me privei muito de ser quem sou. Primeiro pra agradar meus pais, depois porque sentia que tinha essa obrigação, como uma dívida minha com eles. Precisava ser a filha perfeita para compensá-los, mas eu estava errada! Agora pretendo ser a Lavínia que não sabe que curso escolher, que ama surfar e que fez uma trilha dias atrás e amou! A Lavínia que gostou de acordar cedinho pra correr na areia e reaprendeu a andar de rosto limpo na rua. Quero ser a garota que eu tenho descoberto morando dentro de mim.

— Onde você pegou isto, Cauê?

— No centro, quando você parou naquela loja pra olhar as roupas.

— Eu não sei se...

Ele me interrompe:

— A gente pode fazer isso. *Eu* sei!

— A gente?

— Você...

— Não sei se posso.

— É claro que pode.

— Não são só os meus pais...

— Não importa, a gente dá um jeito. Você tem de fazer isso.

— Não dá. Por mais que eu queira, não dá!

— Você nem parou para pensar, Lavínia. Deixa de ser tão radical. Tenta!

— Isso envolve coisas que não dependem de mim.

— O que não depende de você?

— Conseguir dinheiro, por exemplo.

— Pensaremos em algo.

— Eu não tenho um trabalho. Volto pra casa daqui a alguns dias e nem em sonho meus pais bancariam isso.

— A gente vai pensar em algo, já te disse! Se você quiser, nós daremos um jeito.

— Não tem jeito pra dar, Cauê, sejamos realistas.

— Caramba! — Ele franze a testa e me encara sério.

— É loucura...

— Que seja! Não foi loucura vir pra cá, largar arquitetura e terminar um namoro de tantos anos? Não foi loucura se apaixonar por um desconhecido? — Ele sorri, fazendo charme. Em seguida, segura as minhas mãos. — Ou entrar no mar com uma prancha de surfe? Ou então me acompanhar em uma trilha que eu nem conhecia? Não foi loucura viver tudo isso sabendo que a sua vidinha comum estava lá em São Paulo de portas abertas, te esperando?

— Sim, foi...

— Então me deixa te dizer uma coisa: a maior loucura que você pode fazer não é arriscar transformar este ano numa grande virada.

— Não?

— Não! A maior loucura é se fechar novamente depois de tudo o que fez e voltar a ser quem era antes. Você pode mais, Lavínia! Você mudou. E tentar se encaixar naquele projeto não vai rolar. Isso só servirá pra fazê-la mais infeliz do que antes.

— Você tem razão, eu sei que tem. Não vou mais conseguir viver com aquilo. Mas...

— O quê?

Engulo em seco. Ainda não estou pronta pra falar sobre tudo o que aconteceu.

— Preciso pensar um pouco.

— Então pensa nessa viagem.

— É só uma ideia, não é?

— Sim. Quer dizer, por enquanto é só uma ideia.

— Não tenho de fechar nada ainda... — digo mais pra mim do que pra ele.

— Não, Lavi. Você pode ir lá, conversar com o pessoal da agência, ouvir as propostas, analisar tudo, e só depois decidir o que quer fazer.

O que eu quero fazer...

Torno a olhar para o panfleto, leio sobre os pacotes. Respiro fundo. É só uma possibilidade, digo a mim mesma. É uma semente que vem crescendo dentro de mim. Talvez eu realmente precise viver tudo isso. Agora quero algo meu e, para conquistá-lo, vou precisar de coragem. Mas não é assim com tudo na vida? Encaro o Cauê pensando no que dizer. Antes que eu formule a frase, ele já sorri, pois sabe bem o que é que eu quero.

— Você tá certo. Vou lá amanhã, depois que tomarmos café — decido, por fim. — Mas agora temos de nos arrumar pra buscar a Sol na rodoviária.

— Sim, senhora! — Ele se levanta, recolhendo as nossas coisas.

*

A Sol e o Cauê estão jogando conversa fora no banco da praça central, como se fossem amigos de longa data. Apesar da Sol estar longe de ter toda a simpatia do mundo, o Cauê conseguiu deixá-la bem à vontade e, agora, os dois já parecem amigos. A Sol chegou na noite anterior e saímos nós três para um restaurante de comida japonesa. Quando voltamos para a pousada, bebemos até o sono — ou o álcool — nos fazer dormir. Hoje acordamos megacedo e fomos tomar café, quando a copa mal tinha sido aberta. Levantei-me ansiosa, e eles entenderam bem, eu tinha motivos! Deixei os dois conversando e fui conversar com os agentes de viagem; assim eles puderam se conhecer um pouco e eu, tirar todas as minhas dúvidas. No momento em que me reaproximei, eles reparam na falta de ânimo estampada no meu rosto, mas o canto esquerdo do meu lábio não aguenta por muito tempo e logo surge um meio-sorriso que não consigo mais disfarçar.

— E então? — a Sol me pergunta, saltando do banco na minha direção.

— Eles me informaram alguns valores e as promoções... Tudo bem legal!

— Você gostou de alguma coisa? Fechou? — perguntou o Cauê, se levantando também.

— Calma lá... Sim, eu gostei.

— Só gostou? — o Cauê insiste. — Sem corações saindo pela cabeça ou fogos de artifício estourando no céu?

— Bem...

— Detesto esse suspense. Fala de uma vez, Lavínia! — a Sol se exaspera.

— Eu vou falar! Acalmem-se.

Cerro os lábios para tentar mostrar alguma decepção, mas não funciona. Sem conseguir esconder a empolgação, estouro em alegria. Logo eles riem da minha tentativa fracassada de fazer suspense. Abro a bolsa retirando os papéis que a atendente imprimira para mim e sento no banco, fazendo sinal com a cabeça pra que eles voltem pra onde estavam e se acomodem ao meu lado. Encaro-os novamente, satisfeita com os dois olhares curiosos me devorando, e começo a explicar tudo:

— Ela me mostrou três pacotes e o que eu mais gostei foi esse. — Mostro o papel aos dois. — Inclui as regiões do Norte e Nordeste, de praias desertas a regiões próximas a aldeias indígenas. Tem também uma comunidade quilombola, algumas áreas de reserva natural e muita cultura para conhecer. É coisa pra caramba! — afirmo, eufórica. — Sem dúvida são lugares a que eu adoraria ir, com bastante natureza, e são viagens que estavam completamente fora dos meus planos.

A Sol sorri, iluminada.

— É genial! Parece incrível mesmo. E quanto tempo a viagem duraria? Já tem alguma data em mente?

— Nove meses, Sol. No caso, eu iria em março e voltaria em novembro.

— Iria não, você irá! — corrige o Cauê.

— Isso, irei! — repito.

— Ótimo! E ainda vai dar tempo de você ir ao meu aniversário! — a Sol completa.

— Claro que sim, eu jamais perderia. — Sorrio pra ela. — Mas, bem, agora vem a parte complicada.

— Que é...?

— Eu ainda tenho dois problemas. — Bufo desanimada antes de prosseguir: — Primeiro, é claro que o pacote ficou bem mais barato do que se fosse numa agência convencional. É uma proposta diferente, que oferece muito mais o contato com a localidade do que com os lugares turísticos, mas o valor ainda é alto. O plano deles inclui moradia e alimentação em todas as cidades que eu passar, desde café até jantar; isso fará com que eu não precise levar muito dinheiro comigo, mas eu continuo sem ter pra bancar o resto...

— Na verdade, se esse for um dos problemas, você só vai ter de arrumar uma boa solução para o outro. Pra esse nós já temos — interrompe-me o Cauê.

— Como assim?

— Falei com a minha mãe ontem. Ela conhece vários hotéis em São Paulo e vai te arrumar um trabalho temporário em um. O salário não é uma fortuna, mas você tem mais de dois idiomas e ela, uns contatos legais. Garanto que você vai conseguir economizar bastante.

— É sério isso?! — indago, incrédula.

— É sério! Pode dizer que eu sou o máximo. — Ele segura na minha mão com força e eu reviro os olhos. — Mas, claro, isso não resolve o seu problema completamente.

— Não... nem mesmo se eu juntar com todas as minhas economias. Gastei pra caramba aqui, por sinal.

— Eu sei, e pensei nisso também. Porque eu penso em tudo, você sabe...

Torno a revirar os olhos, esperando que ele continue, mas o silêncio se estende por mais tempo até que eu pergunto:

— E qual a minha solução?

— Achei que não quisesse saber. — Ele me encara, sério. — Pra começar, você vai se desfazer de algumas coisas. Sou capaz de jurar que tem muita tralha que pode gerar uma grana. Certo?

— Certo. Tenho, confesso.

— Então, você vende tudo na internet e junta esse dinheiro numa poupança, pra não gastar nem um real antes da hora. Pega bichinho de pelúcia, roupa, maquiagem, perfume, livros, filmes, jogos, séries... tudo o que você tem que não usa e abre mão.

— Tá...

— Também pensamos, eu e a Sol, em você fazer algumas coisas e sair pra vender, tipo bolo de cenoura com chocolate, brigadeiro gourmet, essas coisas que estão na moda, sabe? Você pode ir pra frente dos restaurantes, dos metrôs, nos bairros mais movimentados e tal. Juntando tudo isso, você terá uma boa grana. Mas ainda tem mais. Sol?

Encaro a minha amiga, que parece estar tentando conter a felicidade, e imagino o que eles podem estar planejando, o que poderia salvar o meu projeto de viagem pelo Brasil. Porque ainda que eu juntasse o salário de um emprego temporário e vendesse algumas coisas, isso não cobriria nem três meses de viagem — daria em torno de um terço do dinheiro necessário. Sem falar em uma reserva para eu levar; afinal, não dá pra viajar de mãos vazias.

— Vamos fazer uma vaquinha pra você — ela diz.

— Quê? — Não sei se entendi direito.

— Já falei com a Vale! Eu, ela, o Cauê e todos os nossos amigos vamos fazer uma vaquinha on-line pra arrecadar o resto do dinheiro pra essa viagem. Agora não tem mais desculpas.

— Também tivemos a ideia de fazer rifas pra vender na internet. Podemos bolar um prêmio legal, e isso vai dar uma grana — completa ele.

Olho para os dois, incrédula, contagiada com seu entusiasmo. Não digo nada por um tempo, mas reflito sobre as ideias, e por alguns segundos esqueço de todos os outros empecilhos. No meu cérebro, milhões de luzinhas se acendem. Mal consigo acreditar que eles planejaram tudo isso, que combinaram com os meus outros amigos, que pediram ajuda, que foram atrás, de verdade, só pra me ajudar.

Imagino a viagem — poder passar todo esse tempo só descobrindo as minhas motivações, o que eu quero e como isso seria maravilhoso. Mas sinto um balde de água fria despencar na minha cabeça quando penso nos meus pais em casa esperando a filha voltar de viagem decidida a fazer a matrícula no curso de arquitetura. Eles estavam prontos pra convidar a família e os amigos para um churrasco de comemoração só pra poder escancarar aos outros como me criaram bem. Faz um ano que não damos churrasco nem festa alguma! Afinal, não tivemos motivo pra comemorar... até que fui aprovada. Eu ressuscitei os dois, e agora vou matá-los novamente.

Se eu me esforçar, posso ver minha mãe chorando ao andar de um lado para o outro da sala, perguntando-se onde foi que errou ao me escutar dizer que vou abrir mão da faculdade para viajar. Vejo o rosto do meu pai ficando vermelho de raiva por não poder fazer nada além de esbravejar e dizer que sou uma ingrata, que estou desperdiçando a minha vida desse jeito. Consigo prever os dois se recusando a olhar na minha cara enquanto espero os dias passarem e a viagem chegar, e a culpa volta a me torturar.

Retorno à realidade e fito os dois. Primeiro o Cauê, que parece me olhar de um jeito apreensivo, na certa por saber que não seria tão fácil me fazer enxergar essa oportunidade do mesmo jeito que ele. Vejo essa viagem como algo de que eu preciso, mas que está distante demais de mim. E ele não entende, porque não sabe o que é se fechar pro outro se abrir dentro do seu espaço e como é difícil cobrar de volta os metros quadrados que você perdeu da sua própria existência. O Cauê nunca teve alguém jogando as próprias expectativas em seus ombros. Nem precisou carregar as conquistas de outra pessoa como se tivesse que suprir com sua vida o valor de duas.

Por alguns segundos desejo ser como ele e penso no quão bom seria não ser filha dos meus pais — mas afasto esse pensamento de mim me sentindo horrível. Que coisa cruel! E, apesar de sentir a pressão de ser o que eles querem que eu seja, amo-os demais pra não querer que eles sejam meus.

Depois olho pra Sol, que me analisa daquele jeito cuidadoso que só ela tem. E me sinto agradecida por tê-los neste momento comigo, por vê-los colocar tanto empenho em um projeto que é meu e que talvez não lhes acrescente em nada. A última pessoa que fez isso... Preciso me manter viva, lembro. E eu vou me manter!

— Vocês são maravilhosos — deixo escapar essa afirmação do fundo do meu peito transbordando gratidão, mas seguro as lágrimas e me limito a abraçá-los com força.

— A gente sabe. — O Cauê beija a minha testa. — Mas parece que ainda não te convencemos, não é?

— Eu quero ir. Juro! Preciso ir... Mas ainda tenho que resolver a situação com os meus pais.

— Isso não é completamente um problema, Lavi. — O Cauê respira fundo, como se estivesse prestes a me falar algo muito sério, e só então continua: — Sei que você ama os seus pais e que eles te amam. Sei que eles lutaram muito para que você tivesse as melhores oportunidades deste mundo e que sonharam a vida inteira em te ver formada em um curso maravilhoso antes dos vinte e três anos para ter uma vida estável, diferente da deles. — Respira fundo e prossegue: — Isso é muito importante pra eles, claro, mas nós dois sabemos que nada disso é importante pra você. Não é o seu sonho. E também não é o que te fará feliz agora. Você não quer fazer um curso universitário no resto do ano, mesmo que não seja arquitetura, e talvez ainda não queira no ano que vem. Pode ser que só venha a desejar isso aos vinte e quatro! Isso é uma escolha *sua*, e eles vão ter de entender. Aquele dia em que você me disse que começava a pensar com a sua cabeça... bom, o que a sua cabeça diz agora?

— Que eu devo me jogar com tudo nessa viagem, que quero experimentar o máximo que puder das nossas culturas tão diversas e juntar essas vivências, experiências e essas novas formas de ver o nosso mundo. A minha cabeça diz que eu preciso dessa sensação, cair na estrada sozinha. Sei que não me enxergo quando me olho, porque eu sou o conjunto daquilo que as pessoas depositaram em mim durante todos esses anos! Não quero ser algo que sonharam para mim. Quero ser eu. E o meu eu quer fazer isso agora.

— Então faz, garota! — A Sol sorri largo. — E a gente estará aqui, te dando o apoio que você precisar.

— Não tenha medo de falar com seus pais, nem de machucá-los ou decepcioná-los. Não se torne uma pessoa infeliz para caber numa forma que os outros acham boa pra você. Eles podem até agir de um jeito estranho no começo, ficar bravos, mas quando se derem conta de que você só está indo atrás da sua felicidade, ficarão ao seu lado. Não há no mundo ninguém que queira mais te ver feliz do que eles.

— Vocês têm razão! Preciso fazer isso, preciso arriscar. E eles vão ter de entender que só estou fazendo o que é melhor pra mim.

Sorrio de verdade. Mesmo com o peito confuso e bagunçado, sabendo que não será fácil manter esse sorriso quando eu voltar para casa, mesmo que pareça uma atitude inconsequente pro resto do mundo, tenho de viver isso. Vou conseguir o dinheiro e dedicar este ano a mim. Ainda estou viva e vou tirar o melhor proveito disso. Agora nem eu mesma poderia me convencer a voltar atrás. Já não sou mais a mesma garota.

Não sei quem sou, e é isso o que vou descobrir a partir de agora.

9

A Sol roda de um lado para o outro na minha cama, eufórica com o assunto. O dia está frio, o primeiro desde que cheguei aqui, e finalmente estou usando manga comprida. Mais cedo, quando nos levantamos, a manhã surgiu nublada e se estendeu por toda a tarde chuvosa. Os termômetros marcam vinte e dois graus, mas o vento cria uma sensação mais gelada.

O Cauê saiu com alguns amigos para uma festa superconhecida nas redondezas e nós duas preferimos ficar por aqui. Amanhã a Sol já vai embora e ainda não conseguimos conversar o suficiente; então, esta é a oportunidade de ficarmos a sós para falarmos de tudo que está acontecendo. Quando o Cauê saiu, pedimos algo para comer e umas cervejas. Agora já estou um pouco tonta, rindo à toa, deitada de barriga pra cima, falando com a minha amiga sobre as coisas engraçadas que já aconteceram com a gente.

— Você se lembra daquelas férias em que você e a Vale foram ficar em casa e nós três resolvemos sair à noite e ficamos tão bêbadas que dormimos na areia da praia?

— Como poderia esquecer? A gente aprontava várias, não? — Gargalho.

— Nossa, era uma história melhor que a outra!

— E daquela vez em que você foi pra São Paulo e eu estava brigada com o Enzo?

— A gente foi a uma festa e o dono da casa passou a noite dando em cima de você!

— Até descobrimos que ele era primo do Lucas, melhor amigo do Enzo! Foi uma baita confusão!

A Sol ri de se contorcer. Fecho os olhos e consigo lembrar de nós três unidas, de um jeito estranho ela parece diferente agora, como se tivesse se esforçando pra ser a minha velha amiga.

— E a sua cara quando ele entrou na festa! Você ficou mais branca que a parede.

— Nem diga! Imagina se eu tivesse dado confiança... Estaria perdida!

— O Enzo teria ficado louco.

— Porque com qualquer bobeira ele já ficava doente.

— Ele sempre morreu de ciúme de você, né?

— O que era irônico. Afinal, era ele quem estava sempre fazendo alguém suspirar pelos cantos.

— Ah, nem vem com essa. — Ela atira um travesseiro em mim. — Você também sempre fez bastante sucesso.

— Mais ou menos. — Jogo o travesseiro de volta pra ela. — Vamos dizer que eu sempre dei sorte com os rapazes.

— Você se arrepende de ter namorado tanto tempo?

— Não sei. Tenho me arrependido de muitas coisas nos últimos dias. Mas não posso culpar o Enzo ou os meus pais ou aquilo que escolhi viver. Fui eu quem tomou as decisões, sabe? Nesse tempo aqui em Búzios acabei compreendendo que fiz muita coisa comigo pensando nos outros, mas ninguém me obrigou de fato. Eu poderia ter feito o oposto. Tudo bem que eu não sabia que poderia agir assim, que não precisava agradar o tempo todo, mas não adianta olhar pra trás, me arrepender. E uma parte dos motivos que me fizeram tomar as atitudes que tomei foi estar tentando fazer como minha irmã faria. Hoje vejo que era uma forma de impedir que ela desaparecesse de nossas vidas.

— Sabe de uma coisa? Eu imaginava um pouco isso. Mas já que você tocou no assunto, como tá lidando agora com tudo o que houve? Eu ainda tenho dificuldades de perder o controle das coisas.

Eu sei exatamente o que falar, mas não respondo de imediato. É a primeira vez, após muito tempo, que tenho a chance de conversar com alguém sobre isso e, embora eu queira e precise falar, ainda não sei muito bem como fazer. Ainda em silêncio, deixo meu corpo cair pra trás, a Sol faz o mesmo, e ficamos as duas com as cabeças na mesma direção, fitando o teto branco como se compartilhássemos os mesmos pensamentos.

— Você não precisa me contar, se não quiser — ela conclui, depois de certo tempo de quietude.

— Eu quero, é só que... — Respiro fundo tentando não perder o ar e retomo: — É muito difícil lembrar daquela noite. É muito duro pensar nela, falar dela, e saber que é só o que eu posso fazer, porque ela mesma nunca mais vai estar aqui.

— Vocês não conversam muito a respeito dela, não é?

Sei que a Sol se refere aos meus pais, por isso pondero um pouco, incerta se devo ou não tocar nesse ponto. Estamos há muito tempo sem nos ver. Sei que aconteceram coisas demais e parece difícil escolher por onde começar...

— Eles evitam ao máximo. Depois dos primeiros meses, a gente continuou vivendo como se nada tivesse acontecido, como se sempre tivéssemos sido nós três... Mas não! Éramos quatro. Ela existia! Eu entendo a dor deles. A ordem não é essa; nenhum pai e nenhuma mãe estão preparados pra enterrar o filho, mas e a minha dor? Ter de engolir o choro, fingir que estava tudo bem, agir como se as coisas não tivessem mudado... Aquilo tudo tava me matando, sabe? Mesmo sem querer, eles jogaram as expectativas que minha irmã atingia em cima de mim e nem me deram a chance de gritar: "Pelo amor de Deus, eu não sou a Alice!" Alice... — repito o nome dela. — Sabe há quanto tempo não escuto esse nome? A gente age como se tivesse tudo bem, mas a dor tá lá, ela alfineta, incomoda, queima, arde. Ela existe, mesmo quando a gente ignora. Acabei me tornando uma pessoa infeliz, abri mão da minha vida, porque não pude lidar com aquilo. Sei que eles não fizeram por mal, sei que eles só não queriam cutucar a ferida, mas tá aqui, ela tá aberta e sangra todos os dias, porque eu não tô tratando dela, entende? Só tô deixando a ferida lá, apodrecendo... Não quero esquecer a minha irmã, mas também não quero me tornar ela. Eu sou a Lavínia e decido poder chorar sempre que me der vontade, sempre que aqui dentro não couber mais essa angústia. Quando não expressamos a dor, ela nos sufoca, e eu tô sufocada há um ano. Um ano! Eu vinha definhando, sobrevivendo, agindo como se isso fosse tudo. Só que não é... Esses dias que passei aqui, eu chorei, ri, lembrei das histórias, reli conversas, pensei nela... Pensei nela o tempo todo. Tive saudade. Senti pra caramba tudo o que eu não vinha sentindo. E agora eu tô feliz. Sempre haverá um buraco aqui dentro. Vira e mexe surgirão momentos em que pensarei: "Como eu queria a Alice aqui agora!", e isso é algo com que vou ter de aprender a lidar; mas não quero mais ficar engolindo essa situação. Pra ser feliz de novo, tive de varrer a poeira de debaixo do tapete, como uma conhecida me disse, e não vou colocá-la de novo lá nunca mais.

A Sol permanece calada, mirando o teto. Ela não pôde ir pra São Paulo quando tudo aconteceu, por isso conversamos pouco a respeito. Andávamos meio afastadas desde aqueles dias... Eu senti falta da minha amiga mais perto quando o mundo desabou na minha cabeça. Na época pareceu que ela não tinha se importado muito. Eu estive sozinha e muda por muito tempo. As pessoas raramente tocavam no assunto comigo e, quando o faziam, eu me esquivava. Temia estar traindo os meus pais ao trazê-la à tona, mas não percebia que estava traindo a mim mesma no processo.

— O que aconteceu lá? — ela pergunta, ainda sem me encarar. — Quer dizer, eu sei que houve o assalto e você reagiu, mas o que realmente aconteceu lá?

Olho pra ela por alguns instantes tentando recuperar o ar. Relembrar é difícil, mas necessário. E eu posso fazer isso.

— Era uma noite de sábado. Meus pais tinham saído pra jantar com alguns amigos, depois iriam ao tradicional jogo de cartas e voltariam só de madrugada. O Enzo ia dormir em casa, mas tivemos uma discussão besta, então ficamos só eu e a Alice. — Sinto vontade de chorar, mas me forço a continuar contando: — Você sabe o quanto eu e ela sempre nos demos bem. Apesar de termos certa diferença de idade, sempre fomos muito amigas. Então, como fazia frio e não tínhamos absolutamente nada pra fazer, decidimos assistir a uma comédia, até pra eu relaxar um pouco. Nós íamos ver TV no meu quarto, mas ela reclamou da bagunça.

Paro de falar um instante e fecho os olhos, tentando me lembrar do jeito da Alice, a minha irmã mais velha. A minha única irmã. Então, prossigo:

— Você lembra como ela era chata com organização?

A Sol faz que sim com a cabeça e sorri.

— Meus pais chegaram até a levá-la a alguns psicólogos pra ter certeza de que não era nenhum tipo de transtorno, de tão exagerado que era... Isso me irritava um pouco, sabe? Pra ela tudo tinha de ser perfeito. Bom, como meu quarto estava uma completa zona, resolvemos assistir na sala mesmo. — Respiro fundo. — Nós descemos pra sala, ligamos a televisão, colocamos o filme e apagamos todas as luzes. Eu não saberia dizer exatamente em que instante nós duas pegamos no sono, mas acabamos dormindo cada uma de um lado do sofá. De repente eu acordo e tava tudo escuro. O filme já tinha acabado. Eu desperto a Alice e pergunto se ela assistiu até o final. Foi quando ouvimos um barulho estranho vindo da garagem, como de janela quebrada. Levantamos as duas, assustadas, mas passados alguns minutos não houve mais nenhum ruído e tudo voltou a ficar quieto. Pensamos que poderia ser um galho, algo na rua ou outra coisa sem importância, e acabamos relaxando.

Tomo ar novamente para poder prosseguir:

— Então decidimos que era hora de dormir. A Alice, meio tonta de sono, tirou o DVD e eu acendi a luz da sala. E soltei um grito que logo eu mesma abafei. Ao lado da porta havia dois homens com máscaras, armados, gritando pra que ficássemos quietas porque, assim, não aconteceria nada. — As lágrimas agora escorriam dos meus olhos sem controle, mas eu tinha de continuar. O terror da noite estava todo de volta. — Não sei o que me deu. Ver aqueles homens armados e mascarados me fez entrar em desespero, algo que não consegui controlar. Um deles notou o meu estado e repetiu para que a gente ficasse em silêncio. Não consegui me conter e comecei a gritar sem parar. Eles me mandavam calar a boca, mas eu não calava e ninguém ouvia, nenhum vizinho, ninguém na rua... E continuei até que eles fizeram o primeiro disparo. Senti uma dor no braço e vi uma mancha de sangue, mas estava tão desesperada que aquilo não me parou, e já não sabia mais se gritava de medo ou de dor. Até ouvir o segundo tiro. Era para me atingir no peito, mas a Alice entrou na minha frente e o tiro atingiu o seu pulmão. Ela caiu na hora e eu congelei. Ao ver a desgraça que tinha acontecido os bandidos entraram em pânico e saíram correndo pela porta pela qual entraram. Eu corri até a Alice, mas agora ela estava perdendo os sentidos... Fiquei gritando sem saber o que fazer por poucos segundos... com o telefone numa das mãos, ligando para a ambulância e tentando falar com os nossos pais...

E um choro convulsivo sobrevém sem nenhum controle. Eu só conseguia soluçar e repetir que foi tudo minha culpa...

— Não, não, não! Você não podia fazer nada, Lavi. Você não tinha como impedir que eles entrassem na sua casa, nem podia ter impedido nada do que aconteceu! Ninguém pode prever sua reação diante de uma cena dessas. — Ela me olha, não com pena, mas como se realmente conseguisse entender o que sinto.

— Eu reagi, Sol. Mesmo sabendo que não era para ter feito... Eu reagi!

— Sei disso, mas foi instinto! Você não estava raciocinando direito naquele momento.

— Mas eu não podia... Foi isso que a matou!

— Não fala uma coisa dessas!

— Mas é a verdade! — Sento-me na cama e a encaro. — Se eu não tivesse reagido, ela não precisaria me salvar e tudo teria sido diferente. — Nesse momento já estou chorando e não quero me impedir de pôr pra fora tudo o que venho mantendo preso dentro de mim. — Ela morreu no meu lugar, Sol!

— Você não fez isso, Lavínia! Não foi você quem os fez atirar, não foi sua culpa.

— Eles podiam ter levado a casa toda, sabe? Mas levaram a vida da Alice, e isso é algo que jamais será reparado. — Cerro as pálpebras com toda a força. — Eu liguei pra ambulância e nem me preocupei em chamar a polícia. Não tava nem aí pros bandidos, eu só queria salvar a minha irmã! Era só nisso que eu pensava. Ela ainda estava viva e eles demoraram um pouco, mas achei que a Alice ia resistir. Eu estava tão preocupada que nem reparei no quanto meu braço sangrava. Ela estava pior. Quando eles chegaram fazendo um monte de perguntas e colocando-a na maca, eu só conseguia reparar em como os lábios da Alice estavam brancos... Mas assim que entramos na ambulância percebi que ela não ia resistir muito mais. Eles queriam ficar mexendo em mim enquanto o veículo seguia, mas como é que eu podia me preocupar com a porcaria de um tiro de raspão enquanto a minha irmã estava morrendo?! Nem dor eu sentia! Perto do hospital, ela começou a fechar os olhos e demorar mais pra abrir. Eu só rezava pedindo pra que, pelo amor de Deus, acontecesse um milagre.

— Você foi o milagre! — escuto a voz da Sol embargada, e sinto que ela também chora, mas mantenho os olhos fechados.

— Por um bom tempo meus pais falaram isso, mas foram dias tão dolorosos, e de uma culpa tão gigante, que resolvemos não tocar mais no assunto. Agimos como se a Alice tivesse sido um sonho nosso. Eu deveria ter morrido no lugar dela.

Olho pra Sol, e ela, também chorando, me olha procurando por palavras, sem saber exatamente o que dizer, e me abraça forte, com carinho.

Nada trará de volta aquele sorriso que iluminava as minhas manhãs, mesmo eu odiando acordar cedo. Nada vai mudar o que se passou. Nada mudará o fato de que roubaram de mim aquela que sempre me protegeu, que ficava no meu quarto até eu pegar no sono porque eu morria de medo de monstros. Nada irá curar o espaço que ela deixou, nem preencher a saudade que sinto de tê-la comigo.

— A Alice morreu antes de chegar ao pronto-socorro. O médico disse que a bala perfurou um ponto crítico, então vazava muito ar e entrava muito sangue. Quando percebi que ela ia morrer, implorei pra enfermeira me soltar e consegui chegar perto da Alice. A respiração dela fazia um barulho insuportável, mas ela não chorava... Como se soubesse o que estava acontecendo e aceitasse. A Alice tinha a capacidade de se conformar com o que parecia inevitável. Ela sempre foi tão da paz, mas tão da paz, que nem na hora de morrer se revoltou.

— Eu queria poder te falar alguma coisa. Queria saber o que dizer, mas não sei.

— Entendo... — Esboço um sorriso meio-forçado pra Sol. — Fui aproximando o rosto, dei um beijo em sua testa, do jeito que ela fazia comigo todas as noites antes de eu dormir. Eu pressentia que ela ia dormir pra sempre. Tive a impressão de enxergar um sorriso de resposta, mas ela estava tão fraca que nem consigo ter certeza mais. Então, apoiei a cabeça bem perto da dela e fiquei olhando-a pra tentar aproveitar cada segundo ao seu lado. Eu chorava baixinho, pensando sobre tudo o que acontecera em poucos minutos. Que num momento nós duas dávamos risada, e no outro, se desenhava algo como o pior dos pesadelos... Então, minha irmã fechou os olhos, e eu achei que era o fim. Meu coração se partiu em mil e um pedaços. Mas aí ela pressionou a minha mão que segurava a dela e uma chama de esperança se acendeu dentro de mim. Não podia ser o fim. Eu precisava ter esperança.

Solto o ar, me recompondo pra finalizar:

— Acho que ela usou o resto da energia pra sussurrar no meu ouvido... A voz dela tava tão fraquinha... Então, encostei o ouvido em sua boca, e saiu aquele murmúrio. As últimas palavras da Alice pra mim foram um pedido.

— Qual pedido?

Parei para relembrar, com calma, como se conseguisse voltar no tempo e ouvir sua voz outra vez.

— Ela disse: "Mantenha-se viva!" Antes de morrer, a minha irmã me pediu, com aquele jeito dela, quase implorando, pra eu me manter viva. E isso é tudo que eu não fiz nos últimos meses. Aí, ela baixou as pálpebras pela segunda vez e eu senti que naquele instante ela não estava mais ali.

— Nossa! Que momento! Agora consigo entender melhor tudo o que você passou. E tenho certeza de que foi a Alice quem te inspirou a tomar um novo rumo. Sua irmã está orgulhosa de você agora.

— Também acho. — Sorrio entre as lágrimas, mas agora de alegria.

— Era o que ela queria. Que você vivesse, e não só sobrevivesse.

— Sim, mas foi difícil entender isso.

— Por causa da saudade?

— Também.

— Porque você ainda sente alguma culpa?

— Principalmente por isso. Sei que eu não devia! Sei que o certo seria agradecer por ter sobrevivido. Afinal, eu podia ter morrido. Mas como é que a gente agradece por isso depois de ter visto ir embora alguém que amava tanto? Quando meus pais chegaram ao hospital e receberam a notícia eles choraram tanto, mas tanto... Foi um choro sofrido, daqueles que vão cortando a gente por dentro. Os dois morreram um pouco com ela. E eu me sentia na obrigação de resolver aquilo.

— Lavi, você sabe que essa é uma falta que, por mais amor que eles tenham por você, ninguém nunca vai suprir.

— Sei, sim. Não dá pra substituir o vazio de um filho com o outro. Só que eu, inconscientemente, passei a agir como achava que os agradaria, como se isso pudesse consertar toda a situação. Meus pais nunca me culparam, porém, por muito tempo, olhei para trás me perguntando o que teria acontecido se eu não tivesse me desesperado. Acreditei que se eu fizesse tudo certo, se fosse uma filha perfeita, poderia ser algo como um prêmio de consolação. Passei a estudar ainda mais pro vestibular, comecei a ser a filha dedicada, e senti que meus pais começaram a depositar em mim toda a expectativa que antes eles colocavam na Alice. E isso foi se transformando numa bola de neve...

— Até que você explodiu...

— Isso! Sempre soube o que a Alice quis dizer antes de morrer, o que aquilo significava. Não era sobre o sangue que eu estava perdendo com o ferimento no braço ou como eu iria ficar depois da morte dela; era sobre resistir. Resistir à vida, aos meus medos, às pedras que aparecessem no meu caminho e, sobretudo, às expectativas alheias. Não era me manter viva apenas no sentido literal, mas no figurado também. Eu sei que os meus pais sempre nos amaram, mas também nos moldaram para sermos o que eles achavam certo. Desde pequena fomos conduzidas para sermos alguém na vida e todas essas coisas que eles consideram certas, mas nós duas tínhamos nossas próprias ideias. Só que a Alice aceitava. Aí, quando passei para a faculdade, me dei conta de como a vida é curta. Minha irmã abriu mão de vários sonhos para viver o dos outros, e eu ia seguir o mesmo caminho. No entanto, ela me pediu pra alterar a rota, pra desviar, pra fugir dos atalhos e buscar o que eu queria de verdade, o que me faz estar viva! Eu tentei me sabotar. Primeiro porque não achava justo realizar os meus sonhos enquanto Alice teve a oportunidade dela roubada; em segundo porque eu queria aliviar a dor dos meus pais fazendo o que ela faria; e em terceiro, porque é difícil se erguer quando tiram o que você tem de mais forte pra se manter em pé. Quando me tiraram a Alice, eu achei que nunca mais conseguiria me sentir em paz de novo.

Com o coração mais leve, olhando para aqueles dias, lembro do passar do tempo desde o meu embarque e das barreiras que ultrapassei até aqui. Recordo como foi rir de verdade depois de tanto tempo e sem me sentir culpada por estar feliz. Lembro de sentir o ar fresco, a brisa suave, de tomar banho de chuva, de mar e de me arriscar. Lembro de ter parado de chorar antes de dormir, de não pensar no que ela faria antes de tentar algo, mas no que eu queria fazer, e de não me sentir egoísta por isso.

Fecho os olhos para imaginar com mais clareza as cenas e sinto um friozinho no estômago de ansiedade e medo. Tento colocar em ordem tudo o que aconteceu. Recordo os mergulhos com os peixes e como o Cauê comemorava quando eu conseguia ir mais fundo. Que maravilha mergulhar sem medo e experimentar a sensação de ter saído da superfície. Eu me senti viva. E gostei disso.

— Esta cidade te transformou, hein?

— A cidade, as pessoas... Tudo o que houve me fez enxergar que não posso passar o resto dos meus dias carregando esse fardo. A Alice odiaria saber que morreu pra deixar uma morta viver em seu lugar.

— Isso com certeza! — A Sol me joga uma almofada. — Você merece ser feliz. É exatamente isso que ela te diria se estivesse aqui. Era isso que ela falava pra todo o mundo.

— Ninguém nasce para sofrer... — Posso ouvi-la dizer isso; era o que minha irmã costumava dizer quando alguém falava que não estava muito feliz com suas escolhas. — Hoje, após tudo isso, acho que consigo entender que não fui eu que fiz a Alice morrer, mas que foi ela que me salvou. Talvez eu tivesse feito a mesma coisa no lugar dela. Minha irmã me protegeu até seu último suspiro e não tenho que me culpar por isso: tenho que agradecer. Mas eu não estava fazendo isso do jeito certo. Agora eu tô.

Torno a me deitar e volto a encarar o teto. Falta pouco pro meu retorno pra casa e sinto certo temor sobre como serão os próximos dias. Quem sabe a Alice não deixou de me proteger? Pode ser que ela ainda esteja comigo, só que agora de um jeito diferente.

— Nem acredito que já vou embora amanhã! — diz a Sol, quebrando o silêncio.

— A gente passou a se ver tão pouco desde que você se mudou, né? Mas pelo menos iremos nos encontrar no seu aniversário, que já é daqui a pouco... Quer dizer, se meus pais não tiverem me matado antes.

Ela ri e se vira para me encarar. Ficamos nos olhando por uns minutos. Embora a Sol ainda não tenha aberto a boca, sei no que ela está pensando, como se as palavras transbordassem de seus lábios e chegassem até mim sem que nenhum som fosse emitido. Sorrio, me preparando para o que virá em seguida.

— Como é que você vai contar para os seus pais sobre a viagem?

— Venho pensando muito nisso, sabe? E cada vez que acho que encontrei a melhor solução, o que dizer, imagino mil e um jeitos de eles destruírem meus argumentos. Mesmo que eu queira acreditar que eles serão compreensivos e entenderão o porquê de eu estar fazendo isso, sei que jamais aceitarão numa boa. E que terei de passar por cima da vontade deles. E que não será nada fácil.

— Como pretende agir? Simplesmente pegar suas coisas e dar o fora?

— Não. Primeiro, vou conversar com eles sobre tudo o que aconteceu. Nós precisamos ter essa conversa, não quero mais agir como se Alice não tivesse existido. Em seguida, direi tudo o que sinto e o quanto preciso fazer as minhas próprias escolhas e seguir meu próprio caminho.

— Como acha que eles vão reagir? Sinceramente.

— Você conhece bem os meus pais. Não vai ser simples, mas já estou me preparando pra pior reação possível.

— E pra pressão psicológica? Porque você sabe que isso vai rolar.

— Não! Pra falar a verdade, nem um pouco... Acho que ninguém se prepara pra isso, porque a reação dos outros não é algo que a gente controla. Só sei que, por mais difícil que seja, não voltarei atrás. Mesmo que o próximo mês se torne um verdadeiro inferno. Eu preciso dessa viagem. Pode parecer que isso é só um capricho, mas não é! É um processo pelo qual tenho de passar. Talvez eu economize uma vida de arrependimentos por conta disso. Quem vai saber? Eu quero tentar.

— É importante que você esteja mesmo certa do que quer e confiante, porque não será nada fácil essa conversa com eles. Mas quer saber? Eu sei que você vai conseguir! É sério, Lavi, você se tornou outra pessoa aqui. Seus olhos estão com um brilho que eu nunca vi em todos esses anos! E o seu sorriso então? Está tão verdadeiro que faz a gente querer sorrir junto com você.

— Eu sinto que me libertei de toneladas nos últimos dias, um peso que nem sequer tinha noção de que carregava. Tô me sentindo leve, descobrindo quem sou e o que quero.

— E quem é você?

— Boa pergunta. — Olho pra ela sorrindo. — Não sei. Pelo menos não completamente. O que descobri sobre mim é que tem muita coisa que eu gosto e achava que detestava. Tô descobrindo uma nova Lavínia, e ela é tão diferente! Logo eu, tão centrada, me dei conta de que adoro a sensação de frio na barriga, de perder o controle, de estar em situações diferentes. Deixei de lado a ideia de ser a princesinha da casa, sempre fofinha, delicadinha e cheia de outros diminutivos pra me transformar no que eu quiser. E talvez eu prefira os aumentativos! Percebi, também, que não quero me casar daqui a quatro ou cinco anos e ter dois filhos, três cachorros e um gato fujão. Pretendo conhecer o mundo, conhecer pessoas, lugares, culturas. Quero viver. Quero me manter viva... todos os dias da minha vida!

— Gosto dessa nova Lavínia. Ainda mais porque você tá transbordando uma felicidade que se esparrama em quem está ao seu redor. A gente fica feliz só de te ver. É gostoso ver você se transformar na pessoa que sempre esteve presa aí dentro. Continue lutando por você, pra ser você!

— Continuarei, eu vou até o fim, independentemente de aonde esse caminho me levará. Agora eu só ando pra frente.

— Isso! E continue, por favor!.

— Quanto a isso, fica tranquila. Até porque, nos últimos dias meu coração tem dominado o meu corpo inteiro.

— É mesmo? — ela pergunta, com ironia. — E qual o crédito do Cauê nisso tudo?

— Todos.

Desvio o olhar antes que ela tenha a oportunidade de dizer mais alguma coisa e encaro as minhas incertezas em relação a nós. Quer dizer, a mim e ao Cauê.

Superando todas as minhas expectativas, ele foi a primeira coisa que me pegou de jeito. Eu não achava que poderia me envolver tão rápido com alguém — não depois de tantos anos com a mesma pessoa. Na minha cabeça, quando a gente terminava um relacionamento, tinha de viver uma fase sozinho, de preferência bem extensa. Mas eu não tive um período assim, fui me apaixonar logo pelo primeiro cara que cruzou o meu caminho.

Jamais imaginei que conseguiria me entregar pra alguém num espaço tão curto de tempo. Quando eu e o Enzo nos transformamos num casal, eu era muito novinha. Tinha aquele sonho de encontrar o príncipe encantado com quem passaria o resto da vida. Queria namorar, sair de mãos dadas, jantar na casa dos sogros, trocar o status das redes sociais. Eu amei o Enzo. Muito! Ele foi o meu primeiro grande amor, por isso duramos tanto tempo. Hoje sinto que foi uma história de juventude, com data de validade, algo que tinha mais importância para eu contar aos outros do que pra gente viver. Com o Cauê é diferente. Tudo aconteceu de uma forma tão natural que não perdemos muito tempo tentando racionalizar, nem nos preocupando com o futuro da relação. Deixamos os dias passarem enquanto nos conhecíamos. Dividimos segredos, desejos, receios. Falamos do passado, do futuro, do dia seguinte. Ele me apresentou novidades e eu o fiz olhar de um outro jeito para as pessoas. Falamos muito mais sobre outros assuntos e quase nada sobre nós, porque em nenhum desses momentos isso pareceu importante. A gente já estava sendo um do outro sem se preocupar com isso, o que fez toda a diferença! Fomos uma confusão engraçada e interessante, sem cobrança, preocupação ou tentativa de fazermos aquilo ser maior do que tinha de ser.

Eu e ele somos como uma semente que brotou e vingou de um modo tão bonito que eu poderia ficar o resto da vida nos admirando.

— Por que ele não viaja com você? — pergunta a Sol, como se lesse meus pensamentos.

— Primeiro, porque é uma viagem minha, e ele sabe disso. Em segundo lugar, porque o Cauê vai fazer um intercâmbio de seis meses na Austrália.

— Ah...

— Nem ouse usar esse tom triste — digo, tentando parecer feliz. — É uma coisa boa!

— Achei que vocês iam ficar juntos pra sempre.

— Pera lá, estou só começando a minha vida! — respondo rindo. — Além do mais, somos muito jovens, ainda tem muita coisa pra acontecer.

— Você não está triste?

— Porque ele vai embora?

— Sim... e porque vocês vão se afastar.

— Um pouco, mas é normal, né? No fundo é estranho pensar que daqui a alguns dias voltarei a ficar sozinha. Não dá pra gente não se acostumar com algo que é bom, e o Cauê é. É meio doloroso saber que isso tudo tá acabando. Parece um sonho bonito. Só que ele me trouxe tantas maravilhas que seria um desperdício valorizar mais a perda do que a alegria que tive nessas semanas.

— Uau! — Ela faz uma cara forçada de espanto. — Você mudou mesmo!

— Tonta. — Empurro o braço dela, com delicadeza. — Tenho muito em que pensar, também. E isso faz com que eu pense menos nesse ponto.

— Além do mais, vocês não vão morrer!

— Exatamente.

— E poderiam tentar algo a distância...

— De jeito nenhum!

— Por quê?

— Nenhum de nós estaria feliz assim.

— Tá, tá, você venceu, vou parar de *shippar* vocês dois! — Ela ri. — Mas, já que estamos falando nisso, o que é que você sente por esse menino?

— Não sei se quero dar um nome pra isso. Gosto muito dele! Sinto que a gente tem uma dessas conexões raras, entende? Mas agora isso não é o bastante pra mim. Hoje, a única relação que estou interessada em construir é comigo mesma. Me descobrir já tem tomado muito tempo, então, tudo de que tenho certeza é que o Cauê foi o melhor encontro que tive até hoje e que adoraria reencontrá-lo daqui a alguns anos.

— Quer dizer que tá apaixonada?

— Pode ser. É como se eu houvesse respirado a vida toda um ar poluído e o Cauê tivesse me trazido a natureza; e eu fiquei viciada em ter o pulmão limpo. Talvez seja amor.

— Você e suas metáforas. — A Sol meneia a cabeça. — Eu acho que vocês ainda acabam juntos.

— Pode ser, mas em um ano muita coisa acontece. Posso conhecer alguém, ele pode conhecer alguém, a gente pode nem se ver de novo.

— Vocês não moram na mesma cidade.

— Cada hora ele tá em um lugar, tem casa em São Paulo e no Rio. Fora que as duas cidades são imensas.

— O Rio é um ovo!

— Tá, tá... Mas eu nunca vou pro Rio.

— Pode começar a ir... Lugar pra ficar você tem.

— Ok! Ponto pra você. — Sorrio.

— E a sua saudade também vai ser gigante, você vai querer revê-lo.

— Não digo que não...

— E também não vai dizer que sim! Sua previsível...

Torno a sorrir pra ela e volto a encarar o teto do quarto. Búzios me revigorou. Sei que logo irei embora, mas já estou com a sensação de dever cumprido. Achei o que vim procurar: eu mesma. Tudo o mais que entrou na bagagem foi consequência boa de algo muito maior e não posso controlar cada aspecto. Mas a Sol tem razão quando fala da saudade que sentirei. Nesses últimos dias nós nos perdemos um no outro. E nos encontramos também. Eu me encontrei.

— Talvez eu procure o Cauê quando voltar.

— Eu sabia!

— Vai ver que sou mesmo previsível.

Soltamos uma gargalhada e ela abre mais uma latinha de cerveja.

— Vamos brindar! Amanhã já não estarei aqui.

— Aproveita e pede umas batatas. Cerveja e batata frita: tem coisa melhor?

— Tem!

— O quê?

— A minha companhia, ora!

— Cala a boca... — Atiro outro travesseiro nela e pego o interfone pra pedir a comida.

Ao olhar pela janela vejo que a chuva parou. O céu está bonito de novo. Uma estrela em especial brilha sozinha e eu sei muito bem quem é. Aquele brilho sempre foi único.

Estou terminando de arrumar a bagagem quando alguém bate na porta. Essa é a pior parte da viagem: o fim! Daqui a algumas horas embarco de volta pra São Paulo e mal consigo acreditar que o mês já acabou. Nos últimos dias, desde que a Sol se foi, eu e o Cauê entramos em um clima meio triste, típico de fim de relação, até nos darmos conta de que estávamos desperdiçando os nossos últimos momentos numa situação patética. Por mais difícil que fosse, não podíamos estragar o que passamos juntos. Paro de arrumar as minhas coisas e abro a porta.

— Vamos almoçar? — convida Cauê, parado à soleira.

— Agora não... Vai você, aproveita esse tempo com a sua mãe. Quero terminar de ajeitar aqui.

— Tem certeza?

— Absoluta.

Fecho a porta e, antes de voltar a dobrar as roupas, me deito na cama. Vivi uma vida nos últimos trinta e um dias. Vivi. Desde quando eu já não fazia isso? Cerro as pálpebras e me lembro dos últimos tempos com o Cauê.

*

Uma semana atrás...

— Isto aqui não tá dando certo — ele disse ao se dar conta de que estávamos perdendo o nosso tempo por medo de perder o nosso tempo.

— Isso o quê? — perguntei, tentando enxergar os olhos dele no escuro.

— O que temos feito com nós dois.

— O que é que estamos fazendo?

— Transformando nossa relação numa tragédia romântica do século passado. Porra, cadê toda aquela energia transbordando da gente?

— Não sei. — Suspirei. — Mas queria encontrar de novo.

— Então, por favor, não finja que tá tudo bem. Daqui a alguns dias eu não vou mais te ver quando sentir vontade e isso tá doendo pra cacete. Só que o agora depende de nós, depende da nossa vontade, e a minha é aproveitar todos os segundos que restam até o trigésimo primeiro dia.

— Concordo com você. — Levantei-me e me sentei numa posição em que conseguia enxergá-lo. — A gente vai aproveitar! Vamos acordar Búzios com o nosso barulho! Eu também não quero ter como últimas lembranças este quarto numa despedida triste e depressiva. Ao fechar os olhos nos próximos meses irei saber que curti o máximo que pude ao seu lado.

— Você não está com calor?

Naquela noite, nem todos os ventiladores do mundo pareciam capazes de diminuir a intensidade do clima.

— Morrendo!

— Que tal dormir na praia?

— Como é?

— Vamos dormir na praia!

— Você tá falando sério? — indaguei, incrédula.

— Claro! — O Cauê saiu da cama e foi até o interruptor para acender a luz.

— Certo… Então vamos dormir na praia!

E lá fomos nós, às duas na manhã, andando pelas ruas da cidade. Estendemos uma canga na areia, deitamos e ficamos degustando, de mãos dadas, daquele silêncio angelical cortado apenas pelo som das ondas. Não lembro como adormeci, mas realidade e sonho pareciam a mesma coisa.

Acordei na manhã seguinte com o nascer do sol. O Cauê já estava sentado me observando havia algum tempo. Faço uma careta ao imaginar como meu rosto estaria naquele instante — na certa, todo amarrotado e sem graça. Mas deixei de lado esse pensamento quando ele sorriu pra mim. Ele tinha o sorriso mais lindo do mundo.

Naquela manhã, cada osso do meu corpo doía — era como se um trator tivesse passado por cima de mim. Porém, isso perdeu toda a importância quando olhei pro céu e me deparei com aquele tom alaranjado do amanhecer.

— Dia lindo, né? — ele disse, desviando os olhos de mim.

Não respondi nada. Eu estava admirada com aquela cena. Nunca tivera a oportunidade de assistir a um nascer do sol, mas também nunca sentira vontade de fazê-lo. Essa era uma dessas coisas simples que passam desperce-bidas por nós porque estamos sempre ocupados demais para o trivial. Ah se eu soubesse antes o tanto de beleza que pode haver numa trivialidade dessas...

Permaneço alguns segundos paralisada, nutrindo-me daquela imagem que podia muito bem ter sido pintada por Monet, um pintor impressionista da França que conquistou o meu coração no ensino médio. Podia ter servido de tri-lha sonora para as minhas bandas preferidas que tocam um MPB mais moderno, ou de cenário para um dos meus textos que andam tão escassos. Eu escreveria mil linhas se tivesse algum papel comigo naquele instante. Mesmo sem saber que palavras usar. Escreveria, também, se pudesse congelar aquela vista para levar embora e poder olhar sempre que estivesse sem inspiração. Mas o encanto desses espetáculos que o universo nos proporciona está em sua efemeridade.

Quantas outras vezes o sol já nasceu e eu fechei a janela para a claridade não me incomodar e acabei perdendo a oportunidade de apreciar algo muito mais intenso que os meus "só mais cinco minutinhos" de sono? Quantas chances como essa não deixei passar porque estava passando rápido demais pra conse-guir entender que o sentido da vida não está nas placas das ruas, nos cursos uni-versitários, nas relações de anos ou nos planos que a gente faz? É sempre a pressa para o destino que não nos deixa aproveitar o caminho. Nós vivemos sempre tão atarefados e apressados que não conseguimos nos dar conta do quanto des-perdiçamos momentos como esse. A gente não entende que o que vale mesmo não é aquilo em que a gente pode tocar, mas o que pode tocar a gente.

— Eu ficaria aqui pra sempre — afirmei depois de um tempo.

— Eu não.

— Não?

— Ainda que seja lindo, ficar aqui pra sempre faria com que a gente per-desse todos os outros dias em que o sol nasce.

— Não tinha pensado por esse lado. — Olhei pra ele e sorri, deixando todos os dentes à mostra. — Mas acho que dá pra aproveitar mais um pou-quinho, não dá?

— Você fica linda assim.

— Assim como?

— Toda despenteada e com os raios solares batendo no seu rosto, eles iluminam os seus olhos. Ou talvez sejam os seus olhos que andam tão cheios de vida que estão brilhando mais forte do que o sol.

Ele me encarou e foi se aproximando até encostar os lábios nos meus. Não nos beijamos. Não naquele momento. Primeiro ficamos ali, naquela posição, com

o olhar fixo no do outro, sentindo a respiração ofegante entrar e sair dos nossos pulmões, enquanto a brisa mesclava os nossos perfumes com o cheiro da maresia, que subia e contagiava o cenário criando um clima com mais cara ainda de filme romântico. Passados alguns minutos, com o sol já mais forte e o céu mais azul, nós nos beijamos. E o resto do mundo pareceu ficar pequenininho.

E talvez tenha ficado mesmo. Para mim, nada mais existia. Éramos só eu, ele, o sol, o mar e a certeza de que nada podia ser mais concreto do que nós dois. De um jeito torto, meio ao avesso, fomos desde o princípio um desses casais que constroem da maneira mais incomum possível uma história verdadeira. E é o tipo de história que não importa se dura uma semana, um mês ou um ano, ela acaba ficando pra sempre.

✳

Meu celular vibra, me puxando de volta para a realidade. É uma mensagem dos meus pais. Mais cedo mandei um sms dizendo que estava com saudade e que "precisamos falar sobre a Alice". Eles só me responderam agora, quase seis horas depois:

"Você tem razão, já passou da hora de conversarmos sobre tudo. Estamos morrendo de saudade. Te amamos." Sorrio com aquilo.

Coloco o celular de lado e respiro fundo. Não sei se estou pronta pra ir embora, mas sei que já passou da hora de eu começar a viver direito.

Preciso terminar de arrumar os meus pertences. Junto as poucas peças de roupa que ainda não estão na mala e as coloco dentro dela, tentando ocupar o mínimo de espaço. Sempre fui péssima em fazer essas coisas. Antes de fechar, pego a foto da Alice e passo a mão por seu rosto. A saudade já não queima tanto. Quer dizer, queima, mas de um jeito diferente. Não é mais por culpa; agora é só pelo vazio que ficou. E que eu não quero preencher. Esse vazio é dela, e vai ser sempre assim. Mas eu vou enchê-lo de flores, sorrisos e lembranças boas. É o que ela gostaria que eu fizesse.

Batem na porta novamente. Guardo a foto e fecho a mala. Quando atendo, deparo-me com a Olga segurando um pacote. Ela esboça um sorriso cujo significado eu agora entendendo. É liberdade. É a certeza de que, estando no caminho certo ou no errado, ela segue os próprios passos, vive o próprio destino.

— Não podia deixar você ir embora sem me despedir — ela afirma enquanto fecho a porta.

— Mas eu não iria sem te dar um abraço!

— Não tenho dúvida. — A Olga torna a sorrir. — Mas não é só um abraço que eu gostaria de te dar.

— Não? — Não consigo disfarçar a curiosidade.

— Não! Só que antes eu gostaria de saber uma coisa.

— O quê?

Nós nos sentamos frente a frente na cama. Ela segura minha mão e dá leves batidinhas no dorso. Em seguida olha fundo nos meus olhos, como se pudesse mergulhar dentro deles, e faz uns instantes de suspense. Depois, cerra os lábios procurando pelas palavras certas para me dizer. Apesar da curiosidade, não sinto vontade de interrompê-la em seu momento. Deixo que ela organize suas ideias e aproveito esse tempo pra esvaziar a mente e me preparar para uma boa conversa.

— O que a Lavínia de hoje, sentada aqui na minha frente, diria para aquela Lavínia que há trinta dias entrou nesta pousada com uma reserva feita pro quarto 24?

Respiro fundo tentando recriar na minha mente a imagem daquela menina farta de andar em círculos que chegou aqui. Procuro imaginá-la se esforçando para não se arrastar pelo hall de entrada com todo aquele peso acumulado nas costas, tentando, pela primeira vez, não pegar nenhum atalho errado nem se contentar em ser infeliz. Penso nela tão assustada e perdida dentro de si com o mesmo carinho que uma mãe lembra de seus filhos quando pequenos e se dá conta do quanto eles cresceram, do quanto evoluíram. Eu amadureci uns dez anos no último mês.

— Eu diria que ela não precisa ter medo de ser feliz.

Algumas noites atrás, compartilhei com a Olga e o Cauê tudo sobre a minha irmã. Foi uma conversa tão longa quanto a que tive com a Sol.

Prossigo:

— Com toda a franqueza, eu falaria: Lavínia, às vezes a vida fica difícil mesmo, não dá pra controlar todos os acontecimentos, mas tudo bem, porque o que dará a dimensão dos fatos é o ângulo pelo qual olhamos pra aquilo. Você pode mudar o modo de ver o mundo e o passado, pode escolher a forma como vai encarar as situações e não será nenhum monstro se resolver seguir em frente. Não é preciso ter certeza de tudo; na verdade, não é preciso ter certeza de nada, e você pode mudar de opinião quantas vezes quiser. E também chorar sem temer parecer fraca, e pelo motivo que for, sempre que desejar. Você é incrível, mesmo que não consiga se dar conta disso. E não tem de substituir ninguém, nem se culpar por nada, porque as coisas são como são e ponto final. Fique sabendo que você não tem de ouvir mais ninguém na hora de escolher o que fazer, porque só mesmo quando se está submerso em seu próprio caos é possível enxergar os desejos do coração. Você não tem de fugir de si, nem evitar mergulhar em sua bagunça. E te faço um pedido, Lavínia: sempre ouça seu coração, porque ele sempre saberá o que fazer...

Sorrio e sigo em frente:

— Às vezes a gente não entende nada mesmo, e nem sempre temos de compreender as coisas em sua totalidade. Nem tudo tem um sentido. Nem tudo tem razão. Em certas ocasiões, a coisa só acontece e pronto. O que existe de mais bonito neste mundo é assim. Você não é frágil, Lavínia. Pelo contrário! É uma mulher segura, forte, que pode ter o que quiser. Você não é igual aos outros e não precisa ser igual a mais ninguém. Não aceite menos, porque você merece mais, e não há nada, absolutamente nada que possa impedi-la de ter tudo. Você pode ser o que quiser: arquiteta, contadora de histórias, atriz, escritora, tudo, desde que queira, mas queira por si mesma! E quando descobrir como é se sentir livre, jamais permita que prendam de novo seus pés, mesmo que seja na realidade. Toda a obrigação que você tem na vida, a única que de fato importa, é a de ser feliz. E você será, assim que permitir que a lagarta sofra a sua metamorfose e vire uma verdadeira borboleta.

Respirei fundo pra conter a emoção e finalizei:

— Acho que também diria que ela tem o direito de ser feliz e que é bom ser feliz! Que a vida lhe deu uma segunda chance de estar viva e que ela não pode jogar isso fora, agindo como se fosse algo pequeno e sem importância. Ninguém renasce só pra sobreviver. Eu lhe diria: "Voe sem medo, sem se prender por fulano ou sicrano, porque você é livre. Porque você ama ser livre. E esteja onde estiver, a Alice estará olhando por você, exatamente do jeito como sempre olhou."

A Olga enxuga algumas lágrimas que escorrem de seu rosto e me abraça com força, da maneira como só se faz com alguém com quem se tem muita amizade. Ficamos abraçadas por certo tempo e eu choro com ela — de alívio, por ter conseguido pôr pra fora tudo aquilo que estava engasgado. E ela chora também, como se reconhecesse em minhas palavras a menina que ela foi um dia.

— Você está pronta pra ir atrás dos seus sonhos — ela diz, se desvencilhando dos meus braços.

— Agora, sim — respondo, orgulhosa de mim.

— Eu sabia que você ia conseguir.

— Faltava descobrir o que me faria acordar todos os dias sorrindo.

— E você descobriu. E sem a ajuda de ninguém!

— Não — retruco. — Fui ajudada por pessoas muito especiais. As suas palavras, Olga, o apoio e a coragem do Cauê, a dedicação dos meus amigos, de todos eles, foram fundamentais. Consegui ver tudo isso porque o destino colocou no meu caminho as pessoas certas pra me ajudar a curar todas as feridas que andavam fazendo com que eu desistisse de mim.

— Não, Lavínia. Você conseguiu porque era a sua hora, porque estava pronta para se libertar de toda aquela carga que estava nas suas costas. Você teria descoberto tudo em qualquer outro lugar. Não foi Búzios, nem eu, nem o Cauê, nem a sua amiga engraçada. Foi você mesma!

— Pode ser. — Não sei se concordo ou não. — Mas foi importante ter vocês comigo e poder dividir isso com vocês. E mais ainda, foi imprescindível o suporte que me deram. Fazia muito tempo que eu não lembrava o quão bom é poder ser eu mesma.

A Olga não responde, apenas olha pra baixo encarando a caixinha preta de presente em suas mãos. Ela acaricia a sua superfície como se estivesse fazendo carinho em uma pessoa, e então me fita, séria.

— Aqui dentro tem algo muito importante pra mim. Pouco antes de vir morar aqui, quando eu ainda era jovem, conheci uma senhora numa loja de roupas indianas. Você deve ter notado o quanto gosto desse estilo, não é?

Aceno que sim com a cabeça, e ela prossegue:

— Certo dia, eu estava cheia de problemas e decidi não levar nada de lá. Antes que saísse, porém, a senhora me segurou pelo braço e pediu que eu esperasse um instante. Um tempo depois, ela voltou com isto nas mãos e me disse o seguinte: "Daqui a alguns dias, e o momento exato só você mesma poderá determinar, tudo no seu caminho mudará. Você sabe do que estou falando. E como sei que precisará de proteção, quero que leve isto, mantenha com você aonde quer que vá e tenha certeza de que nada de ruim que cruzar o seu caminho conseguirá te atingir." Dias depois, me mudei pra Búzios, e desde então jamais me separei dele. Agora é seu.

Abro a caixa antes de agradecer ou fazer alguma das perguntas que beiram os meus lábios e observo a pedra preta de formato irregular ali dentro. Sempre gostei dessas coisas, mas nunca entendi nada a respeito. Como se percebesse isso, a Olga continua a falar.

— É uma turmalina negra, a pedra da proteção. Ela vai transformar tudo que houver de negativo em seu caminho em coisas positivas. A jornada que você escolheu não é das mais fáceis, Lavínia. Haverá muita gente querendo te ajudar, mas outras tantas lhe apontarão o dedo tentando fazê-la desistir. Eu conquistei o que precisava, alcancei o que tanto buscava, mas você está só no começo e precisará muito dela.

— Não sei o que dizer. — Encaro-a, emocionada. — Muito obrigada! Mas, nossa! Isso é tão especial, acho que nunca ganhei nada que tivesse um significado tão forte...

A Olga põe a mão no meu ombro.

— É uma pedra linda, não é?

— Nunca vi nada igual.

— Guarde-a em um lugar seguro, Lavínia, mantenha-a próxima e não se esqueça de que ela é só uma proteção. A mágica que faz a vida dar certo só depende de você.

— Eu não vou me esquecer nunca. Juro!

Ajeito a cabeça no ombro do Cauê enquanto o ônibus nos leva até o aeroporto do Rio de Janeiro. A cidade vai passando pela janela e eu vou me despedindo de tudo o que deixo ali. Sinto algumas lágrimas subirem aos olhos e permito que elas escorram em silêncio, de pouquinho em pouquinho. Não prendo mais nada em mim. Quando me dou conta, já estou chorando sem que ninguém mais perceba, mas não é um choro de tristeza, é de alívio! Choro porque não há mais nada ocupando espaços desnecessários dentro do meu peito. Não há mais medo, nem tristeza, nem cansaço, nem culpa. Choro porque durante todo este percurso eu pensei uma centena de vezes em voltar atrás e desistir de tudo, cogitei passar uma borracha nas mudanças e deixar tudo do jeito que estava — mas fui maior que a minha insegurança, fui maior que qualquer outra coisa que me prendia ao passado, e consegui vencer todos os desafios que precisava. É só o começo, eu sei, mas posso dizer com certa convicção que me saí muito bem na primeira fase.

— No que está pensando? — o Cauê pergunta, me observando.

— Em tudo. No dia em que cheguei aqui, no tempo que passou desde lá, na minha infância com a minha irmã. — Respiro fundo. — Acho que eu queria que ela estivesse aqui pra me ver agora. Não sei se a Alice acreditaria que sou capaz de ser tão forte, de lutar pelos meus sonhos e de não ter medo de quebrar a cara.

— Talvez ela esteja aqui agora.

— Talvez... — Sorrio pra ele. — E você, no que está pensando?

— Na gente.

— É?

— É.

— E o que é que você tá pensando sobre a gente?

— Que você também me fez esquecer do meu medo.

— Qual era mesmo o seu medo?

— Perder o controle.

— Ah... — Fico meio decepcionada. — É disso que você está falando?

— Esperava outra coisa?

— Não, é só que...

— Eu sei.

— Sabe?

— Sei.

— Então?

— Sim... E o de amar também.

Olho pra ele sem responder nada e o beijo, tentando fixar o máximo possível do seu gosto em mim. Em poucas horas o Cauê entrará em um avião pra outro continente e eu voltarei pra casa antes de embarcar numa trilha por diversas cidades do Brasil. Por alguns instantes tenho vontade de que tudo dê errado só pra que a gente dê certo.

— Sentirei tanto a sua falta! — ele diz. — Vou sentir sua falta pra cacete!

— O que vai ser da gente agora?

— Não sei. O que você acha?

— Também não sei...

— Não dá pra sabermos, ainda que queiramos. E a gente quer porque, no fundo, todo o mundo sempre quer entender o que vai acontecer, mas a única certeza que tenho é de que te amo. Te amo muito. Pode parecer cedo demais para eu estar dizendo isso, mas e daí? Eu te amo. Vivi os melhores trinta e um dias da minha vida ao seu lado e viveria todos os outros, mas agora não vai dar pra gente, não é? É uma merda, eu sei. Mas não me importo. Afinal, nós vamos pra longe um do outro. Será difícil não beijar a sua boca e não ter o seu corpo pra tocar, nem as suas histórias pra ouvir ou a sua risada pra embalar os meus fins de tarde. Porém, ainda terei todas as recordações do que nós vivemos aqui e, se for só isso o que tínhamos pra ser, eu me dou por satisfeito e fico feliz. Se em algum momento tivermos de nos cruzar de novo, eu realmente vou adorar. Espero que aconteça, espero mesmo. E é isso; se tiver de

SE TIVER DE SER, VAI SER. O DESTINO, O ACASO, O UNIVERSO, DARÁ UM JEITO DE NOS COLOCAR, DE NOVO, UM NO CAMINHO DO OUTRO.

ser, será. O destino, o acaso, o universo, sei lá, alguma coisa vai dar um jeito de nos colocar de novo um no caminho do outro.

— Ainda que você resolva ficar na Austrália, acabe encontrando uma namorada mais bonita, case com ela e tenha filhos que vão surfar antes até de sair da barriga?

— Mesmo que você viaje pelo mundo e se apaixone por um cara de cada país, passe anos fora e se esqueça do som da minha risada. Se for pra ser, nós vamos ser.

— Tudo bem. E quer saber? Talvez a gente até já seja!

Volto a deitar a cabeça no ombro dele, que se ajeita ao redor do meu corpo. Do lado de fora já escureceu, e agora começo a sentir as minhas pálpebras se fecharem e não tento resistir.

Uma certeza gigante invade o meu coração e ela é responsável por eu me manter forte diante dessa despedida: as coisas não acabam por aqui, eu só dei o *start*. Em tudo.

Agora estou me mantendo viva de verdade.

PLAYLIST DA (NOVA) LAVÍNIA

01 – Seafret – *Oceans*
02 – The Lumineers – *Morning song*
03 – Kodaline – *High Hopes*
04 – One Direction – *Steal my girl*
05 – Jasmine Thompson – *Rather Be*
06 – George Ezra – *Budapest*
07 – Jonh Mayer – *Dear Marie*
08 – Anavitória – *Agora eu quero ir*
09 – Coldplay – *Magic*
10 – Coldplay – *True love*
11 – Mallu Magalhães – *Olha só moreno*
12 – Sleeping at last – *Chasing Cars*
13 – Anitta – *Deixa a onda te levar*
14 – Passenger – *Let her go*
15 – Howie Day – *Collide*

FEVEREIRO
PÔR DO SOL

Thais Wandrofski

Abro os olhos e me deparo com o meu próprio reflexo. Aliás, com três versões do que seria o meu reflexo. O primeiro, na mesinha ao lado da cama, é de uma foto **minha** com quinze anos, tirada há quase três, quando achei que seria uma ideia brilhante — literalmente — usar todo aquele *glitter* na maquiagem para a minha grande noite de debutante. Minha próxima visão é mais realista e atual. Eu me olho no espelho redondo e gasto que fica sobre a penteadeira, e digamos que essa não seja a minha imagem mais encantadora. Meu cabelo está preso em um nó no alto da cabeça, meus olhos estão inchados pela noite maldormida e minhas bochechas, vermelhas, como sempre ficam durante o sono. E, enfim, chego à terceira e mais incrível cópia de mim mesma: meu eu do "futuro", minha irmã gêmea três minutos mais velha e, como ninguém deixa de notar, exatamente igual a mim. Ou eu seria igual a ela?

Mas nós duas sabemos o quanto somos diferentes. Pertinho da sua sobrancelha direita, a Stela tem uma pequena mancha clara que lembra o formato de um coração. Eu tenho os dentes um tanto serrilhados. Enquanto ela sempre sorri com os olhos, eu sorrio apenas com os lábios. Os joelhos dela são pontudos, os meus se parecem com rostinhos de bebês. Bem, poderíamos listar uma infinidade de pequenos detalhes que nos diferenciam na aparência, pois esse era um dos nossos passatempos preferidos na infância, como se fosse mais um daqueles jogos dos sete erros.

Sei que ainda é muito cedo, porque meus olhos lutam para se manter abertos, mas também porque a luz laranja e forte ainda não entrou pela fresta da cortina. Acordei com o barulho das teclas do celular da Stela, assim como nas outras cinco vezes durante a noite. Nem precisaria conhecer minha irmã melhor do que a mim mesma pra saber que aqueles olhos caídos expressam mais do que uma noite sem dormir. Ela deve estar numa daquelas longas e chatíssimas discussões com o namorado, um cara totalmente pé no saco. Mas o que eu quero mesmo é voltar para o sonho no qual eu fugia de um gorila pelas ruas da cidade, descalça e vestida com uma capa de chuva transparente, me preocupando em não deixar as peras caírem da minha bolsa. No entanto, em vez disso, faço um barulho pra que Stela repare que estou acordada e olhe pra mim.

— Ei! — ela diz com uma falsa expressão animada.

— Bom dia. — Minha voz sai falhada, o que deve acrescentar bons pontos à minha costumeira aparência matinal assustadora. — Tá acordada tem muito tempo?

— É, um pouquinho. — E eu sei que ela só está omitindo o fato de que ainda nem dormiu.

Bem, o nome da minha irmã vocês já sabem. Quer dizer, mais ou menos, né? Stela é como todos a chamam, mas seu nome mesmo é Maristela. A propósito, já parou pra pensar na estranha obsessão dos pais de gêmeos em combinar os nomes dos filhos, como se não bastasse todo o resto ser igual ou pelo menos muito parecido? Pois é, não consegui escapar desse clichê. Prazer, eu sou a Marisol. Sim, "estrela" e "sol" — eis a ideia genial dos nossos pais...

A Stela já voltou a atenção de novo para o celular, então aproveito e faço o mesmo: pego o meu que está na mesinha, ao lado da tal foto, e vejo minhas redes sociais. Tudo incrivelmente... normal.

Ao voltar para a tela inicial, meus olhos se dirigem para a data. Como foi que eu deixei as coisas chegarem a esse ponto? Hoje é dia 1º de fevereiro, o que significa que é o último mês de férias. Passei os últimos meses só pensando em como seria na faculdade, pesquisando cursos extras, estudando a profissão que quero seguir. No que diz respeito ao meu futuro acadêmico e profissional, tenho tudo muito bem planejado. Mas e as férias? Preciso organizar meus próximos dias, senão acabarei não fazendo nada!

Nosso gatinho preto, o Sirius, dorme preguiçosamente enrolado nos meus pés. Sinto-me uma pessoa terrível por tirá-lo de seu conforto, mas me levanto, apanho um bloquinho da escrivaninha e, no início da página, escrevo: "O que fazer nas férias?" Passo um bom tempo listando vários lugares legais e programas que gostaria de fazer até ter uma lista considerável em mãos. Como as folhas daquele bloco são pequenas demais, troco por um caderno sem pautas, onde desenho uma grande planilha organizada por datas e dias da semana. Montado o meu calendário, agora só preciso distribuir as atividades a cada dia. E essa é a parte mais complicada, porque tenho de fazer com que tudo se encaixe da melhor forma possível.

Para quem quer fazer suas férias render, posso dizer que comecei mal. Essa tarefa que parece tão simples levou minha manhã toda. Porém, meu roteiro de férias está pronto.

Tempo gasto com planejamento nunca é perdido. Se você quer que seus planos deem certo, planeje!

Outra coisa muito importante: comece a pôr em ação agora! Sim, meus planos se iniciam hoje mesmo, então preciso acelerar as coisas se quiser cumprir a programação.

Acordo a Stela, que pretendia passar o resto da tarde dormindo. Por uns segundos hesitei em fazê-lo. Sinto muito que sua noite tenha sido uma cansativa troca de mensagens pelo celular. Mas então pondero e… bem, na verdade, não sinto muito, não sinto nada, a culpa é dela mesma por estar nessa situação, portanto…

— Stela, vamos logo, levanta dessa cama!

— Sooool, só mais um pouquinho… Já levanto.

— Nada disso, tenho que sair, e você vem comigo! — digo, puxando o lençol fino que cobre suas pernas.

— Você não fez quase nada durante as férias, por que essa pressa agora?

— Justamente por isso! Já tive o tempo que precisava para organizar minha *vida*, agora preciso organizar minhas *férias*.

Estou no sentido contrário ao da Stela, que já curtiu bastante os seus dias livres e tem menos planos do que fará a seguir. Juro que tentei colocar algum juízo na cabeça dela, mas minha irmã só consegue ver o presente. Para ela, o futuro que venha como quiser.

*

Estamos no ônibus, indo em direção à minha primeira parada: o centro da cidade. Adoro o clima *vintage* por lá, toda aquela história, os museus, a arquitetura antiga em meio aos toques modernos. É um lugar onde se pode descobrir beleza escondida em cada canto e vive repleto de atividades cultu-rais. Agora está tarde, então não dá pra aproveitar muito, mas já é um começo.

Nessa correria, só agora me lembro de ligar para Bia, minha melhor amiga. Sei que está bem em cima da hora, mas beleza, pensamento positivo: vai dar tudo certo.

— Bia? Tô indo pro centro com a Stela. Quer encontrar a gente lá?

— Mas agora?

— Claro! Tá na hora de agitar um pouco, não acha?

— É, talvez… Mas, Sol, daqui a pouco vou ter de encontrar minha mãe no mercado, então nem vai dar.

— Ah, Bia, liga pra ela e marca pra outro dia! Ou fala pra ela ir sozinha, não é uma tarefa tão complicada!

— Mas…

— Olha, vou te esperar na frente do Teatro Municipal, ok? Me avisa quando estiver saindo de casa.

Há uma pausa antes da sua resposta, como se ela tivesse de convencer a si mesma a desmarcar tudo com a sua mãe.

— Por que você não me espera pra irmos juntas, então?

— Esqueci de te avisar antes, agora já estou no caminho.

— Tá bom, Sol, te encontro lá.

Como sei que ela vai demorar, vou com a Stela até uma cafeteria. Pedi-mos bebidas geladas e nos sentamos em grandes poltronas macias, aprovei-tando o ar-condicionado e o Wi-Fi.

Para quem praticamente não dormiu, minha irmã se mostra bem ani-mada. Aliás, esse é seu estado normal. A Stela é dessas que não param de falar, que gostam de andar depressa e ficam saltitando quando se sentem muito felizes. O humor dela é contagiante e tem sempre um sorriso enorme e boas histórias pra contar. Há pouco, minha irmã comentava comigo sobre a tarde de ontem, quando ela saiu com o Felipe, o namorado.

— Sério, você precisava ver a cara do Felipe quando todo o meu suco derramou na camisa dele. — Ela ri tão alto que atrai os olhares das pessoas à nossa volta.

— Nossa, se fosse comigo eu ia ficar muito puta!

— E ele ficou puto! Mas foi engraçado, porque comecei a limpar com guardanapos e eles se desfaziam e grudavam no tecido. Ficava cada vez pior, mas eu ria tanto que o Felipe começou a rir também.

— Vocês não podem ser normais! — Dou risada da sua forma espontânea e divertida de narrar tudo aquilo.

— E você não vai acreditar: depois, o suco dele caiu em mim!

Não é possível que, conhecendo o namorado, a Stela não tenha percebido que isso não foi um acidente. Sério, minha irmã parece que veio de outro planeta!

— Jura? E aí? — Cansei de contrariá-la; se ela quer acreditar nisso, que assim seja.

— Comecei a me limpar também, mas a minha blusa ficou supercolada no corpo e o Felipe cismou que os meninos da outra mesa estavam me olhando e tal, aí a gente teve que ir embora... — Aquele sorriso enorme dá lugar a uma versão bem menor e seus olhos se voltam para o chão.

Ela continua narrando, com menos empolgação, a conversa que tiveram — sobre como o Felipe ficara louco de ciúme, sobre como discutiram até de madrugada. Confesso que ouço em partes, murmurando alguns "aham", "nossa", "sei"... Mas é que realmente o jogo na tela do meu celular está bem mais interessante do que essa conversa sem fim e repetitiva. Agradeço aos céus quando finalmente chega a hora de encontrar a Bia e mudar de assunto.

Ao chegarmos, a Bia nem parece chateada comigo. Ela está lá, toda doce e meiga como sempre. Isso é algo que amo na Bia: ela não fica irritada por bobagens, nem leva tudo pro lado pessoal. Também adoro o fato de estar sempre ao meu lado, mesmo em situações como a de hoje, em que precisa largar tudo quando eu a chamo.

✱

Durante a tarde visitamos o teatro e andamos muito pelo centro da cidade. Enquanto a Stela tirava *selfies* e conversava com a Bia, eu fotografava os prédios históricos, o céu azul com poucas nuvens, as bandeiras tremulando ao menor sinal de vento.

Antes de o sol se pôr e as lojas começarem a baixar as portas, a minha irmã nos convence a passar em uma loja, porque, segundo a Stela, ela *precisa* comprar um pisca-pisca. O centro do Rio de Janeiro é o lugar onde você encontra qualquer tipo de coisa, mesmo fora de época. Então, como a loja fica mais ou menos no caminho e não vai alterar muito os meus planos para o resto do dia, seguimos atrás das benditas luzinhas.

— Pra que você *precisa* disso mesmo? — a Bia pergunta, debochando do desejo súbito da minha irmã.

— É que o que fica na cabeceira da minha cama já está com algumas luzinhas queimadas.

Minha irmã adora decorar tudo com pisca-piscas. Eu também acho legal, mas confesso que é por outro motivo: gosto de sempre ter um fundo de pontos brilhantes desfocados nas fotos que faço no quarto.

Quando chegamos à loja, encontramos uma variedade bem grande de modelos e cores, o que nos deixa indecisas. Para ajudar, a Bia busca na internet por referências de decoração para cada modelo, até que conseguimos nos decidir por um com bolinhas brancas ao redor das luzes. A Stela insiste que ficaria mais legal se as duas camas tivessem suas cabeceiras decoradas. Aí, acabo comprando um também. Pra completar, adquirimos uma pequena árvore de galhos secos, com flores de luzinhas nas pontas. Essa é para colocar na mesa, ao lado do nosso computador.

Para encerrar o dia, vamos para os Arcos da Lapa, onde tem sempre muita gente, música alta e muitos estrangeiros. Por conta disso, temos uma brincadeira que nunca perde a graça: gostamos de fingir que somos de outro país e criamos um idioma cheio de palavras inventadas. Falamos sem realmente dizer coisa alguma, gesticulamos demais e rimos quando achamos conveniente. É bem divertido ver os outros nos olhando, confusos, tentando decifrar que língua é aquela.

Tudo está bem legal, até que o celular da minha irmã começa a tocar. Ela faz um gesto com a mão e se afasta para falar com o namorado. Quando termina, diz o óbvio: que tem que voltar pra casa, pois vai encontrar com o Felipe.

— Nossa, ele está uma fera! Tá me ligando há mais de uma hora, mas com todo esse barulho das ruas eu nem ouvi... Bom, vocês voltam comigo?

Penso em dizer que vamos ficar mais um pouco, mas a Bia já está concordando e se ajeitando pra partir. Tudo bem, a Lapa era nosso último destino do dia mesmo; a única diferença é que vamos embora mais cedo.

No caminho de volta, a Stela vai trocando mensagens com o namorado, e eu aproveito para contar à Bia sobre a lista que fiz hoje e com os planos para os próximos dias. Ela segura o celular e não posso deixar de notar quando recebe uma notificação da Carol:

Ei, ainda está com a Senhora Controladora?

Espera — ela está falando de mim? O choque daquele apelido é tão grande que eu meio que perco as palavras. A Bia, ao ver a mensagem na tela bloqueada, rapidamente guarda o celular e se levanta de um salto. O ônibus já está chegando ao ponto dela. Fico ali, sem saber o que pensar. A Carol, na certa, se referia a outra pessoa. A mãe da Bia, por exemplo. É, não deve ser nada comigo...

*

Ao planejar meu dia não imaginei que ele terminaria assim, antes da hora e comigo sentada na sala na companhia dos meus pais e do meu irmão mais novo, assistindo à TV com várias fatias de pizza à nossa frente. Sério, essas são algumas das pessoas que eu mais amo, mas não sei como eles aguentam fazer essas coisas todos os dias; é tão... entediante. Mas pra eles parece natural e espontâneo, como se fizessem isso porque gostam, e não porque, assim como eu, não têm mais o que fazer. Será que é uma característica das pessoas novas demais ou velhas demais?

Acordo com a mesma sensação de tédio com a qual fui dormir, e pior — um pouco decepcionada. Por mais que eu seja uma pessoa organizada, que faz tudo com planejamento, nem sempre as coisas saem como quero, e isso tem a capacidade de ferrar com meu ânimo. Acho incrível como, às vezes, os outros não percebem como os seus atos interferem diretamente na vida dos demais ao seu redor. Tipo ontem, quando a Bia estava na dúvida sobre desmarcar as compras com a mãe para sair com a gente. Ou quando a Stela deixou que o namorado encerrasse a nossa noite mais cedo. Ou como agora, quando ela ainda dorme em vez de acordar para explorar a programação de hoje. Sei lá, parece que ninguém se importa. Eu só quero que tudo saia como o planejado. Seria tão mais fácil se tudo dependesse só de mim...

Pego o celular antes de me levantar e vejo que ontem à noite recebi algumas mensagens da Bia:

> Sooooool! Preciso MUITO falar com você. Tá acordada?
> Por favor, diz que sim!
> Diz que ainda não foi dormir! Diz que você tá aí!
> Não dá pra esperar, tenho de ter pelo menos a sensação de que estou te contando isso... Segura essa bomba: acho que meus pais vão se separar! Hoje, quando cheguei, tava a maior gritaria aqui. Minha mãe saiu batendo as portas, meu pai se trancou no quarto... Ouvi tudo, fingindo que nada estava acontecendo, mas, na real, eu tava e ainda tô apavorada!

No momento em que abro e leio as palavras, escritas meio embaralha-das, sinto uma confusão dentro de mim. Imagino que a Bia esteja só fazendo um drama. Todos os pais brigam às vezes, certo? Os dela parecem um casal perfeito. Sempre os vi sendo gentis um com o outro, alegres e tudo o mais. Essa história não faz muito sentido.

Independente do que isso seja, acho que a Bia deve estar esperando uma ligação minha. Ela atende logo nos primeiros toques.

— Caramba, até que enfim! Viu minhas mensagens?

— Vi, mas nem sei o que dizer... Como você está? O que houve? Quer que eu vá pra sua casa?

— Chocada. Não sei. Acho melhor não. — Depois de um suspiro, com-pleta: — Mas, nossa, ainda não entendi nada. Antes estava tudo bem e, de repente, isso. O pior é que agora tá o maior climão aqui em casa e meu pai dormiu na sala...

Como ela mesma disse "antes estava tudo bem", então não deve ser nada de mais.

— Estou tão surpresa quanto você. Quer vir aqui em casa pra conversar melhor?

— Ai, Sol, não sei se é o melhor agora. Desculpa por estar estragando tudo, mas você vai ficar chateada comigo se remarcarmos as coisas de hoje pra outro dia? Podemos continuar com a sua programação amanhã e...

"É claro que vou ficar chateada! Por favor, a Bia precisa ser mais realista. Isso não vai dar em nada e, mesmo que seja algo mais sério, no que ficar tran-cada em casa poderia ajudar?"

— Ah, deixa pra lá, amanhã a gente se vê.

— Sol, eu...

— Sem problemas, Bia, depois a gente se fala. Tenho umas coisas pra ver agora.

E tenho mesmo. Meu dia está cheio de afazeres e não vai ser uma briga de casal que irá me atrapalhar. Mal começamos a cumprir minha lista de metas e sinto que tudo já se encaminha para o fracasso. Vou seguir com o meu dia e posso apostar que será tão bom quanto se a Bia estivesse aqui. Posso fazer o meu próprio dia perfeito!

Aproveito que está bem cedo e começo a me arrumar pra correr. Algo que amo é estar em movimento, acordar cedo. Isto faz com que me sinta mais viva! Durante as aulas, eu não podia fazer isso logo pela manhã, mas agora que estou de férias essa tem sido minha rotina de quase todos os dias.

Ainda é estranho parar e pensar que tanta coisa ficou pra trás, que as festas de fim de ano levaram todos os colegas que dividiram manhãs ao meu lado desde que éramos crianças. Agora terei de conhecer gente nova e sei que na faculdade tudo será diferente. Esse é o meu futuro, não mais uma aula de matemática no colégio. O peso da responsabilidade de escrever meu destino a cada dia já é bem difícil, mas não pretendo aliviá-lo. Se seguir todo o roteiro que já tracei, as chances de que tudo dê certo são grandes.

Termino de amarrar os cadarços e disperso todos os pensamentos. O dia está claro e o sol, forte, embora eu saiba que ainda tem muito o que esquentar. Estamos no Rio de Janeiro e aqui o verão não brinca em serviço.

Começo a correr mesmo antes de chegar ao calçadão. É engraçado pensar que ao mesmo tempo em que odeio praia, eu a amo com a mesma intensidade.

COISAS QUE DETESTO NA PRAIA

- Ficar parada embaixo do sol.
- O vento, que bagunça meu cabelo criando mil nós.
- O sol, que arde e queima, mesmo com uma grossa camada de protetor solar.
- A areia, que gruda em todo o corpo e só sai depois de um banho demorado.
- O sal, que resseca meus lábios e me deixa com uma sensação pegajosa.

COISAS QUE ADORO NA PRAIA

- A natureza, que me abraça explorando cada um dos meus sentidos.
- O vento, que bagunça meu cabelo criando mil nós.
- O sol, que ilumina os dias e faz tudo parecer mais alegre e vivo.
- A areia, que pode ser fofa ou dura, mas é sempre mais suave, quando a comparo com o calçadão.
- A sensação de que nada mais importa se você puder sentar em uma pedra isolada, fechar os olhos e ficar a sós com o barulho do mar.

Ainda é cedo, mas, ao lado do som das ondas quebrando no mar, escuto a cidade, o trânsito, as pessoas. É aí que coloco os meus fones de ouvido e começo a ouvir a *playlist* que a Stela montou pra mim como pedido de desculpas ao descobrir que sua cama era mais interessante do que essas manhãs suadas ao meu lado. São quinze músicas aleatórias e que não fazem sentindo como conjunto, mas eu amo de paixão cada uma delas. Quando a primeira da lista começa a tocar, sorrio, porque sei que a Stela colocou ali como uma brincadeira. Não é uma música atual nem nada, mas a gente curte... Então acelero o ritmo ao som de *Eye of the Tiger*, do Survivor, e deixo que meus pés me levem, sem destino.

*

Percebo que o tempo voou quando constato que já corri por mais de uma hora. Antes de voltar pra casa, me sento à sombra de um quiosque na beira da praia para beber um pouco d'água. É quando vejo meu celular vibrar indicando a chegada de uma mensagem.

AH! QUAL É? QUEM AINDA USA SMS HOJE EM DIA?

> Eu queria tanto que você não fugisse de mim...
> Mas se fosse eu,
> Eu fugia.

Claro, é engano. Coitada dessa pessoa, sofrendo por amor, mandando mensagem com trecho de música e ainda por cima errando o número. Se ela (ele?) soubesse que o alvo dessa cafonice não vai nem ler suas palavras... Mas sabe o que tem de bom nessa situação? Nada disso é problema meu!

De qualquer forma, agora preciso ir, se não quiser que o meu dia se enrole por completo. Planejei ir ao cinema de tarde. Sozinha. No fim das contas, a falta de companhia até cairá bem. Todos sempre acham estranho que eu vá ao cinema sozinha, mas eu adoro! Nada melhor do que sentar na escuridão daquelas salas e assistir a um filme, que só você quis assistir e, em silêncio, ir deixando todos os acontecimentos penetrarem na sua mente. E, eu gosto ainda mais dessa experiência, quando o filme se revela maravilhoso.

O que não é o caso hoje. Não tem nada muito bom em cartaz. Na verdade, nada a que eu queira assistir. Já vi metade daqueles filmes e a outra metade definitivamente não faz meu estilo.

Eu deveria ter checado a programação do cinema antes de montar minha "lista de coisas a fazer antes que as férias terminem". Mas como me esqueci desse pequeno detalhe, terei que pagar por isso vendo um filme qualquer. Espero que no final das contas não seja tão chato.

*

O dia já está chegando ao fim, eu já estou confortável na minha cama, mas um pensamento insistente ainda me incomoda... Que mensagem doida aquela que chegou no meu celular! Acho que eu deveria responder avisando que foi engano, né?

> Oi!
> Sinto muito, mas parece que você errou o número.

Depois dessa, mereço ir direto pro céu das almas bondosas que ajudam desconhecidos perdidos. Agora sim posso encerrar meu dia com a sensação de que todas as missões foram cumpridas.

Mas minha calmaria logo é interrompida por mais uma notificação que chega ao celular. Vejo que é o mesmo número desconhecido e deslizo o dedo na tela para ler a nova mensagem.

> Ah, valeu por avisar!
> Você vai direto para o céu das boas pessoas, aquelas que ajudam quem erra os números etc.

Ok, não imaginei que receberia uma resposta; pra mim o assunto já estava encerrado. Mas não posso passar batido pela coincidência: aquele ser usou as mesmas palavras que uso como referência quando coisas assim acontecem. Começo a ficar intrigada. Será que a pessoa me conhece? Antes de pensar muito a respeito, já estou digitando novamente:

> E por acaso há também o céu das pessoas ruins?

> Não dizem que o inferno é aqui na Terra?

> Até onde sei, há pessoas boas e ruins aqui, então por que não pode haver um céu para as pessoas boas e outro para as ruins também?

Com essa resposta, as coisas ficam ainda mais entranhas. Esse indivíduo só queria mandar uma mensagem e então errou o número. Resolvi ser uma boa menina e avisar que o número estava errado. Agora estou falando com um estranho sobre o céu e o inferno e as pessoas boas e ruins.

> Por mais que eu odeie concordar com um estranho, pode ser que isso faça algum sentido.
> O que não faz muito sentido é essa nossa conversa, mas ok...

> Para quem está destinado a ir para o céu das boas pessoas, até que você parece bem desconfortável por trocar algumas palavras com alguém desconhecido.
> Qual é o seu nome, pseudopessoaboa?

Se meus pais estivessem lendo essa conversa agora, na certa me mandariam apagar todas as mensagens e bloquear o cara. Mas — hahahaha! — eles não estão! E eu é que não vou deixar alguém que nem conheço me chamar de pseudopessoaboa!

> E para quem estava errando números por aí, até que você me parece bem cheio de si.
> Meu nome é S

Droga! Sabe quando mesmo sem ter culpa no cartório você quer esconder o que está fazendo por algum motivo sem justificativa? A Stela entra no quarto quando estou digitando meu nome e, sem querer, aperto para enviar, na pressa de fingir que tudo está normal por aqui.

> Hmmm...
> Olha só o que temos aqui: um ser respondão e misterioso.
> Prazer, S, eu me chamo T.

HAHAHAHA, não acredito que meu erro soou como alguma tentativa ridícula de fazer mistério! E o pior: o ser seguiu meus passos e fez o mesmo jogo. Será que é um garoto ou uma garota? Deve ser uma garota — meninos não têm tanta paciência para papo-furado assim. De qualquer forma, já que estamos aqui, vamos continuar:

> Olá, T, legal o seu nome!
> Como você sabe de tudo, espero que já tenha conseguido encontrar o número certo. ;)

As respostas chegam cada vez mais rápido e a cada vez fica mais difícil sair dessa situação.

> Ah, já consegui, sim! Na verdade, antes mesmo de você me avisar sobre o engano.
> Mas obrigado, você vai pro céu das pessoas boas mesmo assim.

Se o T já sabia do engano entre os números, por que foi levando isso adiante? Nada faz sentido aqui. E... AHÁ! É um menino, disse "obrigado", com "o" no final! Mistério solucionado.

> Então, ser uma pessoa boa, neste caso, foi meio inútil...

> É, talvez tenha sido meio inútil mesmo.
> Brincadeira! Hahaha!
> Mas pelo menos agora eu conheço alguém com um nome que, assim como o meu, tem uma letra só. : D

> Estamos à frente da humanidade...
> Sabe como é, hoje em dia, nomes maiores estão meio que fora de moda!

Continuamos com essas mensagens aleatórias e, sem dúvida alguma, imprestáveis, por um tempo que me parece longo demais. Percebo isso depois, porque apago sem me despedir nem nada e adormeço sem sequer notar.

Acordo no meio da noite com a sensação de que algo está fora do lugar. Levanto-me apressada ao me dar conta de que nem troquei de roupa antes de dormir. Meu celular cai no chão e então noto o que há de errado. Deixei aquela pessoa quase anônima e desconhecida falando sozinha! Mas então abro minhas mensagens e vejo que talvez eu é que tenha ficado falando sozinha, já que fui a última a enviar mensagem. Tudo bem que era só uma carinha sorrindo e não se deve mandar só *emojis* em uma mensagem, mas... Não gosto de ser a última a falar.

Ei, por que estou me importando com isso? Esse cara não me disse nem seu nome!

Sol, acorda, minha querida!!! Essa pessoa é uma estranha, vocês trocaram algumas mensagens sem propósito e pronto, foi só isso. Você não tem obrigação de se importar em responder o que quer que seja; o mesmo vale para o outro lado.

Mas, poxa, se pelo menos ele tivesse respondido com um *emoji* qualquer, estaríamos empatados e ninguém mais precisaria responder. Era o desfecho perfeito e muito bem-educado para uma conversa que nem deveria ter começado.

Quando me viro para ir ao banheiro e tentar arrumar a confusão da minha mente, vejo que Stela está iluminada pela luz do seu celular, os olhos fixos.

— Ei! — Estalo os dedos para chamar sua atenção.

Minha irmã desperta como se eu fosse uma grande novidade na sua frente.

— O que deu em você? Nem trocou de roupa pra dormir?

— É, peguei no sono sem querer — respondo tentando não chamar muita atenção.

— Ah, tá...

Ela volta pro próprio mundo e posso chutar com bastante precisão que sei qual o motivo da sua distração. Aliás, *quem*.

Na boa, vou ignorar essa situação mais uma vez. Se ela que é a maior interessada não consegue notar que aquele relacionamento é problemático... Já tentei opinar e fui mal interpretada. Não posso lidar de novo com isso.

Saio do quarto levando meu pijama e percorro todo o roteiro que deveria ter feito horas antes. O Sírius vem atrás de mim, miando baixinho e se esfregando nas minhas pernas. Meu gato é tão fofo que faço uma nota mental para comprar mais brinquedinhos pra ele.

Quando volto, encontro a Stela falando ao celular com o Felipe. Percebo o choro, que ela devia estar contendo há tempos, que com a minha presença surge abafado e cheio de ressentimento.

Já perdi o sono mesmo e, agora, com a Stela em mais uma das suas discussões com o Felipe, será impossível dormir. Volto pela mesma porta pela qual entrei e deito no sofá da sala sentindo o calor que vem daquele tecido pesado. Checo a monotonia das minhas redes sociais e, depois, vencida pelo tédio, reviso aquelas mensagens trocadas mais cedo.

O dia começa a clarear quando meus olhos ficam pesados e eu novamente adormeço na hora errada.

Odeio quando as coisas saem da rota! Não há nada de mal numa rotina. Todos precisam de hora para dormir, acordar, trabalhar, estudar, comer e tudo o mais que os seres humanos têm de fazer no dia a dia. Quando você sai desse roteiro, todas as outras tarefas precisam ser modificadas — ou pior: canceladas.

Acordo por conta do calor insuportável, tento ver a hora no meu celular, mas é claro que a bateria acabou. Vejam só, nem mesmo meu celular conseguiu sobreviver a essa minha irresponsabilidade de perder a rotina.

Quando o conecto ao carregador, espero alguns segundos até a tela se iluminar, mas logo percebo que preferiria não tê-lo ligado. Notificações disparam com barulhinhos irritantes e vejo a quantidade de mensagens e ligações perdidas. Todas da Bia. Será que é algum problema com os pais dela de novo? Abro as mensagens e, com uma pontada de culpa, sinto que preferiria se realmente fosse um problema com os pais, porque dessa vez é comigo! Com tudo o que houve, acabei esquecendo de olhar minha programação pra hoje, mas a Bia não esqueceu do nosso compromisso. Avisei a ela com antecedência — afinal, esse programa pedia um tempinho a mais de planejamento, visto que ela teria de pegar o carro emprestado e tudo o mais.

Hoje era a nossa "viagem de um dia". E, pra ser franca, eu estava bem orgulhosa por colocar isso na minha lista, porque o fiz pela Bia. Estava me sentindo a amiga do ano! Ela ama viajar, sair da cidade, mudar de ares, conhecer lugares novos, mesmo que só por um dia. No mês passado a Bia ficou bem chateada porque não pôde ir comigo pra Búzios para encontrar uma das minhas amigas de infância, a Lavínia, mas sei que a Bia gostaria muito de ter ido também. A viagem foi ótima. Amei sair um pouco de mim, me desligar de tantas preocupações. Voltei pro Rio cheia de histórias e boas lembranças. Bia amou saber das ideias que eu e o Cauê tivemos para ajudar a Lavínia. Disse até que estava orgulhosa de mim. Risos. Por isso, decidi que ela merecia ter essa sensação pelo menos uma vez antes de ser sugada por toda a correria que a vida acadêmica traria novamente.

E hoje, com a mesma facilidade com que incluí uma viagem no nosso roteiro de fim de férias, consegui estragar tudo.

Sei que amanhã a Bia irá visitar os primos; ela vem falando disso há dias, está ansiosa, já que eles nunca conseguem combinar a data perfeita para todos, mas... E a nossa viagem? Não poderia ser amanhã? Ela ainda pode remarcar com os primos pra outro dia. Estou mais animada com a certeza de que os planos de hoje passarão para amanhã, então tudo estará resolvido e perdoado. Digito rapidamente e envio.

> Biaaa, me desculpa!!!
> Não consegui dormir direito à noite, aí acabei perdendo a hora e todos os nossos compromissos do dia! =/
> Vamos amanhã? Por favor, diz que sim!!!

Ela está on-line e já visualizou minha mensagem, só que está demorando tanto para digitar... Por um momento fico apreensiva, com medo de que esteja chateada comigo ou que vá negar a minha ideia, mas logo ouço um toque indicando sua resposta.

> Tá bom, Sol...
> Passo aí às sete.
> Bjs.

Nossa, ela poderia ter ficado mais animada, né? Acho que consegui arrumar as coisas e me redimir pelo erro de hoje, mas sei lá, ainda me sinto meio culpada.

> Eeei, espera, Bia!
> Por que você não passa à tarde aqui em casa?

Mais uma vez aquela demora em responder...

> Tá bom, já já chego aí.

Bom, como o dia de hoje foi por água à baixo, tento pensar em algo para preencher esse espaço vazio que sobrou. A Bia mora aqui perto, então, antes que eu consiga me reorganizar, ela já chega. Parece fofa como sempre e sorri ao me ver à porta. Vamos para a varanda e ficamos ali, sem grandes propósitos, observando as pessoas e os carros na rua lá embaixo.

— Então, vai me dizer o que te fez perder o sono ou não?

— Perder o sono não é bem a expressão correta — digo, tentando ganhar tempo para explicar aquela loucura toda. — Eu dormi, mas na hora errada, por assim dizer.

Sei que estou sendo escorregadia, mas não sei muito bem o que falar.

— Meu Deus! Preparem os guarda-chuvas porque hoje vai cair o mundo! Como assim a Sol-Superorganizada fez alguma coisa na hora errada?

— Para, né, Bia?! Eu não planejei isso! Aconteceu.

— Como assim a Sol-Superorganizada não planejou isso? — Embora suas falas fossem acusatórias, ela as dizia de forma bem-humorada, rindo da situação inusitada.

— Chega, Bia! Eu também sou humana e infelizmente nem tudo sai de acordo com meus planos. Desculpa por não ser a Sol-Superperfeita sempre! — Eu não pretendia soar tão rígida, mas acabei de perceber que tudo está me irritando um pouco.

— Nossa, o que deu em você hoje? Não sei o que é, mas você está bem estranha.

"Por favor, Bia, para de falar! Já sei que estou estranha. Estraguei o nosso dia, dessa vez fui eu mesma que pus tudo a perder. Deixei que um estranho qualquer embolasse toda a minha programação e, por isso, você vai ter que remarcar com seus primos. Mas será que pode não jogar isso na minha cara? Obrigada." Isso é o que a Sol mais explosiva grita dentro da minha cabeça, mas eu simplesmente me controlo e resolvo me distrair com o celular na mão.

— Sol? Acorda! Eu tô falando com você!

Respiro fundo antes de responder:

— Ah, desculpa, eu me distraí e... O que foi?

A Bia já se levanta e está pegando sua bolsa, que deixou na mesinha da varanda. Eu quero mesmo entender o motivo; afinal, ela acabou de chegar.

— O que foi, Sol?! Não foi nada! Aliás, foi tudo! Nossa, cara, você é impressionante mesmo!

Gente, ela está bem irritada e eu me sinto perdida, como se tivesse caído de paraquedas no meio dessa confusão.

— Bia, não tô entendendo...

— Olha, veja só, alguma coisa que a Sol não entende! Presta atenção: eu programei o meu dia inteiro pra você. Você simplesmente me deu o bolo, me chama para vir à sua casa e agora me ignora. Não explica nada, não diz o que houve...

— Aaah, isso é porque me distraí com o celular?

— Não, Sol, isso é porque sei que não admitiria que alguém fizesse o mesmo com você. Mas quando a situação é contrária parece que não tem nenhum problema em brincar com a vida dos outros. Não sei se você lembra, mas ontem eu precisava da minha amiga e ainda preciso... não que isso te importe. Mas você não deu a mínima para o meu problema. Na verdade, praticamente desligou o telefone na minha cara! E hoje me fez acordar cedo e arrumar tudo por uma viagem que não aconteceria. Mas é claro que você não poderia avisar, né?

— Então é tudo porque perdi a hora hoje? É pela viagem?

Eu nunca tinha visto a Bia daquele jeito. Ela é sempre um poço de calma, nunca contraria nada nem ninguém. Sinto-me pega de surpresa...

— Que viagem, Sol? Será mesmo que alguém precisa te dizer para olhar além do seu umbigo? É sempre assim, você planeja e todos os envolvidos precisam abrir mão de tudo para estar aqui. Você não percebe o quanto é egocêntrica, egoísta e controladora?!

Essa última palavra aparece como um gatilho em mim.

— Espera, então EU sou a "Senhora Controladora"?

— Aah, eu achei que você não tivesse visto aquilo...

É engraçado, porque todas as pedras em suas mãos caem quando menciono isso. Ela achou mesmo que tinha conseguido esconder.

— Que legal saber que você e sua amiguinha me deram um apelido tão bonitinho... — Consigo sentir toda a ironia transbordando das minhas palavras.

— Não vou virar a vilã agora, Sol, você sabe que está tão irritada porque tenho razão. Eu sempre estou aqui, todo o mundo sempre está, mas isso só tem valor quando é conveniente pra você! É tão difícil perceber?

Quantas vezes eu precisei da minha amiga e você fingiu que não viu? Você sempre age como se os problemas dos outros não existissem ou fossem menores que os seus. Mas quem escuta toda a sua chatice sobre os planos do futuro? Quem larga tudo pra fazer a sua vontade? Sim, você é a vítima, né? Coitadinha dela, cercada de mimos, com todos aos seus pés, com os maiores problemas do mundo...

As pedras já voltaram às suas mãos e estão voando pesado em minha direção.

— Bia...

Eu realmente não esperava por nada disso. Não esperava que a Bia fosse estourar comigo por nenhum assunto do mundo. Não esperava que as palavras dela pudessem me machucar assim e, acima de tudo, não esperava começar a enxergar alguma razão nisso tudo.

— Depois a gente conversa, Sol, vou indo nessa...

Ela nem me dá a chance de falar alguma coisa e sai pela mesma porta pela qual, poucos minutos atrás, acabara de entrar.

Agora estou aqui sozinha, pela primeira vez sem um roteiro para as próximas horas, e com muito pra pensar! Definitivamente meus planos para o fim das férias estão explodindo um atrás do outro.

O que ela disse me deixou bem confusa. Será que mais alguém no mundo me vê assim? Será que a Bia pensa isso tudo mesmo ou só falou porque estava brava? Queria muito que fosse a segunda opção, mas, como a conheço bem, e sei que é a pessoa mais generosa do mundo, começo a achar que essa é a real opinião dela sobre mim. A Bia deve ter pensado nisso por muito tempo. Quanto será que ela aguentou antes de finalmente explodir?

Todas essas perguntas pairam sobre a minha cabeça e meu universo pessoal começa a girar. De repente vou enxergando todas as vezes que agi com as pessoas de modo controlador... Começo a ver tudo como num filme, mas nesse filme eu sou cada uma das pessoas que se relacionam comigo.

Dentro de mim há um *mix* enorme de sentimentos. Uma parte de mim prefere acreditar que tudo não passou de um mal-entendido e que eu não sou uma pessoa tão ruim assim. Mas outro lado me permite notar traços de verdade em tudo aquilo que ela disse. É doloroso ver isso. É como se eu me tornasse uma pessoa desprezível de uma hora pra outra...

Tento fazer esses pensamentos sumirem da minha cabeça. Passo horas intermináveis deitada em minha cama, encarando o teto como se fosse a coisa mais interessante do mundo, remoendo esse conflito interno. Meus pais e meus irmãos passam e fazem barulho até demais, mas agora me sinto sozinha, presa dentro da minha própria cabeça.

Sei que já está bem tarde e, mesmo depois que todos já foram dormir, meus pensamentos continuam girando, rodando rumo a lugar nenhum. E mais uma vez não tenho controle algum sobre mim mesma, durmo em algum momento que não sei dizer, mas com sonhos agitados boiando em meio a tantas questões.

5

Acordo sentindo os olhos inchados e meu corpo dolorido como se eu tivesse sido pisoteada pelo Bicuço de *Harry Potter*. A situação da noite anterior, frequente nos meus pensamentos, parece menos pesada agora. Pude visualizar que muito do que a Bia falou é mesmo verdade. É terrível enxergar-se assim, mas não sou alguém fixada no passado. Nem tenho espaço pra remorso. Preciso agir e corrigir isso. Agora que identifiquei o problema, tenho de avançar para a fase da mudança.

Acabei percebendo o quanto sou centrada no meu próprio conforto, nas minhas próprias necessidades e nos meus planos. Minha irmã vive em função dos problemas com o namorado, minha melhor amiga está achando que seus pais vão se separar. E eu? "Nossa, não consegui dormir muito bem." "Nossa, hoje vai fazer calor; será que a Stela me empresta aquele vestidinho azul?" "Nossa, estou com fome, vou chamar alguém pra jantar comigo." E, enquanto isso, o mundo desmoronando fora do mundo particular da Sol…

Agora vejo que eu e a Bia somos muito parecidas, mas, ao mesmo tempo, somos muito diferentes. Eu estava aqui, pensando só em mim, enquanto ela seguia as minhas vontades, deixando de fazer suas coisas pra me acompanhar nas minhas. Sempre a admirei muito, mesmo que não demonstrasse tanto, mas agora essa admiração se tornou gigante. De repente, meus planos parecem minúsculos e sem propósito e me vejo como a mesma garota decidida que sabe bem o que quer, mas talvez isso não seja o suficiente. Não por ora.

Não quero ser mais esse tipo de pessoa. Quero ser alguém com quem os outros estejam por vontade própria, não porque se sentem comandados. Realmente preciso mudar. E é isso o que vou fazer! Dessa vez, por mim, é claro, mas também pela Bia, pela Stela, por todos que amo. Amor é isso, não?

6

Já estamos no meio da tarde e o dia passa em câmera lenta. Minha irmã saiu e me deixou aqui com o Matheus.

Ah, ainda não falei do Matheus! Ele é o mais adorável, fofinho e questionador irmão de cinco anos que alguém poderia ter! Neste momento estamos só nós dois em casa. Meu pai saiu cedo para trabalhar e minha mãe tinha algum compromisso depois do almoço. O Matheus está com uma camisa minha, uma da Stela e uma dele mesmo, uma por cima da outra, e uma toalha de banho amarrada nas costas, que, nem preciso explicar, é a capa de herói de hoje. Estamos na sala e, enquanto tento anotar aspectos de minha vida que preciso rever, ele corre ao redor da mesinha de centro cantando as músicas que inventa sobre seus amiguinhos do prédio. Ao notar o caderninho na minha mão, pergunta se pode escrever algo pra mim. É claro que ele não sabe escrever nada além do próprio nome, mas eu lhe entrego a caneta e uso a minha perna de apoio para ele. Com todo o cuidado, meu irmãozinho se ajeita e começa a fazer seus rabiscos cheios de lógica. Quando termina, fica esperando que eu leia, mas faço meu já costumeiro teatro de "Oh, veja só, desaprendi a ler! Será que o Matheuzinho Bonitinho poderia ler esse recado pra mim?". Ele finge estar cansado de ser usado o tempo todo, mas eu sei que adora se sentir útil.

— Você é linda. Tô com fome.

Se fosse antes da nova-Sol, talvez eu ligasse pra minha mãe e perguntasse se ela ainda ia demorar muito. Ou então iria até a despensa, pegaria um pacote de biscoitos e o deixaria aproveitar todo aquele açúcar. Mas hoje não — quero mesmo começar as mudanças e tem de ser pelos pequenos gestos, o que inclui me aventurar na cozinha para preparar um lanche de verdade. Isso também pode ser uma boa distração, visto que passar a primeira metade do dia dentro da minha cabeça não foi tão agradável. Estive pensando em como não enxergo os problemas dos outros. Na verdade, não é que não me importo, mas... Nunca acho que devo me concentrar nas outras pessoas. Cada um pode resolver suas próprias questões. Só que hoje me dei conta de que, por mais que eu tente resolver os meus assuntos, nunca estou de fato sozinha. E que sempre contei com a ajuda dos outros. Talvez também seja bom ser aquela com quem alguém possa contar.

Quando chegamos à cozinha eu já me sinto meio perdida. Embora conheça essa criatura há cinco anos, não sei dizer do que ele gosta ou o que come. Decido então deixá-lo escolher o menu da tarde, o que pode ser desastroso, mas com certeza será divertido. Quando lhe faço essa proposta, o Matheus parece tão confuso quanto eu, pois, embora seja a estrelinha desta casa, não está tão acostumado assim com esse tipo de liberdade. Depois de futucar todos os armários e a geladeira, ele seleciona alguns dos seus ingredientes favoritos e é com eles que teremos que fazer um milagre gastronômico. Em cima da mesa temos: ketchup, sorvete, queijo, requeijão, iogurte, azeitona, chocolate em pó e macarrão. Ok, preciso intervir e sugiro trocar o macarrão pelo pão. Depois de muito ponderar, meu irmão diz que sim, desde que possamos comer o macarrão mais tarde. É claro que eu aceito a condição, ainda mais porque a responsável pelo jantar é minha mãe, então ela que lide com a situação — porque o Matheus de jeito nenhum esquecerá de cobrar sua dívida.

Pego o pacote de pão e faço um supersanduíche de três andares com queijo, requeijão e azeitona e esquento na sanduicheira até derreter o queijo. Aí, junto o iogurte de morango, o sorvete de creme e o chocolate em pó e bato tudo no liquidificar, criando um surpreendente *milk-shake* que deu certo. Tudo pronto, coloco na mesa e observo o Matheus fazendo uma poça de ketchup no prato. Estamos comendo quando ele pergunta:

— Quem é mais forte, o calor ou o frio?

— Como assim?

— Se você comer um pedaço de queijo quente e tomar um gole de *milk-shake*, sua boca vai queimar ou congelar?

— Não sei. Por que não fazemos o teste?

Contamos até três para realizar esse importante experimento científico em sincronia. Assim que terminamos, dizemos em uma só voz:

— Congelar!

E já estamos rindo mesmo antes de engolir tudo o que temos na nossa boca.

Passar a tarde com o Matheus é divertido, leve e sem nenhuma cobrança. Algumas horas depois, quando minha mãe assume o posto de cuidadora oficial do pequeno maluquinho, volto para o meu quarto.

Estou com o meu caderno tentando fazer uma lista de coisas que preciso adotar para a vida, mas é muito difícil apontar os meus próprios defeitos.

Ah, acho que ainda não contei pra vocês, mas eu adoro fazer listas. Também adoro:

- Pão de forma sem casquinha.
- Tirar foto de tudo.
- Andar à toa pela cidade.
- Dormir cedo e acordar cedo.
- Rasgar folhas de papel (aquele barulhinho!!!).
- Programar meus dias.
- Conhecer lugares novos.
- O cheiro dos cachinhos do Matheus.
- Gotas de chuva na janela.
- Números ímpares.
- Palavras que rimam.

Agora que já mudei a sua vida com essas informações, posso voltar a minha atenção para aquilo em que realmente preciso me concentrar. No atual momento, minha lista de melhorias tem este total de itens: zero. Sei que isso parece pouco modesto da minha parte, mas nunca listei coisas tão difíceis. E quando ouço minha irmã chegando em casa, lembro o quanto ela é diferente de mim nesse quesito. A Stela não gosta de planejar nada, o que me enlouquece; tudo pra ela é impulsivo e espontâneo. Ela é a estrela cadente que cai sem aviso; eu sou o sol que sempre queima em todo o verão.

A Stela abre a porta do quarto e entra, sorrindo. Seu cabelo está desarrumado e ela usa um vestido bem larguinho, mas que parece feito sob medida. Vê-la assim me deixa um pouco aliviada, pois é sinal de que seu dia foi bom e, se já não existe nenhum problema ali, eu não preciso mais me envolver.

E, com assombro, após o alívio vêm a culpa e a decepção: essa sou eu, ignorando tudo o que não seja o meu umbigo. É isso que preciso mudar. Mas ainda não sei como... Para alguém que pensa tanto sobre tudo, uma questão sem solução parece a morte.

Dou-me conta de que aí está um ponto de partida. Essa comparação que acabo de fazer me parece um pouco dramática, agora que estou com meu sensor autocrítico ligado. Quem sabe não seja bom ser um pouco menos extrema e quem sabe um pouco menos racional? Pra mudar minhas atitudes tenho de desligar algumas funções automáticas dentro de mim. Sabe o que seria legal? Se eu começasse a prestar mais atenção aos problemas e às necessidades dos outros. Pensar em como posso ajudar de alguma forma, como ser útil e em como ser uma pessoa melhor! Ok, a partir de agora declaro oficialmente aberta a temporada de uma nova Sol: uma versão que enxerga os outros e que tem preocupações maiores do que escolher em qual shopping vai passar a próxima tarde. Ainda terei de me adaptar e descobrir exatamente como tudo isso funciona, mas acho que estou no caminho certo.

Pego minha câmera e decido registrar esse momento decisivo fazendo algo que nunca faço: *Selfies*!!! Minha irmã, que ao contrário de mim é frequentadora assídua do clube dos que curtem muitas *selfies*, logo pula pra minha cama e aparece no visor ao meu lado. Logo estamos gargalhando, perdidas em um mundo de caretas medonhas e poses ridículas, mas isso é algo que amo entre a gente — nunca precisamos de muito para transformar qualquer momento.

Com tantas coisas acontecendo, com esse turbilhão de emoções e mudanças internas, acabei me desligando totalmente do desconhecido das mensagens. Então, ele surge sem aviso...

> Planeta Terra chamando.
> Alguém tem informações sobre a abdução de uma tal de S?

> Tecnicamente, eu é que deveria fazer essa pergunta, já que fui eu que fiquei falando sozinha da última vez.

> Aaah! Para, né?!
> Todos sabem que um *emoji* solitário é o símbolo universal do "chega de papo por hoje".

> Ah, me desculpa se não estou atualizada sobre as regras oficiais para o uso de *emojis*...

> HAHAHAH
> Sabe o que é engraçado?
> Assim como eu acreditei que você tinha cansado da conversa, você pensou o mesmo sobre mim.

> Pois é, ninguém fez nada, mas mesmo assim os dois estavam errados...

Tá, definitivamente não sei o que acontece nas minhas conversas com ele, mas é sempre natural e espontâneo, entrego mais do que gostaria. Antes que eu perceba, o assunto se estende novamente e, acreditem, acabo falando sobre a situação com a Bia. É um tema inesperado para tratar com um desconhecido e tudo o mais, mas, no fundo, é tranquilizador poder me abrir sobre isso e ter as opiniões de quem não está dentro da história. Não espero que ele me defenda ou diga que estou certa — o que ele realmente não faz —, mas a forma como trata de tudo me faz criar uma esperança, como se eu realmente pudesse consertar as coisas.

Não me orgulho do que vou dizer, mas, pela terceira noite consecutiva, durmo sem me preparar para isso.

Mais uma vez acordo com a cabeça pesada, como se estivesse de ressaca. Como a Bia sempre diz, eu pareço mesmo uma velhinha de cento e cinquenta e três anos. Não tenho problemas em dizer que gosto de ter meus horários, principalmente para dormir e acordar. E, olha, tenho de contar pra vocês que essas três últimas noites dormindo tarde estão, enfim, cobrando o seu preço. Isso, somado à grande descoberta emocional dos últimos dias, me deixou destruída. Meu corpo está pesado, minha cabeça dói e, por mais brega que seja dizer isso, até minha alma se sente como se um grande ímã a atraísse para o chão.

Agora que tudo já está bem claro pra mim, preciso começar a reparar as coisas. Começando pelo maior estrago que produzi: minha relação com a Bia.

Desde que discutimos, não nos falamos mais. Eu sei que ela está chateada e de jeito algum posso tirar a sua razão. O fato de não ter me procurado, ela que tem uma personalidade apaziguadora e doce, me deixa apreensiva. Mas também devo admitir que não a procurei. Em parte porque queria esclarecer tudo dentro de mim, mas também porque sempre agi assim… Esse é um acontecimento novo na minha vida: estou perdida, sem saber como agir de forma verdadeira também comigo. E isso me assusta.

*

Estou parada na porta da casa da Bia já há uns bons quinze minutos e meio sem reação. Talvez ela gostasse de ver que a Sol-Sempre-Segura não está tão segura assim. Isso sugere uma reticência, um traço não tão confiante.

Deixo todos os pensamentos de lado e permito que meu dedo indicador aperte o botãozinho da campainha. A tentação de virar as costas e ir embora é grande. Se eu for bem rápida, consigo desaparecer antes que alguém tenha a chance de atender. Essa é uma ideia realmente tentadora, mas neste momento pareço ter sido atingida pelo feitiço Petrificus Totalus — estou completamente consciente de tudo ao meu redor, porém incapaz de mexer um músculo.

Quando, por fim, a porta se abre, a Bia me cumprimenta como se já me esperasse.

— Oi... — A voz baixa, os olhos direcionados ao chão.

— Bia...

— Sol...

— Olha, eu sei o que você quer ouvir, e sei que é o que você merece, e também sei que é o que preciso dizer. Você me desculpa?

Seus olhos escuros surgem rapidamente na altura dos meus, como se aquelas palavras fossem assustadoras ou, sei lá, inacreditáveis? Não imagino o que ela esperava de mim, mas não era isso.

Lutando para ordenar a confusão em sua mente, suas palavras saem embaralhadas:

— Não. Quero dizer, sim. Mas. Espera. Também preciso me desculpar... O modo como falei com você... Nem me reconheci quando parei para pensar melhor!

— Não! Você estava totalmente certa. Infelizmente — completo com uma risadinha nervosa.

O espanto em suas feições agora é maior ainda e sinto uma pontada de felicidade. Se eu consegui surpreendê-la é porque agi de forma correta. É porque fiz algo diferente. Uma mudança!

— Sol, todo mundo tem seus erros, e são eles que nos ajudam a construir nossos acertos. Que bom que você conseguiu ver o melhor de todas aquelas coisas horríveis que eu te disse. — Ela parece meio envergonhada.

Era para eu me sentir desse jeito.

— E como não poderia? Depois de tudo, eu pensei pra caramba, sabe? E entendi que... sei lá, preciso de mais desses acertos! Quero muito fazer diferente, Bia. Não conseguia me enxergar desse modo e você foi

Todo mundo tem seus erros, e são eles que nos ajudam a construir nossos acertos.

quem finalmente tornou tudo mais claro. Mas sinto que é apenas um primeiro passo...

— Só depende de você! — Seu sorriso sai largo e cheio de dentes outra vez.

— E aí, não vai me convidar pra entrar?

— Você alguma vez precisou de convite? — ela retruca, sorrindo ainda mais.

E essa resposta-meio-pergunta me aquece por inteiro, como se tudo estivesse bem de novo entre nós. Passo ao lado dela, empurrando seu quadril com o meu, e me sento naquele cantinho do chão da sala onde sempre gostamos de ficar pra fazer quantidades colossais de: nada. De onde estou consigo ver, ao lado da televisão, uma foto da Bia mais nova, toda desajeitada, mas com um sorriso desdentado muito fofo. No seu colo está o Sírius e o gato branco e gordinho dela, o Dobby.

— Como minha primeira grande prova de mudança, entrego o poderoso bastão da programação para você. Use-o com sabedoria.

— Nem pensar! Sai fora, Sol! Cadê sua lista milagrosa?

— Ficou em casa. Pensei em me desligar um pouco hoje, deixar você conduzir as nossas atividades do dia! Amanhã a gente pode voltar à rotina.

— Não sei... — Ela parecia receosa, como se estivesse sendo avaliada.

— Sério! Escolhe alguma coisa. O que quer fazer hoje?

— E se... Promete que posso escolher qualquer coisa? Não vai ficar chateada nem nada?

— Juro juradinho. — E beijo meus indicadores cruzados.

— Tá. E se... a gente ficasse em casa hoje? Podemos passar rapidinho no mercado, comprar doces de padaria, chocolates, pipoca... essas tranqueiras.

Confesso que por um momento fico um pouco desapontada. Programas caseiros não são o meu estilo favorito de diversão. Mas, vendo a empolgação da Bia, logo me convenço de que pode dar certo. E fazer um programa que agrade mais quem a gente gosta pode ser um bom exercício. Quantas vezes já a fiz passar por isso?

*

No mercado, enchemos uma cestinha com uma grande quantidade de calorias, açúcares e carboidratos que seriam o pesadelo de qualquer nutricionista. Passamos a tarde como num filme americano, cheia de risadas fáceis, séries de TV, conversas fiadas e até algumas dancinhas toscas que em outros tempos não rolariam. Foi muito bom, como se aquela nuvem toda tivesse se dissipado.

No dia seguinte, encontro a Bia às duas da tarde, na esquina da casa dela, como tínhamos combinado. Embora nossa última tarde tivesse sido bem legal e divertida, assim que a vejo noto que está um pouco desanimada, mas tentando parecer descontraída e cheia de expectativas pelo nosso encontro. É claro que ela não faria nada pra estragar algum programa que eu planejei — isso é bem típico da Bia —, mas o que deveria me deixar contente hoje me deixa com a sensação de que o mundo é um pouco triste e cheio de dramas. Pondero muito sobre o que fazer pra melhorar as coisas pra Bia, que tem enfrentado momentos difíceis, mas, no final das contas, acabo percebendo que, infelizmente, não posso curar a raiz do problema, que é o relacionamento dos pais dela. Porém, posso fazê-la passar por isso da melhor forma possível, preenchendo os seus dias com boas sensações e experiências. E mostrando que estou ao seu lado de verdade, que sou alguém com quem ela pode contar!

Vamos de ônibus até o shopping e no caminho a Bia conversa sobre tudo, mas percebo que algo a incomoda. Na verdade, parece que ela está fazendo um esforço danado para evitar falar de si mesma.

Quando passamos pelas portas automáticas, sabemos exatamente que direção tomar. No piso térreo está a nossa livraria. Chamamos de "nossa" porque é a nossa preferida, a mais bonita e a que mais combina com a gente. Tem sempre os melhores livros, os melhores lançamentos, as melhores decorações, os melhores eventos e, no nosso caso, a melhor companhia. Isso porque combinamos que só viríamos aqui juntas. Esse acordo nos pareceu justo, uma vez que estamos falando da *nossa* livraria.

Esse é um dos nossos programas favoritos. Muitas vezes não compramos nada, porque nem sempre temos dinheiro, mas só a sensação de estarmos rodeadas por livros já é boa o bastante. Fazemos questão de avaliar cada nova capa nas nossas seções favoritas, sempre com notas de uma a cinco estrelas. Nós nos sentimos superintelectuais nessa missão e sempre buscamos nosso melhor argumento para defender ou criticar cada capa. Nessas horas só faltava mesmo um monóculo, um bigode e uma taça de vinho para nos caracterizar para a cena.

— Não acredito! Como você pode curtir essa capa? — Minha expressão de falsa decepção a faz conter o riso.

Ela dá de ombros, pensando nos seus argumentos, mas eu já estou falando de novo:

— Sério, vou te dar mais uma chance de se redimir, vamos lá!

— Não sei, Sol, larga de ser chata, eu gostei e pronto. — A Bia tira o livro da minha mão e logo pega outro, que esconde nas costas. — Agora quero ver o que você tem a me dizer sobre esta capa aqui... — Cheia de suspense ela vai virando o livro aos poucos.

— AIMEUDEUSMEDÁISSOAQUI!!! — digo alto demais, com os olhos arregalados e os braços estendidos, tentando tirar aquela edição importada de *Harry Potter* das mãos dela.

— Calma, menina!

— QUECOISAMAISLINDAPRECISOMEDÁ!!!

Eu nunca tinha visto essa edição ao vivo e é por essas surpresas que amo a nossa livraria. Passo a mão por todos os relevos da capa, sentindo todas as partes envernizadas, a textura e o cheiro das páginas. Só quero continuar aqui abraçada com essa coisa maravilhosa, de olhos fechados, curtindo esse momento em que finalmente nos conhecemos. Quando vejo, a Bia está com outro exemplar, fazendo a mesma coisa, e esse é um tipo de reação comum entre nós.

Meu breve momento de amor se acaba quando viro o livro e vejo o preço — não vou poder levar pra casa hoje. A parte boa é que meu aniversário está chegando, então já sei o que pedir.

Decidimos, pelo bem da nossa saúde mental, que é hora de passar para outro corredor a fim de nos afastarmos daquela tentação. Estamos passando pela sessão de música quando vejo que a Bia mudou de direção e acena para alguém. Vou atrás dela e paro ao seu lado enquanto ela cumprimenta a Carol.

Sim, aquela mesma Carol da mensagem. Não a conheço muito bem, mas sei que era da mesma turma da Bia na escola. Nós nos falamos pouquíssimas vezes, e nunca nada mais profundo do que o imposto pela obrigação de termos uma amiga em comum.

— Amanhã você vai, né? — a Carol pergunta pra Bia.

Tenho quase certeza de que a Bia esqueceu desse tal compromisso com ela amanhã. Primeiro porque ela não me falou a respeito e segundo porque sua cara de "AI MEU DEUS" está impagável.

— Acho que vou sim, só tenho que ver umas coisinhas antes. Mas te mando uma mensagem confirmando!

— Aaah, Bia, você já confirmou! A Stela vai também. — Ela aponta pra mim, mas eu sei que sabe que não sou minha irmã. Se achasse que sou a Stela eu estaria ganhando muito mais sorrisos agora.

— Tá bom, vou ver com ela, talvez a gente possa ir juntas.

— Se quiser, também pode ir, Sol, sempre tem lugar pra mais um.

Tento ignorar o fato de que ela, na certa, só está me convidando por educação, já que estamos falando da minha irmã gêmea e da minha melhor amiga. Mas aí eu me dou conta: acabei de ser convidada para algo, mas o que exatamente? Antes que eu possa pensar muito, respondo:

— Legal, mas pra onde?

A Bia parece um pouco desconfortável. Decerto acha que fui um pouco seca e se apressa para revelar o assunto:

— Amanhã é aniversário da Carol.

— Amanhã é só a festa, o aniversário mesmo é na terça-feira que vem.

As duas trocam risadinhas, mas a Bia logo continua:

— Amanhã é a festa de aniversário da Carol, vai ser no condomínio dela. E então, vamos?

Nesse momento eu só queria bater a cabeça da Bia contra a parede. Não no sentido literal da expressão. Mas ela sabe que, ao me fazer essa pergunta na frente da esquisita da Carol, não me dá possibilidade de recusar. Eu até poderia dar uma resposta afiada e fazer as duas se arrependerem do convite, mas estou tentando ser uma pessoa melhor.

— Ah, pode ser. Que horas mesmo?

— Começa às 21h. Vejo vocês lá. — Ela nos cumprimenta com beijinhos no ar e se afasta em direção ao caixa.

Assim que posso me desfazer daquele sorriso forçado, me viro pra Bia mostrando toda a minha indignação pelo que acabou de acontecer. Passar a minha noite de sábado comemorando o aniversário de alguém que, pra mim, tanto faz se existe ou não, definitivamente, não estava nos meus planos.

— Sol, você viu... Eu meio que não tive muita opção. E, cara, vamos lá, não precisamos nem ficar por muito tempo.

— E não vamos mesmo ficar por muito tempo.

Ela baixa os olhos e eu percebo como isso soou.

— Quer dizer, eu não vou ficar muito, mas você e a Stela podem ficar o quanto quiserem, claro.

— Beleza. No fim das contas não será tão ruim assim. Você vai ver.

Aí a Bia começa a mandar mensagens pra minha irmã, combinando tudo pro dia seguinte. Eu acho meio estranho quando elas conversam sem mim. Sei que é um pensamento sem lógica, ainda mais se levarmos em conta que antes de ser minha amiga, a Bia era amiga da Stela. Foi por intermédio da minha irmã que nos conhecemos, há quase sete anos, no meu aniversário de onze.

Eu nasci em São Paulo, mas nossos pais receberam uma boa proposta de emprego, então nos mudamos pro Rio de Janeiro. Não fazia nem um ano que estávamos na cidade, por isso a gente ainda não tinha muitos amigos aqui — eu, principalmente —, então nossos pais chamaram várias crianças da nossa escola para a nossa festa de aniversário. Foi aí que conheci a minha atual melhor amiga.

Engraçado conhecer alguém na sua própria festa de aniversário, né? A Bia estudava na mesma escola que eu, mas nunca tínhamos nos encontrado. Ela era de uma série um ano mais avançada que a minha e nessa época a Stela era metida a adulta, então só queria fazer amizade com o pessoal mais velho. Foi ela quem a convidou para a festa, mas, desde esse dia, quando nos revezamos para ver quem fazia a mistura de refrigerante mais inusitada, nos tornamos inseparáveis.

Pensar nisso me deu até saudade daquele tempo. A gente vivia grudada, eu, a Stela e a Bia. Agora a Stela tem amigos demais e está sempre interessada por um garoto novo. A não ser quando está namorando, como é o caso. Aí os olhos, o coração e a vida dela passam a pertencer ao menino da vez. Quero o melhor pra minha irmã, por isso não canso de lhe dizer pra não deixar que seu coração guie seus passos. Ela nunca me deu ouvidos, então, não posso fazer muito mais para ajudá-la. A Bia, por sua vez, não tem tantos amigos, mas posso dizer com certeza que é só pelo fato de ser tímida demais. É uma garota doce, gentil, e todo o mundo a adora, mas ela parece não perceber isso. Eu sou a mais esperta, a que escolhe qualidade, e não quantidade. Nunca vou fazer como a Stela e abrir minha vida pra qualquer um entrar. Não quero que tudo seja tão bagunçado como no caso dela. Tenho poucos amigos, mas não preciso de mais.

9

Sabe quando você tem um compromisso ao qual não quer ir, aí passa o dia inteiro pensando em uma desculpa boa o suficiente para te permitir faltar? Pois é, essa sou eu hoje.

DESCULPAS BOAS PARA FALTAR A UMA FESTA

- Prometi jogar videogame com o meu irmão.
- Acordei com dor de barriga.
- Estou de castigo por não jogar videogame com meu irmão.
- Emma Watson vem me visitar.
- Preciso ir comprar um videogame pro meu irmão.
- Esqueci meu nome junto com os meus compromissos do dia.
- Eu me transformei no videogame do meu irmão.

Ok, acho que nenhuma dessas desculpas é boa o suficiente. Parece que meu cérebro encolheu e não consigo pensar em nada para me livrar dessa situação. A única opção é revirar o armário até encontrar algo pra usar; missão para a qual, é claro, vou pedir reforços pra Stela. É ela quem está acostumada com essas festinhas inúteis e tal; além do mais, nem sei como as amigas dela se vestem. Não que eu queira parecer uma delas, mas também não estou a fim de pintar como a aberração do lugar.

A Stela é a pessoa certa pra se pedir ajuda. Às vezes eu a observo se arrumando e antes de ver as roupas em seu corpo, sempre penso que ela está louca; porém, quando minha irmã aparece prontinha, fico chocada. Como a Stela consegue fazer peças que não combinam entre si ficarem tão adoráveis na mesma composição?!

— Você vai me ajudar, né?

— Claaaarooooo! — A Stela salta da cama e vai pulando até o armário.

— Nada muito chamativo, não preciso dizer, né?

— Sol, relaxa que aqui é a minha área.

Sempre fico com medo quando ela diz coisas desse tipo. Imagino que no fim das contas serei obrigada a sair de casa vestindo trajes espaciais ou uma fantasia de paquita. Quando ela começa a separar cabides com roupas coloridas e estampadas demais, me encolho contra a cabeceira da cama, tentando desaparecer.

— Ah! Lembre-me de não me deixar parecida com você. As pessoas iam ficar confusas!

Nós duas rimos, sabendo que é impossível uma não parecer com a outra, independente da roupa que usarmos.

Quando terminamos, a Stela está de calça jeans toda destruída, que combina lindamente com sua regata de corações coloridos e seu salto superalto. Pra mim ela escolheu uma saia com estampa de enormes margaridas, uma botinha preta de cano curto e uma camiseta laranja. Não me sinto tão confiante diante dessa cor tão alegre e vibrante, então meio que imploro pra ela escolher uma mais neutra. Depois que a substituímos por uma blusinha preta, meu humor melhora cerca de 35%.

Quando a campainha toca, a Stela corre até a porta e eu vou atrás dela. Porém, chegamos depois do Matheus, que já está espiando pela frestinha que abriu e exige que a Bia lhe diga a senha secreta antes de poder entrar.

— Me dá uma dica, Matheeeus!

— Tá bom. É uma parte do corpo de uma criatura que solta fogo!

Ok, ele não é muito bom com essas dicas.

— Hmmm, será que é... Cabeça de Dragão???

— Nossa, você acertou! — ele diz, espantado, abrindo a porta imediatamente.

A Bia é como todas as outras pessoas, não consegue resistir à fofura do nosso irmãozinho. Ela se abaixa para lhe dar um beijo na bochecha e o pega no colo, andando em direção ao nosso quarto.

Estamos quase prontas, mas sempre restam alguns retoques importantes nessas horas. Um fio de cabelo fora do lugar, mais uma pincelada de *blush*, conferir se está tudo dentro da bolsa, mais uma olhada no espelho, outra borrifada de perfume... A gente se distrai em meio às conversas, uma se embolando na fala da outra, como sempre acontece. Quando olhamos para o Matheus esquecido ali no canto é que vemos o motivo do seu silêncio: Ele acabou de me desenhar, ao lado da Stela e da Bia. Aaah, que fofo, não é mesmo? NÃO! Não é tão fofo, porque o desenho foi feito usando um dos meus batons favoritos. Nós três ficamos meio chocadas com o triste fim daquele batom, mas meu irmão está muito feliz cantando uma de suas músicas enquanto cola a sua obra-prima na parede com um adesivo.

Tá bom, pode ser que seja fofo mesmo, mas isso não muda o fato de que ele acabou com o batom. Deixo a Stela resolvendo a questão e vou com a Bia até a sala para esperarmos nossa carona chegar. Por falar nisso, tenho que dizer que não estou muito feliz com a nossa carona da noite, mas os pais da Bia iam usar o carro, então ela não podia pegar emprestado dessa vez. Eu e a Stela ainda não podemos dirigir (por enquanto, mas me aguardem!), então a opção que sobrou foi...

— Meninas, ele chegou! — A Stela nos mostra o celular ao mesmo tempo em que pega a bolsa e vai em direção à porta.

Eu e a Bia nos despedimos do pequeno destruidor de batons e dos meus pais, que estão vendo TV, e a seguimos. Quando saímos da portaria do prédio, o Felipe está nos esperando em pé ao lado do carro. Adoro ver essa confusão no rosto dele — mesmo depois de cinco meses de namoro com a minha irmã ele ainda não sabe direito quem é quem. Por isso, quando sou eu a primeira a me aproximar dele, sua expressão de dúvida é muito divertida; está na cara que ele não sabe como me cumprimentar. Mas a Stela, estraga-prazeres que é, passa na minha frente já lançando os braços ao redor do pescoço dele. É engraçado, porque ele a abraça quase com alívio por ter se livrado daquela situação. Não sei se minha irmã percebe que isso sempre acontece, mas, se percebe, não deve se importar muito também.

Chegamos ao condomínio da Carol e o lugar já está bem cheio. Reconheço vários rostos da nossa antiga escola, mas também tem um pessoal um pouco mais velho, que imagino ser da faculdade dela. De qualquer forma, fico me perguntando como uma pessoa pode conhecer tanta gente. Se fosse a minha festa não ia dar ninguém. Na verdade, não, a minha festa é sempre junto com a da Stela, é claro, e ela pode lotar qualquer evento com facilidade. E é isso o que vai acontecer em breve, no nosso aniversário de dezoito anos. Não quero nem ver!

No final das contas, tenho que admitir pra mim mesma que nada está tão ruim quanto pensei que estaria. A aniversariante precisa dar atenção a todos, o que significa que estamos livres dela. O Felipe se mantém perto com um grupinho de amigos, mas não está colado na namorada, então, basicamente, somos só nós três e de vez em quando umas pessoas aleatórias que vêm e vão. Tudo caminha muito bem quando, de repente, todas as luzes se apagam, fazendo o pessoal erguer seus copos e dar gritinhos de comemoração. Alguém deve ter desligado a força elétrica só pra dar uma emoção a mais, só pode ser isso.

Mas quando saio do salão lotado e sigo em direção à grama bem-cuidada, vejo que as luzes de todos os apartamentos ao redor estão apagadas. E não apenas: de todo o bairro. Não consigo encontrar nenhum pontinho luminoso a não ser os celulares nas mãos das pessoas ao meu redor. Como se lesse meus pensamentos, a Carol surge ao meu lado olhando em todas as direções.

— Caramba, parece que apagou geral!

— É, acho que sim. — Dãã, que constatação óbvia, amiga.

A Stela já está abraçada com o Felipe e, pelo jeito como ele a envolve com os braços, parece que a está defendendo de um grande perigo que pode surgir a qualquer momento. Seria até fofo, se não fosse ridículo.

Ao voltar o olhar pra Carol, sinto sua tristeza pelo rumo que as coisas tomaram. Todos estavam felizes, curtindo a música, os amigos, a festa... De uma hora pra outra, tudo se foi e os convidados já falam sobre como voltar pra casa. Nunca sequer sonhei que me sentiria solidária a ela, mas tenho vontade de salvar a sua noite de comemoração. Realmente não posso fazer muito, não tenho o dom de fazer a luz surgir do nada. Mas... e se não precisarmos de energia elétrica?

Agora que nossos olhos já se acostumaram com a escuridão aqui fora, nem parece tão ruim. Dá pra enxergar todos os que estão por perto.

— Carol, por que a gente não chama todo o mundo pra ficar aqui fora, na grama?

Ela me encara como seu eu tivesse acabado de surgir na sua frente.

— Sol, a galera vai embora, eu acho. Acabou a música, acabou a luz, não tem mais nada pra fazer aqui.

Não sei se estou enxergando direito, mas parece que seus olhos estão cheios de lágrimas, que ela segura para não borrar a maquiagem, e, acima de tudo, para mostrar a todos que está tudo bem.

— Não, espera — digo quando ela começa a se afastar — É sério, a gente pode sentar aqui na grama, colocar alguma música nos nossos celulares, sei lá...

Ela é educada demais pra dizer o que pensa do meu plano. Deve estar achando o mesmo que meu lado pessimista neste momento: isso é cena de filme, na vida real as pessoas não querem desperdiçar suas noites de sábado sentadas no chão ao lado de qualquer um, com assuntos nada a ver, sem algo de tão importante que as una. Ou será que...

— Carol, esse pessoal veio aqui porque gosta de você, todos vieram para te ver, pra comemorar com você. — Falando em voz alta isso soa tão cínico da minha parte... Eu era a garota listando motivos para não aparecer aqui hoje. Mas às vezes temos que dizer o que parece certo, né?

A Carol ainda não está convencida de que isso pode dar certo e vejo na sua expressão que ela começa a se conformar em se despedir de todos e encerrar sua festa. Bom, já deu pra ver que meu papo-furado não vai resolver nada — preciso de ação. Por isso, puxo a Bia pro meu lado e me sento na grama indicando-lhe que ela faça o mesmo. Sem muita saída, a Carol se junta a nós, seguida pela Stela e pelo Felipe. Colocamos nossos cinco celulares no chão a nossa frente, as lanternas acesas viradas pra cima. Lado a lado até que eles formam um feixe de luz respeitável.

Confesso que nem eu mesma acredito muito neste plano, mas quando uma menina baixinha que não conheço se senta perto de nós junto com seus amigos, vejo que aos poucos nosso grupinho vai crescendo até se transformar num grande círculo de pessoas de pernas cruzadas sobre a grama e luzinhas de celulares apontando pra lua.

Agora a Carol se mostra muito mais animada e já está caçando alguma música legal em seu celular. Quando aperta o *play*, o pessoal mais próximo olha em reconhecimento ao som, mas o ambiente aberto, o grande número de pessoas e o baixo volume do celular fazem com que a canção não chegue a todos. Não é o suficiente. Eu devo ter usado alguma droga para agir assim, mas quando me dou conta, já estou falando alto demais, para que todos ouçam:

— A gente podia contar algumas histórias de terror, né?

Alguns soltam risadinhas, outros murmuram palavras de incentivo para mim. Não sei por que falei isso, só quero cavar um buraco aqui nesta grama e enfiar nele a cabeça. Quando escuto uma voz familiar, percebo o quanto a Stela é incrível e sinto um calorzinho agradável no peito. Ela já está contando uma história, que reconheço — é bem semelhante à de um filme que vimos na semana passada. Ela tem a atenção de todos; até aqueles que riram se ligam no que ela diz.

De repente, a Stela é interrompida pela Carol, que de um salto já está de pé, falando alto demais:

— NÃO!!!

Todos desviam o olhar para ela, imaginando qual o seu problema.

Sinceramente não posso acreditar que depois de praticamente salvar a sua festa essa garota vai dar um chilique agora e ainda fazer isso com a minha irmã. Que vaca!

— Espera, gente. O sorvete! — Ela está eufórica e gesticulando apressada, tentando se fazer entender o mais rápido possível. — Vai derreter tudo!

Nunca imaginei que sentiria alívio nas palavras "O sorvete! Vai derreter tudo!". Isso sim parece uma cena de filme de terror — *Calor* versus *Sorvete: o Massacre*. Assim, entendo que ela não quer estragar o momento, mas também não deseja que toda aquela gostosura cremosa se perca. Em tempo, aqui vai uma dica valiosa: sempre tenham um *self-service* de sorvete nas suas festas. Ninguém fica triste ou entediado quando tem sorvete. Sem mais.

Providências precisam ser tomadas, então é claro que seguimos a solução mais óbvia e deliciosa: pegamos todos os potes de sorvete e trazemos para fora, assim como todos os confeitos e todas as coberturas. Deixamos tudo sobre uma toalha de mesa no centro da nossa grande roda e voltamos à programação anterior. A noite está quente e quase não venta, mas seguimos com nossas histórias de horror, com sustos, gritinhos e a boca dormente de tanto sorvete.

*

Chegamos tarde em casa e eu não acredito no que vou dizer, mas, meu Deus, a noite foi demais! Tudo foi demais! Nunca poderia imaginar que as coisas se desenrolariam assim, mas me sinto feliz, me sinto leve e... bem comigo mesma.

Estamos prontas para dormir, a Bia em um colchão entre as nossas camas. As luzes já estão apagadas, mas vejo a Stela escutando alguma música com seus fones de ouvido. Jogo uma almofada para que ela olhe para mim.

— Eeeei!

— Tá ouvindo o que aí?

Ela desconecta os fones do celular e a música enche o quarto. Ao seu som, vamos lentamente adormecendo.

Hey, little train! Wait for me!
I once was blind but now I see
Have you left a seat for me?
Is that such a stretch of the imagination?

10

Adoro quando o clima está a nosso favor. Parece que o próprio Senhor do Tempo decidiu nos agraciar com um dia ensolarado, com poucas nuvens e um ventinho maravilhoso. O clima perfeito para hoje, cujo destino é o Jardim Botânico. A ideia é fotografar o lugar, as pessoas, as coisas, mas o que sempre acontece quando saímos com essa intenção é que a Bia acaba virando minha modelo. Ela é tão fotogênica que é quase um insulto não deixar minhas lentes focarem aquele rosto lindo. Ela tem as bochechas redondas e pontilhadas por sardas, os olhos castanhos e o cabelo loiro-escuro, bem comprido. Fotografar a Bia é fácil.

No fim da tarde, depois de muitas fotos, estamos exaustas, porém, a minha programação ainda inclui passar no shopping para comermos.

— Sério, Sol? Tô cansadona. A gente podia deixar o shopping pra outro dia, sei lá...

— Não vai rolar, Bia. Você sabe, temos poucos dias livres antes de as aulas começarem. Não quero descumprir a minha lista de afazeres.

— Tá bom, vamos pro shopping, então...

Eu entendo a Bia, também estou cansada. A minha bolsa está bem pesada por conta da câmera e tudo o mais e eu adoraria tomar um banho e deitar. No entanto, planos são planos. De que adianta planejar se não for para cumprir?

Bem próximo à porta do shopping percebo um senhor sentado em um banquinho baixo, e à sua frente há uma mesinha dobrável para vários *brownies* decorados com selos e fitinhas coloridas. Quando olho a etiqueta colada em um dos doces, vejo um nome que me é familiar: Brownie ao Quadrado.

— Nossa, então é o senhor por trás desses famosos *brownies*? Já ouvi tanta gente falando bem deles!

— É mesmo? — O seu sorriso é tão largo e natural que eu até me animo um pouco mais.

— Sim! Mas nunca consegui prová-los. Toda vez que alguém comprava o seu *brownie* e voltava no dia seguinte para te procurar, o senhor não estava mais lá...

— Ah, pois é... Eu ando por um monte de lugares. Cada dia em um local diferente, onde Deus me mandar.

— Mas por que não abre uma loja? Conheço um montão de gente que ia fazer fila pra comprar seus doces.

— Minha filha, você acha que se eu tivesse dinheiro pra abrir uma loja eu estaria aqui na rua, neste calorão do Rio de Janeiro?

Por mais que seu tom seja simpático e brincalhão, não posso deixar de me sentir uma imbecil. Que pergunta mais idiota. Porém, como se não notasse meu desconforto, o senhor emenda contando sua história, falando sobre seu sonho de ter uma confeitaria, de estudar sobre isso... Mas como suas oportunidades foram outras, ele acabou fazendo seus doces para vender pelas ruas.

Antes de nos despedirmos, a Bia estende uma nota em direção ao senhor.

— Queremos três. — Olha pra mim e completa: — Leva um pra Stela também.

O senhor, que pelo visto adora uma conversa, colocou os *brownies* numa sacolinha e a entregou para Bia, mas recusou seu dinheiro.

— Hoje é por minha conta. Assim as mocinhas podem provar meus *brownies* como um presente.

Senti como se fosse derreter e escorregar pela calçada em direção ao bueiro no canto da rua, por onde eu desapareceria para todo o sempre. Aquele senhor, com uma situação financeira tão abaixo da nossa, nos oferecendo, com um sorriso no rosto, uma parte do seu sustento.

— Não, de jeito nenhum, não posso aceitar.

— Minha filha, deixe de bobagem. Eu gostei de vocês, simpáticas e educadas. Quisera eu que todos os clientes fossem assim.

— Mas, mas...

— Vamos fazer assim, então: você me disse que seus conhecidos nunca me encontram porque sempre mudo de lugar. Pois bem, amanhã vou passar a tarde toda aqui, bem aqui mesmo. Se a senhorita gostar do meu *brownie*, pode vir aqui e comprar mais um. Mas não se preocupa, viu? Se não puder ou não quiser, não esquenta não.

Meu Deus, eu só queria que ele parasse de ser tão simpático e legal e nos deixasse pagar por isso pra acabar com essa história. Contudo, vendo que não tinha outra saída, olho pra Bia e dou de ombros para que ela entenda que aquela situação já está resolvida.

Agradecemos ao senhorzinho e entramos no shopping rindo e comentando sobre tudo o que acabou de acontecer.

O resto da noite é bem agradável. Vamos a algumas lojas, mesmo sem comprar nada, para o horror das vendedoras. Jantamos na praça de alimentação. Depois, vamos juntas pra casa e nos separamos quando nosso caminho exige que o façamos: o que também não é tão complicado, visto que a Bia desce apenas um ponto de ônibus antes de mim. Pelo resto do trajeto, a imagem do senhorzinho ronda minha cabeça, como se fosse um tapa na cara. Eu, que sempre tive de tudo, sentia como se precisasse de cada vez mais. Ao passo que, pra ele, que notavelmente teve uma vida tão mais difícil, tudo parece mais colorido, descomplicado e completo.

Passa da uma da tarde quando enfim lembro que deixei dentro da bolsa os *brownies* que a Bia me entregou ontem! Começo a revirá-la, na esperança de que não estejam destruídos lá dentro. O Sírius não perde tempo e entra na minha bolsa antes mesmo que eu consiga impedi-lo, mas, por sorte, sou mais rápida e agora os doces estão a salvo, nas minhas mãos. Entrego um pra Stela e abro o meu ao mesmo tempo.

Adoro esses momentos em que repetimos a mesma ação: é como me olhar no espelho. Vejo aquele cabelo superescuro com grandes cachos largos, seus lábios cheios em contraste com o nariz pequeno e fino, e sei que estou olhando para mim mesma. Sol na versão Stela.

Quando mordemos o primeiro pedaço, encontro os olhos esverdeados e grandes demais da minha irmã. Assim como os meus, estão arregalados e felizes com a surpresa que acabamos de provar. Devagar, deitamos lado a lado na sua cama e fechamos os olhos pra apreciar cada segundo precioso antes que o *brownie* acabe.

— Caramba, Sol, de onde você tirou isso?

— Ganhei de um senhor ontem na porta do shopping.

Ela se vira pra mim, assustada, imaginando que acabara de comer um produto envenenado. A expressão era de choque, como se dissesse: "Nossos pais não nos ensinaram a não aceitar nada de estranhos?!" Vendo seu pavor, logo completo, para acalmá-la:

— Sossega! O senhor estava vendendo os doces e é super-recomendado. Então, a Bia pediu três e ia pagar, mas ele não deixou; falou que gostou da gente e deu de presente como degustação.

— Nossa, que susto! Você também não explica as coisas direito!

Acabo de me lembrar que o senhor falou que ficaria no mesmo lugar hoje à tarde, e "à tarde", nesse caso, significa "agora".

— Stela, vamos lá comprar mais? Você vai adorar o senhorzinho, ele é tagarela igual à minha versão três minutos mais velha.

Ela me mostra a língua e em seguida concorda.

— Só vou porque isto aqui é muito bom, não que você mereça minha companhia — diz, irônica.

Antes de sair de casa, pego dinheiro com a minha mãe. A ansiedade faz as palmas das minhas mãos suarem e, quando chegamos, fico aliviada de ver que ele realmente está lá.

Assim que paramos à sua frente, seus olhos passam de mim para Stela repetidamente.

— Meu Deus, são duas! — E aquele sorriso enorme surge de novo.

Como não retribuir um sorriso tão sincero? Que senhorzinho mais fofinho! Ok, essa frase foi muito "Stela" da minha parte.

— Minha irmã! — digo o óbvio, porque não há mais o que dizer.

Passamos mais alguns minutos no meio da conversa que surge com grande facilidade, uma vez que tanto a Stela quanto aquele senhor são espontâneos e comunicativos demais.

— Desculpe, mas acho que ainda não sei seu nome — a Stela indaga e eu me sinto uma boba, pois nem me ocorreu perguntar algo tão básico.

— Eu sou o Horácio, e vocês?

— Eu sou a Maristela e esta é a Marisol. Mas pode nos chamar de Stela e Sol, é mais prático.

— Só não esperem que eu saiba quem é quem! — o Horácio responde, dando risada.

Rimos também e engatamos na conversa novamente. Quando me dou conta, já estamos ali há mais de uma hora. Vários clientes tinham passado e garantido seus *brownies*, muitos comentando felizes pela sorte de tê-lo encontrado dois dias seguidos no mesmo lugar.

Quando a Stela faz nosso pedido — "Quinze *brownies* pra viagem, por favor!" — algumas ideias começam a pipocar em minha mente.

— Ei, o senhor costuma aceitar encomendas maiores? É que dia 19 é o nosso aniversário e seria demais ter vários desses aqui na nossa festa!

Ele não esperava por essa. Seus olhos brilham muito agora... E pela primeira vez eu o vejo se embolar nas palavras.

— Olha, não costumo não, mas ainda faltam alguns dias e eu acho que posso me programar...

Pego os seus contatos e digo que vou conversar com nossos pais para saber melhor sobre a quantidade e todos os detalhes. Mas lhe garanto que já pode contar com uma encomenda certa. Antes de irmos embora — pagamos desta vez —, peço para tirar uma foto com ele. A Stela à direita, o Horácio no meio e eu à esquerda.

*

Quando chegamos em casa, minha cabeça já está trabalhando a todo vapor. Pego minha câmera e vou pra frente da janela aproveitando a luz natural para fotografar todos aqueles *brownies* que compramos. Embora sejam apenas *brownies*, devo admitir que as fotos ficaram ótimas. Passo tudo para o computador, me endireito na cadeira e começo a me preparar para realmente começar a me mexer. Eu precisava fazer alguma coisa pelo Horácio.

Depois de horas trabalhando com os textos e as imagens, uma pontinha de orgulho me atinge ao olhar aquela página prontinha, só esperando pelo que poderá surgir. Nela eu falei um pouquinho sobre a história que Horácio havia nos contado e sobre seu sonho de estudar e aprender mais sobre confeitaria, assim como o de abrir uma loja. Coloquei as fotos dos seus *brownies* e descrevi como eram maravilhosos e o sucesso que faziam com todos aqueles que provavam. Em um post separado estava a nossa foto e esse foi o lugar que encontrei para dizer o quanto aquele senhor velhinho merecia ter tudo o que sonhara um dia. Falei sobre a sua bondade, sua simpatia, sua determinação.

Em seguida, convido alguns amigos para curtir a página e também compartilho nas minhas redes sociais. Agora só preciso esperar e ver no que vai dar essa história. Do fundo do meu coração, tenho expectativas muito altas. Um misto de ansiedade e ânimo me invadem ao ver aquele projeto repentino no ar.

Quando me levanto da cadeira, me sinto quadrada depois de tanto tempo tensa e concentrada na mesma posição. Pego meu celular para consultar as horas e meu coração dá um saltinho ao ver aquela notificação de nova mensagem. Agora já não surge como desconhecido, mas como T. Depois de tantas mensagens, ganhei o direito de adicionar aquele número aos meus contatos, né? Respiro fundo, me sento numa posição confortável e me preparo para um daqueles longos bate-papos entre nós.

249

12

Sabe uma das piores partes do verão? Chove demais! O calor é sufocante, mas a chuva te prende dentro de casa. Eu não planejava passar o dia assim, mas graças ao temporal que está caindo agora, terei que me contentar com aquela história de "lar, doce lar". Portanto, se é pra ser doce, que seja *mesmo*!

Pulo da cama e passo no quarto do Matheus, acordando-o com vários beijos. Meu irmãozinho desperta, meio mal-humorado, mas logo se anima diante do meu convite de "brigadeiro especial" no café da manhã.

Ele olha pela janela e posso ver sua expressão de insatisfação. Depois, vira-se pra mim, lembrando do nosso plano para os próximos momentos, e me pergunta:

— Cadê a Stela?

— Você sabe como ela é dorminhoca!

— Todo o mundo que eu conheço é dorminhoco, menos você. Por que não dorme até seus olhos te acordarem?

Dou risada desse pensamento dele.

— Ei, são meus olhos que me acordam também! Mas eles são mais rápidos do que o de vocês, por isso sempre acordo antes.

— Quando eu ficar maior, meus olhos também vão ser mais rápidos?

— Acho que não funciona assim… A Stela e a Bia são mais velhas que eu, mas meus olhos continuam sendo mais rápidos.

— Você é estranha às vezes, Sol.

E antes que eu tenha tempo de me defender, ele pula da cama e vai me puxando pelo braço. No meio do corredor, noto que em vez de me levar para a cozinha, estamos voltando para o meu quarto.

— Matheeeeus, a Stela vai te matar se você a acordar agora! — falo baixo, mas tentando chamar a atenção do meu irmão.

— Você acabou de fazer isso comigo e eu não te matei!

Ele abre a porta sem fazer barulho, vai até a cama da Stela e, para minha surpresa e horror, decide testar um método novo para acordá-la. Quando vejo, o Matheus está com dois dedinhos de cada mão ao redor dos olhos dela, separando suas pálpebras com todo o cuidado.

— Quê??? — A Stela se senta rápido demais, a confusão estampada em seu rosto. — Matheus, o que é isso?!

— Eu tava abrindo seus olhos, ué. Vamos fazer brigadeiro especial?

Minha irmã olha dele para mim, como se tudo fosse uma grande loucura.

— Sol, você não queria sair hoje? Que horas são?

— Exatamente nove e quinze; e não vai rolar hoje, tá caindo o mundo lá fora.

A Stela resmunga muito, mas logo seu mau humor vai passando. Vamos então os três para a cozinha, onde reviramos os armários até juntar todos os ingredientes. Essa é uma receita que eu e a Stela criamos quando éramos crianças. É um brigadeiro bem bom, recomendo que provem, inclusive.

Receita do Brigadeiro Especial Solela (Sol + Stela)
Ingredientes
1 lata de leite condensado
5 colheres de sopa de Nescau
1 colher rasa de sobremesa de margarina
Canela em pó a gosto
Pedacinhos de biscoito (pode escolher seu favorito, eu deixo!)

Modo de preparo
    Em uma panela, junte todos os ingredientes, com exceção dos biscoitos, misture em fogo baixo até ficar com uma consistência normal de brigadeiro. Deixe esfriar um pouco e então acrescente os biscoitos, misture novamente. Seu Brigadeiro Especial Solela está pronto!

Deixo o Matheus medir todos os ingredientes e colocar na panela. Na parte do fogão, a Stela assume o controle e, enquanto não fica pronto, vamos comendo pedacinhos do bolo que está na mesa.

Com a nossa receita pronta, vamos para o sofá da sala para assistir aos desenhos escolhidos pelo menor ser humano entre nós. O Sírius surge em instantes, parecendo magoado por não ter sido convidado para a reunião familiar. Aninha-se ao nosso lado e posso ouvir o seu ronronar enquanto ele recebe o carinho das mãozinhas do Matheus.

Pego-me perguntando a mim mesma por que momentos assim são tão raros na minha vida. Todas essas pessoas estão sempre ao meu redor, mas parece que nunca estamos juntos de fato. Eu as vejo, converso com elas e sigo a minha vida, as minhas tarefas, os meus planos. Mas hoje estou aqui, com as mesmas pessoas de sempre, e não tenho aquela sensação de tempo desperdiçado. Pelo contrário, estou curtindo a companhia, as conversas simples, as piadas sobre bobagens, os desenhos que não via fazia muito tempo.

Parece que quando você se abre para a vida, a vida se abre para você.

Os dias vão passando rapidamente, comendo o prazo para acertamos todos os detalhes para a nossa festa de aniversário. Estou curtindo me ocupar de tudo isso, mas algumas vezes sinto saudade dos tempos em que nossos pais assumiam todas as responsabilidades e a nossa única preocupação era comer todos aqueles docinhos quando chegasse o grande dia.

Estou indo até a costureira ver como a minha roupa está ficando. A tarefa me parece simples e inofensiva, mas é só quando vejo a quantidade de pessoas na estação do metrô que me dou conta de que deveria ter saído mais cedo de casa.

Bem, agora que já estou aqui, seria loucura desistir. Assim, concentro meus pensamentos no meu principal objetivo e me junto a todo esse pessoal.

Quase me esqueço de que coloquei o celular na bolsa ao comprar minha passagem e que lá ele ficou desde então, com aquelas mensagens que, vamos lá, vocês já sabem de quem são. A vida às vezes nos traz surpresas curiosas. Quem diria que por um número errado eu conversaria tanto com um desconhecido… Da primeira mensagem pra cá, temos nos falado praticamente todos os dias e é interessante que eu já conheça tanto sobre o T — ao mesmo tempo que não conheço quase nada — apenas pelas suas ideias e pelo seu jeito de expor as suas histórias.

Coisas que sei sobre o T até agora
- Ele inventa assunto até onde não tem.
- Dá bons conselhos.
- E também algumas broncas.
- Ele gosta de música.
- E de brincar com as palavras.
- Ele gosta de rimas (eu também!).
- É muito perceptivo e sempre vê mais do que as palavras podem dizer.

Coisas que ainda não sei sobre o T
- Seu nome (???).
- Sua voz.
- A cor do seu cabelo, dos seus olhos, sua altura...

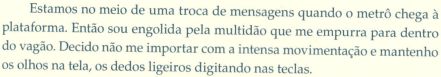

Estamos no meio de uma troca de mensagens quando o metrô chega à plataforma. Então sou engolida pela multidão que me empurra para dentro do vagão. Decido não me importar com a intensa movimentação e mantenho os olhos na tela, os dedos ligeiros digitando nas teclas.

No meio do vagão, percebo um agito ainda maior, com muitas mulheres falando alto, porém, nenhuma voz chega nítida para mim e eu tento enxergar por cima de cabeças. Mas é só depois de muita procura que consigo entender o real motivo de toda essa confusão: um homem dentro do vagão feminino do metrô! É inacreditável, o vagão é rosa, cheio de avisos demarcando a exclusividade para as mulheres e mesmo assim ainda há homens engraçadinhos que acham que podem tirar qualquer vantagem. Se eu estivesse mais perto dele, também não deixaria barato.

Olhando agora, vejo como o cara é bem mais alto que a média das mulheres aqui; a maioria — que se esforça para alcançar as barras de segurança perto do teto — bate na altura de seus ombros. Ele parece confuso, com o celular na mão tentando se explicar e sem sucesso seguir em direção à porta de saída.

O aviso sonoro de que as portas estão se fechando faz com que as mulheres falem mais e mais alto, mas nenhuma parece se mexer para permitir que ele saia. Com o movimento do vagão, decido me desligar daquela situação e voltar a atenção para o celular. Contudo, quando o ergo para enxergar a tela, uma moça perto de mim se vira desajeitadamente e eu o deixo cair no chão.

É a hora de eu me desesperar? Sim ou com certeza? Resgatar o meu celular no chão no meio de tanta gente, neste lugar tão apertado?!

Começo a falar com as mulheres ao meu redor, mas nenhuma me dá muita atenção, visto que estão todas vidradas na confusão que ainda não se resolveu. Tento sem sucesso alcançar o chão, quando uma menina de cabelo azul levanta a voz em minha direção. Uma senhora está entre nós, mas não parece ouvir. A garota então fala alto para chamar minha atenção:

— Cara, acho que você tá numa missão suicida!

— Mas meu celular caiu!

— Eu vi! Também ouvi você falando com elas. — E aponta com o queixo para aquelas a quem pedi ajuda antes. — Você pode até tentar, mas se conseguir se abaixar até o chão, não deve conseguir levantar até o metrô esvaziar um pouco.

— E eu faço o que então?

Estou meio irritada com toda aquela situação... A gritaria no vagão, o calor que nenhum ar-condicionado do mundo consegue resolver, a sensação de estar sendo esmagada por tantas desconhecidas, meu celular que caiu e agora essa garota que, percebo, está tentando ajudar, mas não tem nenhuma ideia realmente boa.

— Sei lá... Não seria melhor esperar o metrô parar?

Percebo que ela também está segurando seu próprio celular com ambas as mãos e, por um momento, me pergunto por que não fiz o mesmo.

— Mas até lá vou perder meu celular de vista!

E como se para me provocar ainda mais, sinto um grande tranco e todos somos jogados para a frente. A "sorte" (que ironia) é que com a superlotação é impossível alguém conseguir cair. Mas, para minha infelicidade, vejo meu celular deslizando para mais longe.

— Espera aí, se eu me esticar um pouquinho mais acho que consigo alcançá-lo com o pé — diz a garota.

Na minha cabeça só o que me ocorre é: "Por favor, seja gentil e não o arraste com muita força até você." Mal posso imaginar os arranhões ou talvez a tela quebrada. Porém, dadas as circunstâncias, se eu terminar o dia com o celular em mãos e/ou funcionando, estarei no lucro.

A Cabelo Azul está se contorcendo com uma série de caretas e, quando ela sorri aliviada, faço o mesmo.

— Beleza, ele tá aqui! Quando o metrô parar, tento dar um jeito de pegar pra você.

O aviso sonoro anuncia que estamos chegando à próxima estação. Conforme a velocidade vai diminuindo, meus batimentos vão acelerando, pois um pensamento acaba de me ocorrer: todo o mundo tentando sair e entrar... Meu celular será pisoteado, chutado, arrastado e sabe-se lá mais o quê. Mas agora não tenho mais o que fazer a não ser confiar na Cabelo Azul.

O vagão para, mais uma vez com um tranco, e eu só tenho vontade de gritar para o condutor: "Epa! Tá carregando boi?!"

As pessoas estão agitadas, muitas ainda reclamando com o rapaz que não conseguiu sair a tempo na outra estação. Todos se empurram para conseguir um lugar, mas neste momento eu só quero chegar perto da menina e tentar pegar o meu celular.

Quando ela se abaixa, as mulheres reclamam ainda mais e o pequeno espaço que seu corpo abre ao se agachar em direção ao piso vai sendo instantaneamente tomado pelas novas passageiras. Percebo que a estão empurrando em direção à porta e tento me deslocar até ela. O Cara Alto, que está "no lugar errado, na hora errada", também se dirige à saída e ninguém parece se importar em abrir espaço para nós três. Depois de muito sufoco, vejo a menina do lado de fora do metrô, acenando pra mim com o celular na mão e eu sei que ela não quer fugir e roubá-lo, porque a vejo pedindo às mulheres à minha frente que me deixem passar. Estou quase chegando à porta quando aquele aviso chato torna a soar e entendo que tenho poucos segundos pra conseguir sair. A Cabelo Azul, do lado de fora, estende a mão em minha direção, por cima das pessoas. Consigo alcançá-la e sou puxada para fora bem a tempo de ver as portas se fechando e o metrô ganhando velocidade de novo.

Sem nenhuma palavra, nos sentamos nas cadeiras de plástico da estação e respiramos fundo. Só quando olhamos uma para a outra e começamos a rir de tudo o que aconteceu é que vejo que temos companhia. O Cara Alto está sentado ao lado da Cabelo Azul. Nós três com expressões confusas após, finalmente, conseguir sair daquela situação mais confusa ainda.

— O que rolou com vocês ali? — ele pergunta sem especificar a quem está se dirigindo.

Começamos a falar ao mesmo tempo e ao ver que nada está muito compreensível, começamos a rir outra vez. Ele também ri, mesmo sem saber muito sobre o que está rindo.

A Cabelo Azul se recompõe e tenta explicar:

— O celular dela caiu no chão bem no meio de toda aquela confusão que você provocou!

O Cara Alto fica levemente corado e desvia o olhar, que antes estava fixo enquanto ela falava.

— Ah é, aquilo... Vocês acreditariam se eu dissesse que não foi de propósito? — Ele passa a mão pela barba por fazer.

Nós duas nos olhamos e damos de ombros.

— Pode até ser, mas sei lá... tem que estar muito distraído pra não perceber um vagão rosa daquele tamanho! — digo em tom de brincadeira, mas já aproveitando a oportunidade para deixar o recado.

— Sério, não sei o que me deu, estava distraído e... — Ele aponta com a cabeça em direção ao celular em sua mão. — Quando vi, já estava sendo carregado pela multidão para dentro do trem. Tentei sair, mas, como vocês sabem, essa pode ser uma tarefa um pouco complicada.

— É, isso a gente sabe mesmo! — a Cabelo Azul completa, e só então parece se lembrar de que ainda não me devolveu meu celular. — Ah, acho que isto é seu!

Sua mão pequena estava fazendo um grande esforço para segurar ao mesmo tempo os dois aparelhos, o dela e o meu. Estendo as mãos para apanhá-lo, mal acreditando que deu tudo certo.

— Nossa, valeu mesmo, você salvou o dia!

E prestando atenção à nossa conversa, o garoto se intromete tentando ser simpático:

— É, foi legal. Todo o risco pra ajudar alguém que você nem conhece...

A gente se entreolha sem entender e a dúvida logo vem em palavras:

— Como você sabe que a gente não se conhece?

— Sei lá. Vocês não me parecem amigas. Além disso, lá dentro do metrô vocês não estavam juntas também, então eu deduzi... — Dá de ombros. — Estou errado?

— Não... — dizemos em uma só voz.

O próximo metrô vem parando à nossa frente e todos nos levantamos na hora.

— Bom, tenho que ir ou vou me atrasar para a faculdade — a Cabelo Azul meio que se despede, sem jeito.

— É, eu também, mas depois dessa acho que vou sair daqui e pegar um ônibus mesmo. — O Cara Alto já se afasta.

— E eu vou desistir e voltar pra casa. Acho que o fluxo está menor naquela direção.

Todos nos despedimos e acenamos timidamente, nos afastando após aquela interação pouco convencional.

Atravesso a estação para chegar à outra plataforma e, antes de guardar o celular na bolsa — aprendi a lição —, resolvo checar os estragos. Só agora, ao olhar de verdade pra ele, é que noto: este celular pode até parecer com o meu, mas se eu tenho certeza de alguma coisa nesta vida é que não é o meu!

Muitos palavrões me vêm à mente e não consigo acreditar na minha falta de sorte. Tudo o que poderia dar errado, deu. Penso em ligar para a Cabelo Azul, mas é claro que temos uma senha de bloqueio aqui. Agora não tenho mais opção: o único jeito é voltar pra casa, ligar para o meu número e ver se a Cabelo Azul pode me encontrar para destrocarmos os aparelhos.

Minha cabeça está muito cheia de coisas e todo esse agito me deixou bem estressada, mas me lembro da Nova Sol e tento me esvaziar de todos esses pensamentos ruins. Vejo uma senhora vendendo flores na saída da estação. Percebo que são as últimas, então decido comprar todas. Talvez as flores me aliviem um pouco e minha compra ajude aquela senhora também.

Chego em casa segurando as margaridas e, ao encontrar minha mãe, entrego-lhe o buquê.

— Pra você!

— Iiih, tenho dinheiro não, Sol — ela brinca, surpresa pelo presente.

— Então me devolve isto aqui! — finjo que vou pegar as flores de volta.

Ela se vira de forma dramática, protegendo o buquê com o corpo e se afastando de mim.

— Obrigada, filha, são lindas.

Ao vê-la cheirando as margaridas e passando os dedos sobre as pétalas, toda aquela agitação que estava dentro de mim começa a desaparecer. É incrível, mas fazer alguém feliz me faz feliz também.

Ontem falei com a Cabelo Azul. Vamos nos encontrar daqui a pouco em um shopping perto do metrô. O nome dela é Maria Eduarda, ou Duda, como ela prefere ser chamada.

Quando chego ao nosso ponto de encontro, ela já está lá, debruçada sobre uma mesinha na praça de alimentação. Vejo o estojo de lápis de cor ao seu lado e logo penso que talvez ela seja uma daquelas pessoas viciadas em livros de colorir. A Duda ainda não me notou e eu vou me aproximando. Conforme chego mais perto, vejo que o que ela está pintando é muito mais complexo. Na folha à sua frente, duas garotas, uma de cabelo azul e outra com largos cachos escuros, ambas com seus celulares na mão e no rosto, sorrisos largos e olhos brilhantes. Há tantas cores e tantos detalhes que me sinto encantada.

— Caramba, você é boa nisso!

— meudeusdocéugarota!!! Quer me matar?!

— Nossa, foi mal! É que você é realmente boa. Me fez lembrar de uma das minhas melhores amigas, a Valentina. Ela também é talentosa, mas o lance dela é mais com quadrinhos.

— Ah, sério?! Que legal, eu ia gostar de conhecer sua amiga. É bem difícil encontrar garotas que desenham hqs por aí…

— É mesmo, mas ela mora meio longe daqui, então…

— Pô, que pena! Mas enfim, como você sabe, estou sem meu celular, né, então passei meu tempo fazendo isso pra você.

— Uau! Valeu mesmo!

— Ah e aqui está o seu celular. O certo, desta vez.

Nós duas rimos e desfazemos a troca, mas eu volto ao assunto anterior:

— Você desenha por lazer?

— É, só por lazer mesmo, desde criança é assim. Até queria que isso fosse meu trabalho, mas é tão difícil viver disso!

— Mas você já pensou em expor em algum lugar?

— Pensar, eu já pensei, mas nunca coloquei a ideia em prática. Todos vivem dizendo que isso não dá dinheiro, que não vale a pena... Até tentei um pouco, mas nada que me tenha feito ficar animada ou ver algum retorno; pelo contrário. Parece que tudo o que encontrei foi o que as pessoas disseram.

— Mas se você quer tanto isso, não acha que vale tentar mais e de maneira mais incisiva?

— Talvez, mas...

Enquanto ela tenta se justificar, minha mente está longe, pensando que, na verdade, talvez eu pudesse ser útil para aquela menina.

— Cara, sabe que talvez eu possa te ajudar? Uma amiga da minha mãe é coordenadora de um espaço de exposição superlegal. Quem sabe ela consegue ver algo pra você!

— Sério? Isso ia ser demais! Mas sei lá, será que tenho material pra isso? Não faço a menor ideia de como isso funciona.

— Calma, eu ainda tenho que ver. Mas se rolar ela vai te dar todos os detalhes, ok? Eu não sou nenhuma crítica de arte, mas seu trabalho é demais!

— Nossa, isso seria incrível!

E sem nenhum aviso, ela me abraça tão forte que sinto meus braços presos ao corpo. Esse não é meu tipo favorito de interação, assim, me sinto um pouco desconfortável, mas resolvo sorrir e retribuir.

A primeira coisa que faço quando nos despedimos é ligar para a minha mãe. Estou torcendo tanto para que a minha ideia dê certo que no instante em que ela atende ao telefone, despejo tudo em cima dela:

— Manhê, sabe a Cecília, sua amiga?

— Aham, o que tem ela?

— Então, eu tava pensando se ela não tem uma vaga pra uma daquelas exposições...

— Não sei, filha, posso ver com a Cecília. Mas por que você quer saber? Resolveu virar artista agora?

— Não é pra mim, né? Tenho uma amiga que arrasa muito nos desenhos, mas ela nunca participou de uma exposição. Aí, pensei em ajudar de alguma forma...

Surpreendo-me comigo mesma ao usar o termo "amiga" para uma pessoa que conheci ontem. Mas não sei explicar muito bem, ao mesmo tempo que disse só para simplificar a conversa, também sinto como se fosse algo natural. Não sei, acho que gostei da Duda.

— Ah, isso é ótimo, Sol! Vou ligar pra Cecília e depois te falo no que deu.

— Beleza, faz seu melhor, hein?!

— Ok! — E detecto o tom de risada em sua voz.

Também sorrio ao desligar o telefone e só consigo pensar em como é inspiradora essa nova fase que estou tentando construir. É uma boa maneira de ocupar o meu tempo.

Depois de uns quinze minutos, ouço um toque despertando minha atenção. Uma foto surge na tela abaixo do nome "Mãe <3".

— Oi! E aí?

— Sol, você é muito sortuda mesmo! A Cecília falou que está trocando a exposição agora e tinha já todos os nomes participantes, mas falou que talvez consiga encaixar sua amiga também! Mas ela precisa conhecer os trabalhos da menina antes e...

— Sério?! Que demais, mãe!!! Valeu mesmo! — Estou tão animada que nem deixo que ela termine a frase.

— Só que ela precisa correr, viu? Pede pra garota ligar pra Ceci o mais rápido que puder. Se der pra ir lá pessoalmente, melhor ainda.

— Tá bom, mãe, vou ligar pra ela agora mesmo! Brigada mil vezes, tá?

— Tudo bem! Boa sorte pra vocês, depois me conta no que deu. Beijo.

— Pode deixar! Beeeijo!!!

Sério que vai ser tão fácil assim? Inacreditável que depois de um dia com tudo dando errado, agora temos um com tudo dando certo!

Procuro pelo nome da Duda na minha lista de contatos. Ela deve estar um pouco ansiosa também, pois atende logo ao primeiro toque.

— Ei, Sol, quanto tempo, hein?

— Pois é, menina, nem lembrava mais da sua voz!

— Palhaça! E aí?

— Sabe, parece que estou falando com alguém prestes a expor seus trabalhos por aí...

— NÃÃÃO! Isso é um jogo comigo, garota?

— É sério, pô! Minha mãe conversou com a amiga dela. Ainda não tá cem por cento, mas tá quase. Você tem um tempinho pra passar lá no centro de exposições? Se quiser, posso ir com você...

— O quê? Agora? Já tô voltando! Você ainda tá perto do shopping? Posso te encontrar por aí?

— Respira e não pira! Tô no shopping ainda, me encontra aqui e vamos juntas pra lá então!

Estou tão animada que tenho de contar isso tudo pra alguém. Acho que meu celular nunca teve tantas ligações assim, seguidas. Mas enquanto espero pela Duda, ligo para a Bia e conto cada detalhe dos acontecimentos desde ontem.

É engraçado que uns dias atrás nada disso teria acontecido, simplesmente porque eu não daria tanta abertura para as coisas chegarem aonde chegaram. No entanto, agora estou até curtindo essa energia, tem sido divertido. E a Bia é uma ótima pessoa para eu contar as coisas nessas horas — ela tem uma enorme capacidade de ficar feliz pelos outros. A Bia fica tão animada quanto a saber de tudo que parece até que estamos falando sobre ela própria. Que fofa!

*

Ao fim do dia, estou tão agitada voltando pra casa que parece que uma corrente elétrica passa pelo meu corpo. O resumo é que deu tudo certo para a Duda — ela vai participar da exposição que entra na próxima semana.

Mas é curioso como as coisas podem se transformar de uma hora pra outra.

15

Estou revirando a bolsa atrás da chave para entrar no meu prédio quando sinto alguém me abraçando pelas costas, com a cabeça afundada no meu ombro. A minha surpresa é maior ainda quando constato que é o Felipe e ele me vira de frente e encosta os seus lábios nos meus, sem me soltar do seu abraço. Assim que consigo ter noção da loucura que está acontecendo, empurro-o pra longe, mas não rápido o suficiente para evitar que a Stela veja essa cena toda.

— Oi?! — ela diz, bem irritada e confusa, esperando que alguém se pronuncie sobre o que acabou de acontecer.

— Stela?! — O Felipe olha dela pra mim, como se não acreditasse que finalmente cometera aquele erro que tem tentado evitar desde o início do namoro.

Eu mesma não sei o que dizer. Já tinha percebido que ele não sabia nos diferenciar, mas a Stela é bem cega quando quer ser.

— Stela, acho que alguém confundiu nós duas...

— Será? — Ela olha pra mim em desafio.

Não consigo entender imediatamente a intenção por trás daquele olhar. Demoro um tempo até me dar conta de que a minha irmã tem suas dúvidas a respeito de eu ter ou não culpa no cartório.

O Felipe, é claro, se aproveita da situação e começa o seu show de sempre:

— Stela, ela estava parada aqui, bem onde a gente tinha combinado de se encontrar. Ela sorriu pra mim como você sempre faz, aí eu pensei que...

— O QUÊ?! EU SORRI PRA VOCÊ?! MAS EU ESTAVA DE COSTAS PRA VOCÊ! NEM TE VI CHEGANDO!!!

— Você não parecia de costas pra ele quando eu cheguei. Estava até bem de frente, na verdade, Sol!

Sinto-me tão indignada nesse momento que até desisto de tentar explicar qualquer coisa. Mas antes que eu carregue uma culpa que não é minha, digo:

— Ok, espera aí. Você não pode estar falando sério! Eu sei que você é inteligente, por isso vou deixar que raciocine sozinha. Você me conhece e conhece esse troço que chama de namorado, agora, tire suas próprias conclusões. Quando estiver com o cérebro funcionando direito e quiser conversar, sou a pessoa de consciência tranquila no sofá da sua casa!

Viro-me sem dar chance para que nenhum dos dois me dirija a palavra novamente. Chego em casa ainda sem acreditar na cena que acabou de acontecer. Meu dia estava indo bem demais, eu não precisava mesmo desse banho de água fria.

Queria muito saber como está a conversa lá embaixo, mas sei que vai demorar, então decido me desligar do assunto por ora. Minha irmã já é bem grandinha e sabe se virar sozinha. Pelo menos é isso o que eu espero.

Passados alguns minutos jogando qualquer coisa aleatória no celular, minha mente resolve me lembrar de que antes do tumulto de ontem no metrô eu estava conversando com T. Abro as mensagens para responder e vejo que, realmente, a última enviada por ele ficara sem resposta.

> Cara, foi mal pela demora, mas você nem imagina o sufoco que passei ontem no metrô!
> De lá pra cá aconteceu tanta coisa que eu tô até perdida.

> Por favor, não repita as palavras "sufoco" e "metrô" na mesma frase.

> Pq? Hahaha

> Ontem eu entrei sem querer no vagão feminino.
> Nunca vi tantas mulheres irritadas comigo ao mesmo tempo.
> Mas esquece isso, me conte sobre suas aventuras.

OMG!!! Será que... Não pode ser... Mas seria tanta coincidência... Mas...

> Engraçado você dizer isso, boa parte da confusão de ontem incluía um cara dentro do vagão feminino em que eu tava!

> Isso só ficaria mais estranho se você dissesse que perdeu ou achou um celular nesse mesmo vagão.

Olha, a minha sorte é que sou nova e levo uma vida relativamente saudável, porque, se fosse em outra situação, já teria rolado um ataque do coração por aqui.

> Nesse caso, acho que podemos considerar que as coisas estão bem estranhas por aqui... Qual a probabilidade de isso acontecer?

> Pergunta errada, não sou de exatas.

> Eu também não... Droga!

> Acho que vamos ter que nos contentar com uma resposta bem de humanas mesmo: foi o destino!

Começo a digitar alguma resposta que pareça igualmente ridícula, mas ele me interrompe antes mesmo que eu termine:

> Espera, não diz mais nada! Me deixa tentar adivinhar qual das duas era você, a do cabelo azul ou a dos olhos grandes...

OLHOS GRANDES? Que abusado!!! Mas ok, vamos deixar que ele brinque de detetive.

> A menina do cabelo azul era muito agitada, nunca imaginei você assim.
> E você falou da confusão toda, mas essa confusão deve ter sido pior pra quem perdeu o celular, não para quem o encontrou...
> A menina do cabelo azul resgatou o celular da outra, então eu acho que você é a outra.
> Acertei?

Olha, a resposta final até está certa, mas o seu raciocínio... mais ou menos.
A gente acabou trocando os celulares sem querer, então a confusão foi para as duas.

AHÁ! O importante é que eu acertei!

Grande coisa!

Tá vendo? A menina do cabelo azul estaria bem mais animada depois de presenciar essa grande explosão de sagacidade.

O bom é que você é bem humilde, né?!

Prefiro chamar de realista.
Mas humilde também não deixa de ser verdade... ;)

...

Ei, S, larga de ser rabugenta e vamos focar no que interessa: agora, até que enfim, a gente se conhece pessoalmente!

Eu estava evitando pensar nisso... Desde que começamos a conversar, nunca tivemos coragem de marcar alguma coisa, nunca falamos de nos conhecer pessoalmente. Já imaginei essa situação várias vezes, mas a conclusão final era sempre ignorar esses pensamentos e fingir que nossa relação não é nada de mais.

LISTA DOS MOTIVOS QUE ME FIZERAM MANTER A RELAÇÃO SOMENTE NAS MENSAGENS DE CELULAR

- Ele deve ter namorada ou pelo menos ainda está apaixonado por alguém, decerto aquele alguém para quem estava tentando mandar aquela primeira mensagem patética.
- Eu gosto de conversar com ele, então tenho medo de que todos aqueles meus defeitos fiquem evidentes demais ao vivo.

- Sempre fui segura quanto a tudo, mas as verdades que a Bia me mostrou bateram com força na minha cara. Não quero correr o risco de ser uma decepção; me esconder tem sido confortável, por enquanto.
- O fato de gostar de conversar com ele também me deixa assustada. Não costumo dar esse tipo de abertura para os outros e não tenho certeza de que me envolver tanto assim com alguém seja a melhor solução.
- Ele nunca falou nada sobre isso, então eu é que não vou ser a louca que dá o primeiro passo; até porque, como eu já disse no primeiro tópico...

Pois é, que louco, né?

Mas, ao mesmo tempo, continuamos praticamente no mesmo ponto...
Ontem foi tão corrido... a gente nem se falou muito nem nada...

Ah, mas eu não sabia que você era você.
E você não sabia que eu era eu.

Mas agora a gente sabe, e aí?

E aí o quê?

Sei lá, o que você acha de a gente repetir, mas agora sem maluquices e tal?

O que respondo agora? Realmente não sei como agir. Se eu disser que sim, vamos ter que conversar cara a cara e isso pode ser desastroso. E se disser que não, o clima pode ficar estranho entre nós dois. E ainda tem a chance de nos encontrarmos e tudo dar certo, e eu não sei se quero isso. Mas também poderia dar tudo errado, e isso eu sei que não quero mesmo. No entanto, não é exatamente isso o que eu falei para a Duda? Para se arriscar? Então respondo:

> Sua namorada vai também?

AI MEU DEUS, COMO ALGUÉM PODE SER TÃO IDIOTA?! Entre tantas coisas pra falar, meu cérebro estúpido se decide pela pior opção.

> Quem? Hahaha

> Foi mal, não faz diferença, esquece... rs

> Então, não sei de onde você tirou essa ideia, mas eu não tenho namorada.

Essa informação é interessante... Aliás, não. Não muda nada, ele é só um amigo de mensagens trocadas.

> Ah, ok.

> Então?

> Ah, é. Sim, pode ser.

Alguém me explica qual o meu problema? Eu consigo mesmo piorar tudo a cada resposta. Com essa última tenho certeza de que ele achou que eu não estava interessada, que aceitava só por aceitar. Droga!

Contudo, mesmo se ele achou estranho, conseguiu levar o resto da conversa. Essa é uma característica do T que muito provavelmente foi responsável por fazer nossa relação — mesmo que por mensagens — durar tanto tempo. Ele sempre consegue me prender em todas as conversas, acabamos falando sobre tudo e, ao mesmo tempo, sobre nada. E o mais surpreendente é que isso tem despertado minha atenção — quero muito passar todo esse tempo com ele, mesmo que de longe. E é por isso que a possibilidade de estar tão perto dele faz um cubo de gelo correr pela minha espinha.

16

A Stela chega em casa bem tarde, mas é impossível não acordar quando ela entra no quarto. Não que tenha feito muito barulho, mas eu estava a sua espera — queria muito saber no que tinha dado aquela situação.

— Sol, eu sei que você não fez por mal… Desculpa ter falado daquele jeito.

— Tudo bem. Acho que foi só um mal-entendido, ele deve ter se confundido.

— É, também acho que foi isso. Eu falei pro Felipe que não tinha a menor chance de você ter feito isso pra confundi-lo e tal, mas…

— Mas o quê?

— Ele ficou furioso! Disse que eu não acreditava nele, que ficava do seu lado só porque é minha irmã.

— Isso não tem um lado, o certo é o certo. Ele nunca soube muito bem as diferenças entre a gente.

— É, eu já tinha percebido, mas quis acreditar que era coisa da minha cabeça. Até porque era isso o que ele dizia quando eu tentava entrar no assunto. Mas o fato é que depois disso ele terminou comigo.

— Espera. *ELE* terminou com você?

— Aham… Mas talvez ele tenha razão, Sol, eu tô sendo chata com isso. Não deveria cobrar tanto dele. Amanhã vou tentar resolver a situação, tenho que resolver. Não quero que meu namoro acabe. Quem sabe se eu ligar o Felipe não muda de ideia e…

— Stela, você está se escutando? Não é possível que depois de tudo isso ainda queira ficar com ele!

— Mas é dele que eu gosto!

— Não. É a ele que você se apegou. Você gosta da ideia de estar com alguém, já reparou nisso? Sempre de um relacionamento pro outro, emendando sem esperar esfriar o defunto anterior, e esse seu pensamento te cega para tudo que acontece ao seu redor. Você é melhor que isso, só não quer enxergar.

— Não, Sol, eu gosto dele de verdade!

— Ok, vamos lá: do que você gosta no Felipe?

— Ah, ele é bonito, todas as garotas adorariam estar no meu lugar.

— E ele usa isso pra se valorizar, usa isso contra você e a favor dele. Você gosta dele ou de exibi-lo para as outras garotas? Ele te faz pensar que você está em um lugar privilegiado e que deveria dar valor. O que mais?

— Ele está sempre comigo.

— Você tem outra opção? Quantas vezes saiu pra fazer o que gostaria sem o Felipe? É ele quem escolhe por você, sempre. Já reparou que não tem mais a sua liberdade? Você só faz o que *ele* quer, quando *ele* pode e com quem *ele* quer...

— Não é bem assim, eu gosto de estar sempre com o Felipe.

— Mas antes você gostava de estar comigo, com suas amigas e tudo o mais...

— Claro que sim.

— Porém, isso ficou tão raro, não é?

— É, talvez... Mas eu também adoro o carinho e a proteção que ele sente e demonstra por mim.

— Proteção ou possessividade? Quando te pede pra usar uma calça em vez de uma saia, o Felipe não está te protegendo, está te escondendo. Só pra ele. Você é dele e de mais ninguém.

— Mas isso é meio fofo, não é?

— Não! Isso não é fofo. É doentio. Não é saudável. Stela, você deveria ser a única que decide o que vestir, aonde ir, o que fazer. Não percebe que sua vida está voltada pro Felipe?

— Ai, Sol, você tá sendo muito dura, hein?

— Não acho. Você não precisa dele e de mais ninguém, só de si mesma.

— Ah, deixa pra lá, vamos dormir que já tá bem tarde.

— Eu só quero o melhor pra você. Sei que pareço exagerada, mas espero que depois de pensar um pouquinho você me entenda.

— Tá bom, vou tentar. Obrigada, de qualquer forma.

Não sei se Stela vai realmente assimilar tudo o que eu disse, mas dormirei tranquila esta noite; é como se uma montanha tivesse saído das minhas costas.

Nos últimos dias eu me envolvi com problemas tão diferentes que estou me sentindo até um pouco perdida. É tanta novidade, mil coisas acontecendo, tantas transformações que fica difícil morar dentro da minha cabeça. A cada nova pessoa que conheço, a cada uma que tento ajudar, acabo me envolvendo demais. É sempre gratificante quando tudo dá certo, mas até chegar a esse ponto, a sensação é de que há uma bomba em minhas mãos.

Esses pensamentos me surgem quando lembro que preciso checar a página que fiz para o Horácio. Dei uma olhada nos primeiros dias, mas depois não consegui acompanhar. Quando paro os olhos nela me sinto ligada na tomada, como se uma corrente elétrica me atingisse. Tudo está muito melhor do que eu esperava. A página tem muitos seguidores e há uma enxurrada de comentários. Uma pessoa até criou uma campanha com um link para arrecadar dinheiro e montar uma lojinha para ele. Estou me sentindo tão feliz por minha iniciativa ter inspirado a outros também! E o melhor: está realmente fazendo o bem para alguém. Um outro tópico da página chama minha atenção: o pessoal vem se reunindo para localizar o Horácio a cada dia, para avisar uns aos outros onde ele está. Assim, todos podem encontrá-lo para comprar seus *brownies* também.

Então eu me dou conta de que talvez ele ainda não saiba de nada disso, mas na certa gostará de saber. Assim, procuro na página a informação sobre a sua localização do dia. Eu até poderia ligar direto pra ele, mas vai ser legal ver sua reação e explicar tudo pessoalmente. Para minha sorte, ele não está muito longe. Então vou até lá.

Já de longe consigo vê-lo, com sua mesinha e seus *brownies*. Assim que me aproximo o Horácio abre um daqueles seus sorrisos enormes.

PARECE QUE QUANDO VOCÊ SE ABRE PARA A VIDA, A VIDA SE ABRE PARA VOCÊ.

— Oooi! Hoje foi mais fácil te achar!

— Ah, é? Tá metida com esses negócios de cartas, bola de cristal e tudo o mais?

— Não, eu diria que foi algo mais tecnológico!

— Aí já não é muito a minha praia. Não que bola de cristal seja, né?

— Eu queria te contar uma coisa que fiz pro senhor. Sabe aquele dia que vim com a minha irmã?

— Tô velho mas não tô maluco ainda, lembro sim.

— Então, eu criei uma página na internet falando dos seus *brownies*, pra divulgar. O povo adorou, já tem muita gente acompanhando, e eles estão até te rastreando por aí. Todo dia alguém comenta por lá qual a sua localização, e foi assim que te achei.

— Então foi você?! De vez em quando alguém passa aqui e fala comigo sobre isso, mas eu nunca entendo muito bem, sabe como é, não sei muito dessas coisas novas de hoje.

— Sim, eu criei a página e pedi ajuda pra divulgar. Muita gente topou por já conhecer o seu trabalho e adorar. Virou utilidade pública!

— Ah, minha filha, não precisava mesmo todo esse trabalho aí, menina...

— Que nada, foi um prazer, o senhor merece.

Percebi que ele estava diferente. Seus olhos logo ficaram marejados, assim como os meus, mas ambos tentamos impedir aquelas gotinhas de cair. Eu não estava preparada pra vê-lo se emocionar assim.

— Obrigado mesmo, viu? Você é uma boa garota.

Aquelas palavras tão simples vindas daquele senhor chegaram até mim de uma forma tão acolhedora! É engraçado que existam certas pessoas que nos passam uma sensação de paz, uma boa energia que nos faz querer estar muito perto... O Horácio é uma delas.

Conversamos mais um pouco e nos despedimos. Preciso conferir se não borrei meu rímel depois de quase chorar no meio da rua. Assim, entro no shopping e me dirijo ao banheiro mais próximo. O lugar está cheio demais para um dia de semana, mas sigo meu caminho mesmo assim; afinal, não pretendo demorar muito por aqui.

Olho-me no espelho bem de perto e me assusto quando umas garotas entram apressadas. Após a porta se fechar, noto em seus rostos uma grande expressão de alívio e mais do que isso: certa familiaridade. Não consigo me lembrar de onde, mas sinto que já as vi antes em algum lugar. Elas conversam rapidamente entre si e eu não posso deixar de ouvir, pois estão próximas a mim.

— E agora, o que a gente faz?

— Não sei, acho que dá pra ficar aqui até o movimento diminuir lá fora.

— Mas e se demorar muito? E se alguém nos encontrar aqui?

Minha mente logo começa a pensar em situações que se encaixem nesse diálogo: será que elas roubaram alguma loja? Será que estão sendo perseguidas por terroristas? Será que são famosas e... É isso! Já sei de onde as conheço.

— Dá licença, eu não pude deixar de ouvir. Vocês têm um canal no Youtube, não é?

Elas se olham, apreensivas, se perguntando se serei eu a estragar tudo. Ao notar suas expressões, tento melhorar a situação antes de receber uma resposta:

— Nossa, desculpa, acho que assustei vocês. Eu só queria ver se posso ajudar com alguma coisa. Fiquem tranquilas.

Elas relaxam um pouco, mas ainda não sabem muito bem como explicar a situação. É a Luíza quem começa a falar.

— Oi! A gente sempre vem a este shopping, mas o movimento costuma ser menor durante a semana. Foi só quando chegamos aqui que fomos avisadas de que outro *youtuber* está fazendo um encontro com os seus seguidores, por isso está tão lotado.

— Ah, então tá explicado, também estranhei o movimento. Mas e aí, o que tá rolando?

— É complicado, mas pra resumir a história: sabe o Lucas, que tá fazendo o encontro aqui no shopping? Então, a gente namorou por um tempo, mas quase ninguém sabe disso. — Essa última parte soa como um lembrete para que eu não espalhe a notícia por aí.— Terminamos recentemente, mas não ficamos muito bem, então eu não gostaria de modo algum que ele me visse aqui. Ainda mais porque poderia achar que vim de propósito só pra tumultuar as coisas, entende?

— Puxa, eu não sabia que vocês dois namoraram! — E logo me lembrando dos vídeos delas a que já assistira.

A Manu completa a história da amiga:

— A gente já estava indo embora, mas aí alguém nos viu de longe e começou a gritar nossos nomes e, quando me virei, vi que várias pessoas já vinham em nossa direção.

— É, não foi uma boa hora pra ser reconhecida...

— Aí a gente apertou o passo e conseguiu entrar aqui e despistar a galera.

— E agora vocês não sabem muito o que fazer para sair daqui, né? Talvez o pessoal que as viu antes ainda esteja procurando...

— Uhum.

Uma capa da invisibilidade seria muito útil agora, mas vamos trabalhar com o que temos.

— E se... Bem, não sei se daria certo, mas o seu cabelo é parecido com o meu, né? Eu poderia trocar de blusa e sair primeiro, sei lá, tentar confundi-los. Depois vocês saem e a gente se encontra em outro lugar para destrocar de roupa...

Estou me sentindo meio idiota com esse plano digno de sessão da tarde, mas me surpreendo quando elas assentem com a cabeça e dão de ombros como se dissessem: "Não temos nenhuma ideia melhor!"

Sou a primeira a sair de acordo com nosso combinado. Vou andando em direção à saída e vejo umas meninas apontando em minha direção, mas logo apresentam uma expressão frustrada ao reconhecer que não sou quem elas procuram. Antes de virar a esquina do primeiro corredor, olho pra trás e vejo que a Manu e a Luíza já saíram do banheiro também e vêm até mim com a cabeça abaixada, tentando, sem sucesso, se esconder pela cortina de cabelo. Digo "sem sucesso" porque acompanho quando três adolescentes se aproximam e pedem uma foto com elas, que, após alguns instantes de conversa e abraços, voltam a atenção ao que tentavam fazer antes.

Ando mais devagar, porque compreendo que a pior parte já passou e elas estão quase me alcançando. Acho que o nosso plano não deu em nada, de qualquer forma. Quando as duas se aproximam de mim, estão bem mais tranquilas, a saída já não está tão longe e parece que tudo vai dar certo. O Lucas nem saberá que elas estiveram por aqui. Sugiro virarmos à direita.

Comemorei rápido demais. Assim que entramos no próximo corredor, damos de cara com uma enorme aglomeração. É ali que o Lucas está reunido com seus seguidores, os quais logo notam a presença da Manu e da Luíza e se viram para o nosso lado, muitos chamando pelos seus nomes. Logo o grupo cresce e, em segundos, já estava correndo pra cima da gente. Se o Lucas percebeu o que estava acontecendo eu não sei, mas disparamos a correr, assustando os compradores próximos.

Saímos pela primeira porta que encontramos. Quando me dou conta, a Manu já entrou num táxi estacionado à saída e senta-se no banco de trás. A

Luíza agarra o meu pulso e me puxa pra dentro do carro com ela. Só quando o taxista dá a partida é que me permito respirar aliviada. Mas o mesmo não ocorre com elas. A Manu e a Luíza estão perplexas, ambas como se ainda não acreditassem no que acabou de acontecer. Elas iniciam uma conversa entre si:

— Você tem noção do que isso vai virar?

— Aham! E agora todos vão achar que somos umas ridículas ou umas estrelinhas que fogem para não falar com os nossos seguidores.

— SIM! Acha que vão nos odiar por isso?

— Cara, o pessoal pega pesado na internet, você sabe. Ninguém quer nem saber, já sai tacando pedras antes mesmo de conhecer a verdade.

— Eu sei, mas é que fiquei tão apavorada lá dentro, não queria de jeito nenhum que o Lucas me visse... Não depois do climão que ficou quando a gente terminou.

— Se dermos sorte, essa história pode ficar abafada por aqui. Vamos torcer pra isso acontecer... E se começarem a falar, muitas pessoas conhecem a gente e sabem que nunca fizemos nada semelhante antes...

Eu não posso entender pelo que elas estão passando, mas de certa forma me sinto culpada pelo que aconteceu.

— Meninas, desculpa, parece que o meu plano era mesmo idiota, no fim das contas.

— Ei, a culpa não foi sua. Você só tentou ajudar!

— Inclusive, muito obrigada, viu?

— Obrigada por isso? Acabei metendo vocês nessa furada! — digo, encolhendo os ombros.

— Não, a gente se meteu nessa furada. Você não precisava fazer nada, mas se dedicou ao nosso problema, tentou achar uma solução.

Sinto-me muito desanimada com o desfecho dessa história. Desde que comecei a me envolver mais, me importar mais com os problemas dos outros, sempre consegui ajudar de uma forma ou de outra. Mas hoje não só não o fiz como acabei atrapalhando.

Pode até ser que tudo tenha dado errado, mas começamos a conversar sobre a situação e conseguimos dar boas risadas. Elas são muito gentis comigo e embora não as conheça além da internet, sinto que estão sendo sinceras. No meio da confusão, não conseguimos destrocar as blusas, então combinamos de nos encontrar em outro momento para isso.

Pelo menos esse dia serviu para me distrair um pouco de algo que está me deixando muito nervosa: o encontro com o T. Amanhã.

Pra manter normal o nosso ritmo de conversa, resolvo contar pra ele sobre o meu dia e o T acaba percebendo o quão frustrada estou por não ter conseguido resolver a situação.

> S, nem sempre as coisas funcionam.
> Um dia a gente perde, outro a gente ganha.

> Não sei por que, mas eu achei que ganharia mais essa.
> Me sinto derrotada dessa vez.

> Você não precisa ser a melhor sempre, mas fazer sempre o seu melhor.
> E isso a gente pode dizer que você fez, não é?

É por isso que as coisas são tão fáceis entre nós. Eu me sinto segura pra falar até sobre os meus sentimentos e ele sempre tem a resposta certa pra mim.

18

Ok. Agora é oficial, estou no meio de um encontro.

Desde que marcamos, venho tentando me convencer de que tudo dará certo, que será um dia supertranquilo, sem grandes emoções. Claro que me enganei. Tudo começou a dar errado quando a gigante expectativa não me deixou dormir direito. Tive muitos sonhos e nenhuma posição me parecia confortável o suficiente.

Sonhei que encontrava o T, mas só então percebia que estava usando as roupas do meu pai. No mesmo sonho havia algumas crianças que não paravam de rir a cada palavra que eu dizia e era muito difícil dar um único passo sem cair ou tropeçar. Pois é, esse foi o nível da minha noite.

Isso só me deixou mais nervosa ainda, mas não tinha mais como fugir, então aqui estou. Num *encontro*. De verdade.

Para diminuir bem o drama e ser sincera, está mais fácil do que eu imaginava. Cheguei primeiro, o que na verdade até prefiro — dessa forma ele fica responsável por fazer as primeiras interações. O nosso cumprimento é um pouco diferente do convencional, já que ele se aproxima sem que eu o veja e coloca um patinho de borracha no meu ombro esquerdo. Eu me assusto com a sua presença inesperada e faço um barulho bizarro, meio como um cruzamento entre uma tosse e um gritinho. Fingimos que isso não aconteceu e seguimos adiante, pegando do chão o coitado do patinho e dando início à nossa conversa.

Ah, esqueci que talvez vocês não saibam que esse patinho de borracha tem um sentido. O T não agiria tão tolamente assim.

ACHO MUITO FOFO ESSE PRESENTE PORQUE:

- Foi inesperado.
- Não é nem um pouco convencional.
- Mostra que ele se importa.
- E que passou um tempo pensando sobre isso.
- Ele se lembrou de uma história boba qualquer.

Certo, eu sei que vocês querem mesmo saber por que raios tem um pato de borracha no meio do meu *encontro*. Vamos lá. Em uma daquelas intermináveis trocas de mensagens, acabei contando sobre uma vez na minha infância quando meus pais nos levaram a uma fazenda cheia de bichinhos lindos. Havia um lago enorme, com pedalinhos, e adivinhem só: muitos patos. A Stela, depois de passar o dia todo ao lado de um milhão de bichos maiores, resolveu que o pobre do pato seria aquele do qual ela teria medo. E ela só decidiu isso quando já estávamos no meio do lago e um pato se aproximou da gente. Minha irmã gritou tanto que até hoje não sei como suas cordas vocais conseguiram resistir. Mas eu fiquei pensando naquele patinho tão bonitinho e decidi que queria ser amiga dele e que minha irmã estava sendo muito injusta. Só que após esse escândalo todo tivemos que ir embora e eu nunca mais vi meu amigo de poucos minutos. Fiquei supertriste por vários dias, até que meus pais resolveram me presentear com um patinho de borracha. Eu me apeguei a ele por muito tempo, mas acabou sumindo em meio à nossa mudança de SP para cá e eu nunca mais o encontrei.

— Será que depois de todo esse tempo eu ganhei o direito de saber o seu nome? Além de S, é claro.

— Tudo bem, mas eu deixo você contar o seu primeiro. Pode ficar à vontade!

— Tá. Eu poderia fazer algum joguinho pra você tentar adivinhar, mas seria muita maldade, então vou falar logo: meu nome é Tibúrcio.

— Larga de ser bobão, fala sério!

— Estou falando! Quer ver minha identidade?

Olho desconfiada, sem saber se devo acreditar. Mas ele não seria tão cara de pau em oferecer a identidade se fosse uma mentira, né? Ou seria?

— O QUÊ? Você é que deveria estar escondendo o nome então, não eu!

— Vejam só que abusada!

— Sério, de onde saiu esse nome? Seus pais te odeiam?

Ele está rindo alto e vejo que seus olhos diminuem com a risada. Após um tempo para se recompor, diz:

— Ai, foi mal, não consegui resistir. Mas valeu a pena, sua cara de surpresa estava ótima!

— Ah, qual é! — Dou um tapa no seu braço, mas no mesmo instante desejo não tê-lo feito. Encostar nele assim, tão de repente, me pega desprevenida.

— Ei, essa doeu! — Ele esfrega o lugar onde bati. — Tá bom, eu me rendo. Eu me chamo Talles. Agora é a sua vez. Só não me diz que seu nome é... sei lá, Sarvinocleide.

— Como adivinhou?! Andou me *stalkeando*, garoto?

— Aaaanda, fala logo!

— Tá bom, meu nome é Sol.

— Nossa, que nome poético!

— Aham, sei... Na verdade é Marisol, mas você sabe, né...

O dia se esvai por longas horas, andamos muito e, no final da tarde, sentamos nas pedras do Arpoador para assistir ao pôr do sol. É uma cena linda!

Aproveitamos o cenário e a luz maravilhosa para tirar uma foto juntos e, como se no piloto automático, sem pensar muito, posto nas minhas redes sociais. Em condições normais, não faria isso, mas estamos falando de mudanças, não é mesmo?

Quando o sol se despede, o Talles se levanta e estende a mão na minha direção, me convidando a me levantar também.

— Agora, o que acha de me deixar escolher o nosso próximo destino?

Evitei ao máximo pensar nesse dia, então me sinto realmente aliviada com a ideia.

— Claro! Mas escolha com sabedoria e não se esqueça de que com grandes poderes vêm grandes responsabilidades.

— Não sou o Homem-Aranha, mas vou me lembrar disso! Anda, vamos lá.

Caminhamos um pouco por ruas desconhecidas por mim. A cada nova esquina me pergunto aonde estamos indo e a curiosidade pelo nosso destino final só aumenta. Vejo uma placa indicando uma rua sem saída e é nela mesmo que entramos. Os paralelepípedos num tom claro de cor-de-rosa são o que me chamam a atenção de imediato. Deixo-me guiar por eles, acompanhados por calçadas pintadas com desenhos de crianças: uma estrela sorridente, um peixinho de chapéu, uma árvore carregada de maçãs vermelhas. Tudo é tão colorido e mágico que fico me perguntando como nunca havia entrado naquela rua antes. No final dela, desperto dos meus pensamentos ao perceber que o chão agora é gramado e estamos entrando em uma proprie-dade margeada por portões de madeira. Ao longo do terreno, vejo uma imen-sidão de luzes penduradas por toda parte e logo chegamos a um lugar que mais parece um restaurante. Do lado de fora há mesas baixas, almofadas no chão e até cadeiras de balanço.

— Uaaau! Que lugar é este?

— Demais, né? Nem dá pra acreditar que existe algo assim bem no meio da cidade. Foi meu irmão que me trouxe aqui, assim que cheguei ao Rio.

Mais cedo o Talles (que estranho chamá-lo assim) havia me contado que o irmão dele veio antes para o Rio e começou sua faculdade aqui. Só depois ele decidiu mudar-se pra cá também.

— E como ele, que tá somente há alguns anos na cidade, conhece isto aqui e eu não?

— A namorada dele o trouxe. Mas não se sinta mal, quase ninguém conhece este lugar, mesmo os que nasceram na cidade.

— Isso o torna ainda mais especial.

— Ainda bem que gostou! Mas vamos, nosso lugar é mais à frente.

No gramado há algumas árvores alinhadas lado a lado. Só quando o Tal-les se aproxima de uma delas é que noto o que há de diferente ali: escadas. Estamos diante de um minibosque de casas na árvore. Tudo é tão inusitado, tão surpreendente que quando menos espero o abraço com força. Meu ouvido está colado no seu peito e posso ouvir seu coração acelerado enquanto ele ri, retribuindo o abraço. Sempre fui mais fechada que a Stela, sempre preferi ter poucas pessoas na minha vida. É engraçado, mas a cada mensagem, a cada nova afinidade, o Talles desperta algo em mim que nunca senti antes.

No topo, na nossa casinha na árvore, vejo o quanto o Talles absorveu de todas as nossas conversas por sms. Na mesa posta no meio do cômodo há uma infinidade daquilo que mais gosto de comer: doces. De todas as cores, organi-zados como em um arco-íris, e no meio disso tudo, pudim, meu favorito.

Nem sei por onde começar quando nos sentamos lado a lado diante daquela mesa lotada. Mas ele não faz cerimônia e ataca as balinhas de goma. Eu começo pela tortinha de limão. Comemos sem receio, aproveitando tudo aquilo que o Talles preparou para encerrar nosso dia de uma forma perfeita. Nem acredito que ele pôde planejar isso tudo, me sinto tão especial... Cada vez que o Talles me olha ou que nos encostamos sem querer (ou não), é como se houvesse eletricidade entre nós. Nunca me senti assim.

Antes que eu pudesse me preparar, ele me pega de surpresa:

— Já faz um ano que me mudei pra cá e, mesmo o meu irmão sendo o meu melhor amigo, ainda me sentia meio sozinho, sei lá, como se faltasse alguma coisa...

Eu, como sempre, sendo mestre em acabar com qualquer clima que possa existir, logo disparo:

— Mesmo antes de você e sua namorada terminarem? — Meu rosto fica vermelho na hora e se eu pudesse engolir as palavras, pode ter certeza de que o faria.

— Não sei por que você cismou com isso, mas não namorei ninguém desde que cheguei aqui.

— Ah, é que eu pensei que aquela mensagem errada fosse para sua namorada. Ou ex-namorada, sei lá.

Ele pega do bolso o celular para consultar o que me fez pensar assim. Quando encontra a sua primeira mensagem, desanda a gargalhar e leva um tempo até conseguir se acalmar e começar a falar de novo.

> Eu queria tanto que você não fugisse de mim...
> Mas se fosse eu,
> Eu fugia.

— Cara, esta mensagem era pro meu irmão. A gente tem uma brincadeira só nossa: um manda um trecho de música e o outro tem que escrever o restante dela, mudando totalmente a estrutura e o sentido da letra. Eu tinha acabado de trocar de celular, aí achei que sabia o número dele de cabeça, mas pelo visto não, não é?

Não acredito que passei esse tempo todo pensando que o T era um cara apaixonado qualquer que levou um pé na bunda e estava desesperado pra reatar o namoro perdido!

— Nossa, por que você não falou isso antes?

— Porque você não perguntou! Agora, se me permite, posso continuar a ser fofo como estava sendo antes de você me interromper com as suas maluquices? Obrigado.

Disfarço o sorriso.

— Foi mal...

— Então, eu estava mesmo me sentindo muito sozinho. Aquela nossa primeira conversa foi só um papo entre dois desconhecidos. Mas desde o começo você me pareceu diferente. Dava pra ver muito da sua essência, mesmo sem fazer ideia de quem você era. Quando os dias foram passando, fui vendo mais de você, seus pensamentos, suas inseguranças e o mais lindo: suas mudanças! É preciso ser muito especial para mudar, Sol. Tem que ser muito forte pra conseguir detectar seus defeitos, reconhecer suas imperfeições e tentar mudar. E foi isso o que mais me prendeu a você. O mundo não precisa de pessoas perfeitas. O mundo precisa de pessoas reais. E eu também.

Estou tão chocada com tudo o que ele disse que nem tenho tempo de pensar em uma resposta à altura. De repente, os lábios dele parecem bonitos demais, e o Talles já está mais perto, e eu também estou, e tudo está perfeito demais, e silencioso demais, até que meu celular desperta minha atenção. Reluto um pouco antes de me afastar para ler a mensagem que acabou de chegar. É da Stela e seu conteúdo não poderia me deixar mais desarmada:

> Sol, vi sua foto na internet. Então esse é o misterioso T, hein? Você não vai acreditar em como esse mundo é pequeno, mas lembra daquele ex da Carol, aquele por quem ela ficou meio obcecada e tal? Parece que é a mesma pessoa que está diante de você!

Eu me lembro disso. Faz vários meses, mas a lembrança da Bia e da Stela me contando sobre a Carol superapaixonada ainda me parece nítida.

Demora um pouco para eu processar tudo. Não consigo acreditar que eles sejam a mesma pessoa, ainda mais porque o Talles acabou de me dizer que nunca namorou ninguém aqui no Rio. Isso faria dele um mentiroso. E mesmo se eu ignorasse esse fato, estaria sendo egoísta, justamente o que tenho lutado para não ser. Não quero estar no caminho da Carol. Nem de ninguém. E muito menos estar ao lado de quem mente sobre uma coisa tão desnecessária assim.

Eu sabia que me deixar levar desse jeito não acabaria bem! Deveria ter escutado a razão, como sempre fiz. Envolver-me com alguém assim não estava nos meus planos e agora vejo que realmente não deveria estar.

Pego a bolsa, me levanto rápido e digo que preciso ir embora, que esqueci de algum compromisso qualquer. Não dou a menor chance pro Talles falar. Antes que ele consiga vir atrás de mim, já estou correndo para a rua, até pegar o primeiro táxi.

19

Hoje eu realmente acreditei que talvez as coisas pudessem ser diferentes, que eu conseguisse ir contra o que a razão sempre gritou nos meus ouvidos: seu coração só serve para bombear sangue!

Ainda não sou capaz de entender como me deixei envolver até esse ponto. Todo o percurso está errado. Foi como uma tempestade que chegou dentro de mim e colocou tudo de pernas pro ar.

Não estou calma o suficiente pra lidar com tudo isso sozinha. Preciso que alguém me escute e confirme que eu tenho razão.

*

Aperto apressadamente os botões do elevador a fim de chegar ao apartamento da Bia. Tudo está silencioso demais por ali. Sinto, quando o som da campainha soa, como se não pertencesse àquele lugar. Alguns instantes se passam e não escuto barulho. Pego o celular para ligar para a minha amiga e é quando ouço a chave girando pela parte de dentro da porta.

O alívio que pensei que sentiria ao me deparar com a Bia não acontece assim que a vejo. Isso porque é ela quem parece aliviada com a minha presença, como se precisasse de mim exatamente ali.

Percebo de cara que a Bia andou chorando. Seus olhos estão inchados, vermelhos e sua expressão é a de alguém vazia por dentro. Antes que alguma de nós consiga dizer qualquer coisa, pouso a mão no seu ombro, deixando que ela deite a cabeça no meu.

Começo a imaginar o que aconteceu. A Bia não tem falado muito sobre os pais dela, então acabei imaginando que as coisas entre eles tinham se resolvido. Mas agora vejo que a Bia só estava sendo a Bia. Não queria incomodar ninguém e resolvera passar por tudo sozinha.

— Seus pais, Bia?

Ela balança a cabeça, tentando conter o choro.

— Aham… Minha mãe saiu de casa hoje. Vou ficar aqui com o meu pai, por enquanto.

— Nossa, eu sinto muito! Achei que as coisas tinham melhorado.

— Tudo estacionou entre eles. Isso foi até pior. Mas em parte foi melhor, porque assim os dois conseguiram ver que não dava mais certo.

— E como isso pode ser melhor?

— Ninguém pode viver onde não cabe mais, Sol. Tenho pensado muito sobre isso e vi que seria egoísmo querer que meus pais ficassem juntos dessa forma. Eu vinha me sentindo um peso nesta casa e não queria ser a âncora de ninguém. Por isso, ontem chamei os dois pra conversar e, de certa forma, estou feliz com o desfecho da situação.

— Feliz?

— É difícil aceitar perder algo que já faz parte de você. Estou sofrendo bastante, mas tenho experimentado um sentimento libertador. Se fosse possível, eu gostaria de ver sempre os dois juntos, sob o mesmo teto, mas entendi que me faz mais falta vê-los felizes.

— Bia, às vezes você me assusta…

Fica claro para mim que aquela situação não a fazia feliz, mas captei a imensa generosidade por trás das palavras da minha amiga. Sei o quanto ela precisou deixar de lado a si mesma para tomar aquela atitude, e me orgulho dela. É sempre fácil dizer aos outros o que devem fazer, que atitude tomar, mas é preciso muita coragem para enfrentar seus próprios medos.

Mesmo sem saber, ela, que tinha um problema muito mais sério e precisava ser consolada, acabou me consolando. Talvez tudo devesse ser assim mesmo. Cada pessoa tem sua própria maneira de lidar com os problemas. Não se trata de uma regra matemática, uma troca medida no 1 por 1. Precisa deixar que os ventos soprem — não há como interferir nisso.

*

Chego em casa com a Bia ao meu lado. Consegui convencê-la a passar a noite aqui, já que precisamos de um tempo antes de lidar com todas as situações que estão rolando em nossas cabeças.

Assim que chegamos, vemos o Matheus muito concentrado, sentado no chão com jujubas e linhas na mão, tentando montar um colar de doces. Sinto o cheiro de comida no fogo. Avisto o Sírius deitado despreocupadamente em cima da estante e o All Star amarelo da Stela jogado ao lado do sofá. Realmente, não há lugar melhor que o nosso lar.

Hesito em ir até o quarto encontrar minha irmã. Não sei o que ela decidiu sobre o Felipe e não quero ouvir mais sobre sua dependência dele. Mas chegando perto da porta escutamos uma música alta e a voz da Stela cantando junto. A Bia me olha como se soubesse o que estou pensando, e gira a maçaneta.

Agora somos três descabeladas, loucas e com os corações em frangalhos. Malditos corações. Somos as melhores companhias que poderíamos ter esta noite e seguimos o plano: não pensar em nada.

Finalmente chegou o dia! Não me recordo de ter ficado ansiosa para a minha própria festa de aniversário desde… Desde nunca. Não me lembro de isso ter acontecido antes. Já tive muitas festas de comemoração, mas esta parece ter vários ingredientes diferentes, sobretudo sabendo mais quem eu sou e que tipo de pessoa quero ser.

Desta vez tudo está diferente. Tudo parece fora do lugar, menos eu. Pode parecer estranho — e reconheço que é mesmo —, mas sinto como se neste último mês eu tivesse vivido mais do que nos dezessete anos e onze meses anteriores. Aprendi tanta coisa! Várias novas pessoas passaram pela minha vida. E houve experiências e emoções que me fizeram aprender que nem tudo pode ser controlado. A vida não é feita apenas de rosas. Os espinhos estão ali para nos proteger, às vezes até de nós mesmos, e eles nos ajudam a nos curar.

Nos últimos dias tenho tentado focar somente no hoje. Desde ontem a correria se tornou ainda maior, com parentes e amigos chegando de outras cidades e também com os últimos preparativos. Meus avós vieram de São Paulo e estão aqui em casa. Acordei pela manhã com cheiro do melhor chocolate quente do mundo, que só a minha avó sabe fazer. Sinto muito, verão, mas eu tenho todo o direito de ligar o ar-condicionado na temperatura mínima e fazer de conta que estou de novo em um dia qualquer da minha infância, com meias grossas de bichinhos e biscoitos de laranja acompanhados com chocolate quente. Agora ainda tenho o bônus da companhia do Sírius, que não existia naquela época. Ele me faz companhia comendo um de seus próprios petiscos. Amo tanto essa sensação que acho que se realmente houvesse a poção de amor de *Harry Potter*, Amortentia, a mais poderosa do mundo, na minha versão ela teria esses cheiros: biscoito de laranja, chocolate quente da minha avó e o aroma dos cachinhos do Matheus.

No entanto, a sensação de calmaria e nostalgia da manhã logo dá lugar à correria. Temos de organizar muitos detalhes que sempre ficam para a última hora, então, mesmo com toda a ajuda possível, o tempo passa voando e, quando dou por mim, já é hora de me arrumar para a festa.

Ah, não contei pra vocês sobre o detalhe mais legal do nosso aniversário: será uma festa à fantasia! Eu e a Stela adoramos a ideia e costumamos participar de todas as festas temáticas que aparecem, então resolvemos fazer isso no nosso aniversário. E, para não perder a oportunidade, escolhemos sempre um tema combinando. Já fomos Bananas de Pijamas, Facebook e Twitter, os Gêmeos Gordinhos de *Alice no País das Maravilhas* e, no ano passado, Capitão América e Homem de Ferro. Mas como queríamos algo muito mais divertido em nosso aniversário, hoje vamos de Fred e George, os gêmeos ruivos de *Harry Potter*. Decidimos não usar perucas ruivas, porque não seria prático nem ficaria bonito. Mas utilizaremos suéteres sobrepostos ao uniforme de Hogwarts, um com a inicial F, e o outro, G. Nas festas à fantasia ninguém se importa com o calor, não é mesmo?

*

O espaço que alugamos para o nosso aniversário fica à beira de uma praia não muito movimentada, então podemos aproveitar a areia próxima à calçada e também a vista, que é superlinda. Chegamos com um tempinho de antecedência para conferir tudo e receber os primeiros convidados, que são os parentes e aqueles que vieram também para dar uma mão no que fosse preciso. Logo na entrada, vejo alguém que eu realmente gostaria de encontrar: o Horácio está terminando de arrumar seus *brownies* graciosamente sobre uma mesa decorada. Sem muita cerimônia ele vai logo ao assunto quando me vê:

— Mas, menina, quem diria que a esta altura do campeonato as coisas dariam certo pra mim, hein?

— Ah, então as vendas devem estar boas...

— Mais do que isso! Aquela tal página que você fez trouxe muita gente mesmo. Nunca recebi tantas encomendas assim. Mas o melhor eu queria te contar pessoalmente. Alguém se inspirou na sua ideia e resolveu angariar um dinheirinho pra me ajudar.

Comecei a ficar ansiosa e me contive para não interrompê-lo.

— Pois é. Comecei a pesquisar um quiosque no shopping para ter um cantinho fixo de venda pros meus *brownies* — ele completa.

Não aguentei e o puxei num abraço apertado. Aquele presente de aniversário da vida era mesmo maravilhoso!

— Isso nunca teria acontecido sem você, menina — ele diz, assim que nos soltamos. — Eu trabalho desde os onze anos e a esta altura da vida já não acreditava que algo tão bom pudesse me acontecer. Tinha desistido de sonhar e você trouxe tudo isso de volta. Nunca terei como te agradecer o suficiente. Muito obrigado mesmo, viu?

Os olhos dele se enchem de lágrimas de alegria e eu tenho de esconder o rosto por alguns segundos porque estou a ponto de desabar...

Não consigo acreditar que uma pequena ação tenha provocado tanta coisa incrível. Ver aquele senhor, gente boa e trabalhador, feliz daquele jeito foi um presente de aniversário muito diferente e inesperado. Foi mais do que especial.

Ao me virar, encontro a Stela, que está de mãos dadas com um pequeno (ou enorme, dependendo da perspectiva) morango. O Matheus decidiu que essa seria sua fantasia e levou nossos pais à loucura para achar alguém que conseguisse criar a roupa. O resultado ficou perfeito. Seu cabelo pintado com spray verde parecia aquelas folhinhas da fruta. Seu corpinho magro ganhou forma com uma modelagem de espuma, e até seu rosto foi pintado de vermelho. Ele ficou tão fofo que se tornou uma atração irresistível na festa.

Meus dois irmãos estavam ali e escutaram boa parte da minha conversa com o Horácio, o que, sei lá, talvez tenha inspirado a Stela a falar também.

— Ei, Sol, já que estamos no clima emotivo e tal, preciso te agradecer pelo lance com o Felipe. Valeu mesmo. Na hora fiquei com raiva, mas depois entendi. Se não fosse você eu não sei se perceberia o tamanho da furada em que estava metida.

— Eu faria tudo aquilo de novo. Só que mais rápido — digo, sorrindo.

— Sei que faria. E sei que vai continuar fazendo toda vez que eu precisar. Ainda tenho muito o que aprender com a minha irmã mais nova!

— Assim você me emociona! — Finjo limpar uma lágrima dramaticamente.

Nossa conversa é interrompida quando escuto nossos pais falando com alguém que acabou de chegar. A Bia, que fez mistério com o que usaria hoje, chega vestida de Pikachu, com suas bochechas pintadas e um vestidinho amarelo customizado para se parecer com o Pokémon. Aceno e vou em sua direção quando ela aponta para a porta atrás de si e o que eu vejo quase me faz gritar de felicidade: a Valentina e a Lavínia, bem aqui! Pro nosso aniversário! Nem posso acreditar que elas realmente conseguiram vir de São Paulo! Minhas primeiras melhores amigas, aquelas que, mesmo morando em outra cidade, continuam presentes na minha vida, desde sempre e para sempre! Não perco tempo e pulo em cima delas com um grande abraço em grupo, com direito à trilha sonora cantada aos gritos pelo Matheus, claro.

— Meninas, nem acredito que vocês vieram!

— A gente não poderia perder, né, Sol?! Depois de ter ouvido você e a Stela durante todos esses anos falando sobre este dia... — A Lavínia sorri e sinto que realmente está feliz por estar conosco.

— Pois é! Eu poderia estar morando em Marte que viria mesmo assim. Por falar em Marte, queria te apresentar uma pessoa. — A Valentina vira o corpo rapidamente e puxa um alguém que até então estava tímido ao lado da porta.

Ele está vestido de astronauta, mas, mesmo assim, combina perfeitamente com a fantasia da Valentina, que reconheço: é a representação de uma de suas personagens de histórias em quadrinhos. Sua roupa em tons de azul mostra muito da personalidade da sua heroína, superforte e feminina ao mesmo tempo. Uma mulher-maravilha atual e à sua maneira.

— Este é o Fred — ela diz, cheia de orgulho ao poder, finalmente, apresentá-lo pra gente.

— Ah, hoje eu também sou o Fred! Fred Weasley, muito prazer! — Estendo a mão pra cumprimentá-lo sem sair do personagem e todos dão risada, mas em seguida completo com um abraço de boas-vindas: — Ouvi falar muito de você, Fred. É ótimo te conhecer. Adorei a fantasia!

— Também ouvi muito sobre você. Sobre vocês, na verdade. E ah, sobre a fantasia, valeu, é uma longa história.

— A gente ainda vai ter muito tempo para as longas histórias, mas hoje é dia de festaaa! — Vejo a Lavínia animada por estar aqui e me sinto muito bem por isso. Ela está radiante com sua fantasia de Unicórnio, cheia de brilhinhos, plumas e cores.

*

As pessoas vão chegando e o lugar vai ficando cheio e colorido. Agora que o dia chegou, todo o trabalho com a organização parece pequeno. Tudo está do jeitinho que a gente sempre quis e todos estão se divertindo.

Decido me sentar um pouco na areia da praia, mas logo sinto alguém se sentando ao meu lado. É a Duda, que aproveitou seu cabelo azul pra se vestir como a Katy Perry em *California Girls*. Fico muito feliz que ela tenha vindo, mas meu humor muda quando vejo quem está ao seu lado. Vou te dar três segundos para adivinhar, vamos lá.

O Talles. Isso mesmo. Está fantasiado de Woody, o vaqueiro de *Toy Story*, um personagem que eu adoro, e ele sabe disso. Mas se acha que vai me amolecer assim, está enganado.

— Sol, antes de qualquer coisa, deixa a gente explicar. Eu não trouxe o Talles aqui pra te aborrecer. Na verdade, isso foi um plano em conjunto com a sua irmã e a Bia. Elas me contaram sobre o que houve, então resolvemos colocar este plano em ação.

E como que ensaiados, surgem na minha frente todos os culpados por essa cena que, provavelmente, vai estragar o meu dia que estava indo muito bem. Para piorar, agora também temos a presença da Carol. Eu sabia que ela viria, afinal, é amiga da minha irmã, mas... A Stela, a Bia, a Lavínia e a Valentina se juntaram a nós pra mostrar que todos sabiam e estavam cientes dessa palhaçada. Para minha surpresa, é a Carol quem começa a explicar:

— A Bia me falou sobre você e o Talles e eu fiquei me sentindo muito mal porque, na real... é meio constrangedor falar sobre isso assim, mas eu e ele nunca chegamos a namorar de fato. Ficamos algumas vezes, mas não deu certo e eu acabei aumentando as coisas, fazendo parecer mais do que era de verdade...

Olho devagar pra cada um daqueles rostos, sem acreditar que andaram falando de mim pelas costas. Será que criaram um grupo no WhatsApp também que se chamava Sol-Mandona? Tudo bem que a intenção era nobre, mas agora eu me sinto muito exposta com os meus sentimentos jogados na roda desse jeito.

— Elas me disseram que você ficou bem chateada com a minha "mentira". Eu nunca teria coragem de mentir pra você assim, S — o Talles fala e vejo sinceridade em seus olhos.

Quando o escuto me chamando de S, sinto uma pequena faísca dentro de mim. Todas aquelas noites longas, aquelas conversas, aquele dia do nosso *encontro*. Tudo parece distante, parte de um sonho que só aconteceu na minha imaginação.

— Tudo bem, pode até ser, mas isso não dava o direito de vocês ficarem tramando pelas minhas costas — digo, emburrada.

— Sol, até eu e a Valentina, que moramos superlonge, conseguimos perceber como você estava pra baixo nos últimos dias. A gente conversou com a Bia e com a Stela e foi por isso que elas nos contaram tudo — a Lavínia esclarece.

— A gente só não quer te ver sofrendo à toa, sua boba — a Stela completa, apontando o Talles com a cabeça.

— Ok, gente, mas isso vai muito além do que vocês imaginam. Caso ainda não tenham percebido, estou em uma transformação por aqui. Não quero passar por cima dos sentimentos de ninguém.

Não menciono nenhum nome, mas o recado vai certeiro para a Carol.

— A gente tem que aprender a perder. Não posso obrigar o Talles a ficar comigo. Essa nunca foi a vontade dele e eu só não vi porque realmente não quis. — A Carol me encara com firmeza. — Na boa, Sol, a gente nunca se deu muito bem, acho que talvez por ciúme das nossas amizades ou sei lá o que, mas eu nunca quis seu mal. Sempre te achei uma garota interessante e depois daquele dia na minha festa, meio que fiquei te devendo uma. Então, aqui está o meu presente. Mas você sabe que não precisa da minha aprovação, portanto, vai ser feliz!

Com a mesma rapidez com que todos surgiram do nada, todos se afastam, restando apenas eu e o Talles.

— É, parece que você tem um time e tanto, hein? — falo pra ele.

— Uhum. E você também, um timão de defensoras da Sol.

Ele parece constrangido e eu me sinto mal pela forma como tenho agido. Com o modo como saí correndo e depois ignorei todas as suas tentativas de contato.

— Foi mal por ter sido tão estranha naquele dia… — Deixo a areia escorregar por entre os dedos da minha mão.

— Se não fosse estranha, não seria você.

Certo, essa definitivamente não faz parte daquele repertório clichê de frases para conquistar uma gatinha. Mas quando ele diz, sinto um nível de intimidade tão natural, tão espontâneo e tão nosso… me parece um tipo de elogio.

A essa altura o sol já começou a cair e está se despedindo ao longe, manchando o céu de laranja e rosa, ofuscando todo aquele azul do mar.

— Mais um pôr do sol... vai ser nosso último?

É apenas uma pergunta, porém cheia de outras perguntas por trás. E por um momento, eu decido não pensar em nada. Acho que é a hora de deixar meu coração me mostrar que talvez haja algo mais.

— O sol se põe todos os dias para quem quiser ver.

E então, passo a areia para a sua mão, e o Talles repete o movimento que eu fazia até agora. Observamos a areia passar no meio dos seus dedos, de uma mão para a outra e, finalmente, para o chão. Quando termina, vejo as cores do céu refletidas naqueles olhos castanhos e então finalmente eles estão ali, cada vez mais perto de mim. Sinto meus braços arrepiados e não é por causa do vento da praia. Tenho medo de que o meu coração saia pela boca, mas me inclino e o beijo mesmo assim.

O instante parece infinito, mas logo somos despertados pelos nossos amigos comemorando ali perto. Temos uma plateia bem animada com o final feliz de seu grande plano.

*

Sabe, lá no comecinho, quando conheci vocês, eu disse que nunca conseguiria lotar uma festa. Também vivia dizendo que estava sempre certa etc. E agora, vocês podem ver claramente como eu não poderia estar mais errada! Ao meu redor estão todas as pessoas importantes para mim: minha família, minhas amigas de infância, minha melhor amiga — e gente que eu conheci nos últimos dias e que já faz parte da minha vida. Assim como o Talles, que ainda não sei como rotular... Até que é uma quantidade grande de gente.

Todo esse povo me ensinou mais do que se pode imaginar. Enfim, compreendo que as minhas preocupações estavam adiantadas demais. Preciso me permitir existir, aproveitar cada instante. Agora sei que o que faz cada dia valer a pena não é "o que" ou "quando" ou "onde", mas sim "quem".

Eu não poderia ter previsto nada disso e essa é a grande contradição aqui. Nada foi planejado, como a Sol que vocês conheceram gostaria. Tudo se desenrolou como deveria e esses movimentos me ensinaram, me transformaram para sempre! Parei de tentar controlar tudo. Parei de tentar fazer o mundo ou as pessoas agirem como eu. E isso me trouxe uma alegria tão grande! Quando penso na Sol do passado, não me reconheço mais. Sinto-me mais leve, mais paciente comigo mesma e, agora, capaz de tudo. Sabe quando você finalmente sente que suas chances de ser feliz aumentaram enormemente? Eu não poderia ter planejado um final melhor...

PLAYLIST QUE A STELA FEZ PRA SOL

01 – Survivor – *Eye Of The Tiger*
02 – Clarice Falcão – *Macaé*
03 – Nick Cave – *Children*
04 – Beach House – *All Your Yeahs*
05 – Ana Vilela – *Trem-Bala*
06 – Ed Sheeran – *Photograph*
07 – Supercombo – *Piloto Automático*
08 – Wildes – *Bare*
09 – Édith Piaf – *Non, Je Ne Regrette Rien*
10 – Kansas – *Carry On Wayward Son*
11 – Legião Urbana – *Mais Uma Vez*
12 – Katy Perry – *Firework*
13 – AronChupa – *I'm An Albatraoz*
14 – Scalene – *Surreal*
15 – Yann Tiersen – *Comptine D'Un Autre Été*

Agradecimentos

Meu agradecimento especial é dirigido à minha maior incentivadora, aquela que apoia os meus sonhos, me impulsiona a ir além e me faz acreditar que eu sou capaz de tudo, mesmo quando as coisas estão difíceis. Mãe, obrigada não só pelo apoio, pelo colo, pela força e por acreditar em mim, mas também, e principalmente, pelas broncas e puxões de orelha. Se hoje eu realizo o meu maior sonho foi graças a todas as vezes em que você me fez ver que com garra e dedicação nada no mundo é impossível. Agradeço também a Deus, por proteger o meu caminho e me permitir falar com o coração. Ao meu pai e à minha avó, que foi a minha primeira leitora. Aos meus familiares, que sempre torceram por mim. Aos meus amigos, que são os melhores do mundo. Ao Vini e a Thaís, que também se encaixam na parte dos amigos e merecem um lugar especial. Aos meus leitores amados e a equipe da Faro, que me deu essa grande oportunidade. Sonhem muito. Sonhem pra caramba. Sonhem sem medo. Um muito obrigada da menina que fez de um sonho a rotina de vida.

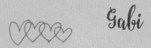

Meu primeiro agradecimento só poderia mesmo ser para a melhor pessoa: Carlinhos, muito obrigada por ser tão especial e por ver a vida dessa forma tão linda! Também não posso esquecer da Gabi, alguém que sempre me incentiva e inspira todos os dias, e que me mataria se não tivesse seu nome escrito aqui. À minha mãe maravilhosa, que sempre acreditou (e acredita) em mim. À todos os meus amigos fofos que participaram dessa caminhada. Ao meu gato Rex que faz as melhores massagens. Ao meu editor e todo o pessoal da Faro Editorial que teve tanto carinho e cuidado com o nosso livro. Sem esquecer também do Vinícius e da Gabriela, que dividiram esse projeto comigo, vocês foram ótimos presentes. E claro, à todas as pessoas lindas da internet, que me aturam em todos os vídeos, que me apoiam em cada maluquice e que gastam seu precioso tempo comigo. Muito obrigada, sem vocês, eu nada seria.

Há tantas pessoas que eu gostaria de agradecer, a começar pela minha família, que embarcou nesse sonho maluco comigo, e aos meus amigos, que sempre torcem por mim. Obrigado também a todos os envolvidos nos meus projetos na Faro Editorial — com vocês eu me sinto em casa. Thaís e Gabi, amei dividir esse pedaço de sonho com vocês; inclusive, o tanto que chamo vocês de chatas, é o quanto gosto de vocês! Agora, o agradecimento especial vai para os meus leitores, que tornam os dias sombrios, cansativos e desestimulantes em momentos de paz. É de vocês que eu tiro forças quando nada mais parece certo. Esta história é pra vocês: para que nunca deixem de acreditar em seus sonhos e para se lembrarem sempre que vocês são capazes de fazer TUDO! Obrigado!

Compartilhem conosco a foto do nosso livro nas redes sociais usando as hashtags:

#OVEQTM e #OVERAOEMQUETUDOMUDOU

OUTROS LANÇAMENTOS DA FARO EDITORIAL

O GAROTO QUASE ATROPELADO

Vinícius Grossos

Um garoto sofreu com um acontecimento terrível.

Para não enlouquecer, ele começa a escrever um diário que o inspira a recomeçar, a fazer algo novo a cada dia.

O que não imaginou foi que, agindo assim, ele se abriria para conhecer pessoas muito diferentes – a cabelo de raposa, o James Dean não-tão-bonito e a menina de cabelo roxo – e que sua vida mudaria para sempre!

Prepare-se para se sentir quase atropelado de uma forma intensa, seja pelas fortes emoções do primeiro amor, pelas alegrias de uma nova amizade ou pelas descobertas que só acontecem nos momentos-limite de nossas vidas.

Estar vivo e viver são coisas absolutamente diferentes!

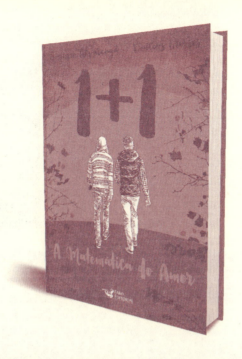

1 + 1 – A MATEMÁTICA DO AMOR
Augusto Alvarenga & Vinícius Grossos

LUCAS E BERNARDO SÃO DOIS GAROTOS, OS MELHORES AMIGOS UM DO OUTRO DESDE MUITO PEQUENOS...

De repente, Bernardo recebe a notícia de que irá se mudar com a família para outro país. Foi o estopim para que os amigos percebessem o quanto era valiosa aquela amizade, algo que não queriam perder...

Bernardo reage mal e se revolta.

Lucas tenta transformar cada dia que resta com o amigo na melhor experiência de suas vidas. Ele escreve uma lista de coisas para fazer e pretende cumprir uma por uma, em todos os detalhes.

Mas, a cada dia, o fantasma da separação os assombra com um cronômetro, lembrando que o tempo se esgota e, ainda assim, os dois passam por grandes momentos juntos.

É quando os meninos percebem que há algo maior entre eles... Um sentimento profundo, que não conseguem explicar e que torna todas aquelas experiências ainda mais intensas.

Mas o que fazer com tudo isso quando se tem apenas 16 anos?

  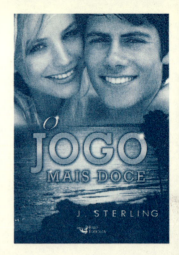

A VIDA ÀS VEZES FICA TRISTE ANTES DE SE TORNAR MARAVILHOSA...

Ele é o tipo de jogo que ela nunca pensou em jogar.
Ela é a virada no jogo que ele nunca soube que precisava.

O jogo perfeito conta a história de dois jovens universitários, Cassie Andrews e Jack Carter.

Quando Cassie percebe o olhar sedutor e insistente de Jack, o astro do beisebol em ascensão, ela sente o perigo e decide manter distância dele e de sua atitude arrogante.

Mas Jack tem outras coisas em mente...

Acostumado a ser disputado pelas mulheres, faz tudo para conseguir ao menos um encontro com Cass.

Porém, todas as suas investidas são tratadas com frieza.

Ambos passaram por muitos desgostos, viviam prevenidos, cheios de desconfianças antes de encontrar um ao outro, (e encontrar a si mesmos) nesta jornada afetiva que envolve amor e perdão. Eles criam uma conexão tão intensa que não vai apenas partir o seu coração, mas restaurá-lo, tornando-o inteiro novamente.

ALGUNS LUGARES PARECEM BELOS DEMAIS PARA SEREM TOCADOS PELO HORROR...

Summit Lake, uma pequena cidade entre montanhas, é esse tipo de lugar, bucólico e com encantadoras casas dispostas à beira de um longo trecho de água intocada.

Duas semanas atrás, a estudante de direito Becca Eckersley foi brutalmente assassinada em uma dessas casas. Filha de um poderoso advogado, Becca estava no auge de sua vida. Era trabalhadora, realizada na vida pessoal e tinha um futuro promissor. Para grande parte dos colegas, era a pessoa mais gentil que conheciam.

Agora, enquanto os habitantes, chocados, reúnem-se para compartilhar suas suspeitas, a polícia não possui nenhuma pista relevante.

Atraída instintivamente pela notícia, a repórter Kelsey Castle vai até a cidade para investigar o caso.

... E LOGO SE ESTABELECE UMA CONEXÃO ÍNTIMA QUANDO UM VIVO CAMINHA NAS MESMAS PEGADAS DOS MORTOS...

A selvageria do crime e os esforços para manter o caso em silêncio sugerem mais que um ataque aleatório cometido por um estranho. Quanto mais se aprofunda nos detalhes e pistas, apesar dos avisos de perigo, mais Kelsey se sente ligada à garota morta.

E enquanto descobre sobre as amizades de Becca, sua vida amorosa e os segredos que ela guardava, a repórter fica cada vez mais convencida de que a verdade sobre o que aconteceu com Becca pode ser a chave para superar as marcas sombrias de seu próprio passado...

ASSINE NOSSA NEWSLETTER E RECEBA
INFORMAÇÕES DE TODOS OS LANÇAMENTOS

www.faroeditorial.com.br

ESTA OBRA FOI IMPRESSA
EM MAIO DE 2021